大港的女兒

陳柔縉

大港的女兒

大港的女兒／陳柔縉著.
－初版.－臺北市：麥田出版：
家庭傳媒城邦分公司發行，2020.12
面； 公分
ISBN 978-986-344-842-6（平裝）
863.57 109016170

封面設計 莊謹銘
印 刷 漾格科技股份有限公司
初版一刷 2020年12月3日
初版五刷 2021年10月

定 價 新台幣400元
I S B N 978-986-344-842-6
Printed in Taiwan

作 者 陳柔縉
責任編輯 林如峰
國際版權 吳玲緯
行 銷 巫維珍 何維民 蘇莞婷 吳宇軒
業 務 李再星 陳紫晴 陳美燕 葉晉源
副總編輯 何維民
編輯總監 劉麗真
總 經 理 陳逸瑛
發 行 人 凃玉雲

出 版

麥田出版
台北市中山區104民生東路二段141號5樓
電話：(02) 2-2500-7696 傳真：(02) 2500-1966
網站：http://www.ryefield.com.tw

發 行

英屬蓋曼群島商家庭傳媒股份有限公司城邦分公司
地址：10483台北市民生東路二段141號11樓
網址：http://www.cite.com.tw
客服專線：(02)2500-7718; 2500-7719
24小時傳真專線：(02)2500-1990; 2500-1991
服務時間：週一至週五09:30-12:00; 13:30-17:00
劃撥帳號：19863813 戶名：書虫股份有限公司
讀者服務信箱：service@readingclub.com.tw

香港發行所

城邦（香港）出版集團有限公司
地址：香港灣仔駱克道193號東超商業中心1樓
電話：+852-2508-6231 傳真：+852-2578-9337
電郵：hkcite@biznetvigator.com

馬新發行所

城邦（馬新）出版集團【Cite(M) Sdn. Bhd. (458372U)】
地址：41, Jalan Radin Anum, Bandar Baru Sri Petaling,
57000 Kuala Lumpur, Malaysia.
電話：+603-9057-8822 傳真：+603-9057-6622
電郵：cite@cite.com.my

本書敬獻給
郭孫雪娥社長

本書完成敬謹感謝
陳隆豐博士暨郭玥娟夫人的信賴與鼓勵

主要人物家系表

孫仁貴家族

孫仁貴 1904年生 ═ （妻）鄭錦枝 1905年生
- （長女）愛雪1928年初生
- （次女）友竹1931年生
- （三女）悠雲1932年生
- （長子）大嶽1935年生
- （次子）大嵩1936年生
- （四女）昭子1939年生
- （五女）幸子1941年生
- （六女）惠子1943年生

王景忠家族

王景忠 1860年生 ═
- （元配）蘇氏
  - （養子、長子）開源1888年生
- （二太太）張氏
  - （次子）本源1898年生
  - （四子）逢源1904年生
  - （六子）培源1908年生
- （三太太）白寶 1884年生
  - （三子）和源1900年生
  - （五子）清源1905年生
  - （七子）根源1909年生

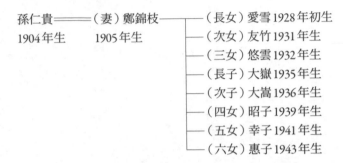

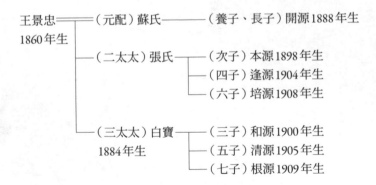

人物出場序

孫仁貴，高雄第二公學校訓導（老師）
花本，高雄第二公學校校長
王景忠，高雄巨富、事業家
王清源，王景忠五子
王逢源，王景忠四子
王培源，王景忠六子
酒井，總督府參事官
野津，男爵
白寶，王景忠三太太，後扶正為妻
王本源，王景忠次子
王開源，王景忠養子，也是長子
林江海，記者，台南師範學校校友
孫愛雪，孫仁貴長女
鄭錦枝，孫仁貴妻
紅圓，孫家女佣
簡阿河，孫仁貴學生
劉熊，總督府評議員
許甘來，劉熊總管
王燦燦，王清源長女
毛利佐吉，高雄州知事
楊思閫，王清源繼室之兄
楊青吟，王清源繼室
李師傅，按摩師
吉井，高雄商人
杉野，高雄商人
阿春嫂，楊青吟女佣
野鶴福次郎，船醫
曾鼓鎚，王景忠貼身僕役
兎澤，寫真館照相師
倉岡，高雄醫生
坂上，料亭女將
岩崎龍太郎，王和源司機

安藤，辯護士（律師）
賴先生，律師
牛番，王逢源小僕役
藤原涼子，王和源妻
王國遠，王和源獨子
彭老師，高雄第二公學校老師
黃老師，高雄第二公學校老師
荒井，小學女學生
喜屋武花子，小學女學生
石井富美子，小學女學生
榊谷，小學導師
塩見雅彥，船艦軍官
萬年一心，軍艦士兵
沈電，人力車夫、公務車司機
童老闆，寫真館老闆
阿快，孫仁貴表妹
弓福生，阿快的福州籍丈夫、裁縫師傅
林少爺，屏東人，赴上海經商
胖標，廈門台灣人，走私業首腦
本間，高雄青葉公學校校長
瀧川，警部
吳桶，孫仁貴摯友
呂瓊琚，女寫真師
小鳥遊，堀江小學校老師
伊集院加南子，堀江小學校學生，擅球類運動
蕭敦南，到高雄尋找商機的台南商人
許陣北，到高雄尋找商機的台南商人
茅島，堀江小學校學生
財部，堀江小學校學生
高橋，堀江小學校學生
雞冠井次郎，堀江小學校學生
梅原，高雄高女老師
鷲尾，三井物產會社高雄支店營業課課長
三浦，三井物產會社高雄支店職員
小林，三井物產會社高雄支店支店長
歐先生，三井物產會社高雄支店人力車夫

大野威德，即王威德，王逢源長子
大西健五郎，旗山野戰醫院衛生兵
二瓶一鉄，軍醫
林媽勇，南濱國小校長
何先生，運送店老闆
姚小姐，南濱國小外省籍老師
Secret，印度國民軍最高司令祕書
周先生，南濱國小老師
戴先生，南濱國小老師
森，高雄高女老師
無敵，高雄高女老師
黃萬，孫仁貴台南師範同學
黃祈徒，高雄市長
顏先生，南濱國小老師
郭父，郭英吉父親
郭母，郭英吉母親
喜獅嬸仔，台南市三元商會老闆娘、媒人
阿聘，麻豆洗衣婦

阿玥，孫愛雪長女
李深謀，麻豆士紳、跨越日治與國府兩代的官僚
小芝虎四郎，台北古書畫店老闆
水養仔，麻豆農夫
林妙櫻，孫愛雪家政學校學生
吳先生，台南毛線店老闆
蕭文子，高雄高女同學
林綿綿，高雄高女同學
片山，東京鄰居
竹內，久留米醫學大學教授、執業醫生
泰一，孫愛雪長子
吉井靜子，高雄高女同學
難波，食堂廚師
樋口信子，鷲尾課長之女
清水清三郎，洗衣店師傅
阿部，洗衣店女客人
張書文，東京大學博士生、《台灣青年》雜誌編輯
榮堂，孫愛雪妹婿、悠雲丈夫

唐美吾，在日政治活動女性

詹清溪，在日政治活動男士

關秀也，唐美吾之夫

健豐，郭玥之夫、紐約律師、銀行家

荻原，洗衣連鎖店分店長

七草，製藥會社社長祕書

應昌蒲，王威德岳父

神足，製藥會社課長

安樂，製藥會社部長

阿才，台北古物商、高雄人

小黎，小偷

龐老太太，撞見小偷的路人

陶先生，王威德祕書

長田繁子，會社老員工

1

孫仁貴右腳一踏上講台，像按了觸控式面板，台下的男童聲亮起來，「起立」、「敬禮」、「坐下」。

形式很禮貌，孫老師也面帶微笑，男學生卻沒打算嚴肅。幾個站起、坐下的動作弄得桌椅碰來撞去，像劇場開演前的小觀眾等看戲，靜不下來。

孫仁貴食指直貼嘴脣，交錯成十字架。非關神聖，但全班迅即靜悄悄。他使了一個神祕的笑，拿起白粉筆，轉身向黑板。

粉筆白線在黑色板上左拐右鑽，圍成一個不方不圓的長型。

孫仁貴轉身回來，問台下這群十歲上下的男孩子，「各位同學，你們看這像什麼？」一個爆破大聲搶答，「大肚魚！」，另一個聲音害羞而小，「有娠的查某」（台語，懷孕的女人）。孫仁貴沒有馬上公布答案，反而先糾正說，「不可以講台灣話喔！」

其實，孫仁貴一直以日語上課。

「你們在家講台語，也不要用『查某』。有受教育、有念書的男孩子，長大要當紳士，紳士講話文雅，會用『女史』或『女性』、『婦人』。」孫仁貴眼光射回發言的男孩子，男孩眯眯憨笑，一邊摸了自己的平頭。

孫仁貴撐開左手掌放回黑板，「這是我們住的島，台灣。」右手拿粉筆往台灣島圖的南方一點，再轉幾圈把點畫大，「我們高雄州高雄第二公學校在這裡。」再以白點為圓心，畫一個大圓圈，「學校四周都屬於苓雅寮。苓雅寮南邊看到大海，西邊看見高雄川。」孫仁貴邊說邊從圓圈旁，由南往北快速畫了一條所謂的高雄川。

河流的名字既高且雄的，頗為豪邁。不過，二次世界大戰後被一個甜滋滋的名字取代了，也就是今天高雄市的「愛河」。

男孩們喜歡的戲來了。孫仁貴把全班趕到外頭操場，分成六組，一組六人，每組都在黃泥土上畫一個台灣。他也畫一個，然後要學生跟著做。他挖沙放進台灣裡，男孩子們學著更拚命挖。不一會兒，島中央高高尖尖攏起，像一顆剛被巨人捏好放進盤子的水餃。

依台灣的俗話，小孩子的屁股向來有蟲，擾得他們永遠坐不住。等孫仁貴叫大家去提水來時，一群男孩更興奮了，轟地跑向教室走廊盡頭的洗手台，轉開水龍頭，水打得鋁桶子嘩嘩響。

孫仁貴輕提起水桶，沿著地上大水餃捏合的稜線澆水。「水都往哪邊流？」

「兩邊流！」、「左邊、右邊！」、「東邊、西邊！」

「都對！台灣的河流多半就是這樣來的。雨從天空落下來，沖向高山頂，沖成東西向的河流。」孫仁貴加重了語調，「不過，我們的高雄川與眾不同，它從北往南流！還不會帶著山上的砂石入海，很酷吧?!」

學生都喜歡上孫仁貴的課，他總是讓男孩們手動腳動、跑進跑出。日本籍的花本校長不只一次跑出校長室大吼學生，「像貓一樣跑！像貓一樣走！」不只一次委婉跟孫仁貴說，「上孫老師的課，學生都變得好活潑啊！」

才說曹操，曹操就到。花本校長快步走來。眉頭像挨到火苗的膠膜，縮成一團，即使走過教室外斜斜的日陰，也一路鎖著。這回一開口，倒不是評論孫仁貴的教學方式。

「孫老師，王老爺邸的管家打電話來，十萬火急，請你盡快過去，王家爆炸了！」

「爆炸了?!」

「鬧開了！」

「鬧開了?!」

「反正王老爺氣噴噴，請你趕快過去就是。」

2

二十七歲的孫仁貴跳上腳踏車，直奔王府。門房接過車，鬆了一句，「孫老師，還好您來了！」孫仁貴踏進歐洲城堡般的豪邸，急步穿過庭園綠蔭就花了快兩分鐘。

論苓雅寮人的財富，大拇指豎起來，十個人有十個會說是前一年剛去世的陳中和。陳家有糖廠，有鹽場，雄霸南台灣。王景忠老爺雖排第二，但日本官員敬畏他更甚三分。地方上台灣人眼珠子亮，暱稱七十初頭的王景忠「王爺」，而對年齡相仿的陳中和，猶如鄰居的小夥子，只叫「中和」。

話說王景忠本來童年孤苦，到了十五歲，就跑出自己的第一桶金。百多年前的第一桶金不是一百萬，對苓雅寮的人來說，擁有一艘戎克船（中國式載貨帆船）才是生財的第一步。王景忠的船在日本、清國東南省分、英屬香港和台灣之間穿梭，把南台灣的糖載去日本賣，從日本門司港載出石炭（煤）、陶器，轉到上海、廈門換絲綢，到香港換英國的石油回台灣。一圈轉下來，像捲麥芽糖一樣，原本孤乾的竹籤，已滾成香甜欲滴的棒棒糖。

等一八九五年春天，日清戰役打進尾聲，三十五歲的王景忠已擁船隊，海上不可小覷的貿易商人。清廷賠割台灣，日本準備登台接收之際，商請王景忠的船隊負責偵探東南中國海，也做為後援的預備隊伍，必要時，幫忙運糧運貨。

下半年，台灣西南海上亂如麻。清廷派特使在船艦上跟日本辦完交接手續，日軍船艦先後從屏東枋寮和台南登陸，十月，原本在台南抗不交接的清官劉永福終究敵不過大勢，趁黑準備搭英國的蒸汽輪船逃回清國。就在劉永福登上英國船的前一夜，他躲在一艘中國式帆船等待，左右有同款兩艘船護衛。

左邊的船內靜悄悄，但二十來個士兵沒人敢闔眼。只剩風吹布帆、海波拍岸，不規則交錯，像亂了拍的室內樂團。突然，有個兵坐正起來，他隱隱約約聽到亂入的帆音，手肘碰了碰隔壁的人。

「有聽到嗎？」

「有！」

整船頓時大敏感如出痲疹，全衝出艙外。星星微光下，果然前有別船。為了保護主官劉永福，左側一艘不讓陌生人船逼靠，主動出擊，快速趨近。來者正是王景忠的船。

黑海上，突然有人咬牙哀叫，「啊～～～」，癱軟跪地。

就這麼巧，一把刀也不知道從哪邊飛過來，不偏不倚，正刺中王景忠的小腿後肚。敵船靠近，雙邊人揮刀亂砍。

王景忠一把抽出腿上刀子，額頭滿是汗，半跪在地。傷腳屈膝，緊壓傷口，血仍汩汩流，流入黑布鞋，濕了腳踝。有人燃起火把，他看清楚眾人，眾人也看得到他。忽然，王景忠像大將軍一般大吼，「我們這些男人在幹什麼?!」

再重複一次，改用粵語。

「我們這些男人在幹什麼?!為誰拚生死?家裡的阿娘還在等我們哪!」

刀砍聲乍停。

兩軍對陣的膨脹空氣似乎被「阿娘」兩字戳破。

王景忠說話速度跟著稍緩，「我現在受傷了，生死未卜。可能天亮，我就死了!我的阿娘明天就會在家哭。你們呢?下一個是誰?誰要去死?去死給阿娘哭?」

有一個兵垂下頭了，還吐了長長的一口氣。

王景忠語調也沙啞溫暖了，「都好好活著，回去看阿娘!」咬牙忍痛，「整船的貨，大家一起分掉，好好回鄉過日子。」

就這樣，王景忠成功收服一船劉永福的黑旗軍部眾，帶回打狗。打狗英國領事館那邊的洋醫硬是救回他的命，但右腳救不了，膝蓋以下切掉了。

此事對王景忠來說是一條迴轉道，初走進去是悲劇，一百八十度轉出來，福星高掛頭頂。有這一群黑旗軍人證，日本明治政府認定王景忠因公受傷，明治皇后御賜義肢，那個義肢成了他一輩子榮華富貴的發電機，需要的時候，一按開關，電就來，光就開，打退一室的黑暗。

皇后御賜的義肢腳踝以下純粹木質。腿肚部分有一個小鐵籠般的骨架，縱向四條約一寸寬的長鐵片，像基樁一樣釘住木質腳板，橫向再有三塊鐵片圍成上中下三圈。牢固的骨架外層則包覆著油亮的橙黃皮革。

每次有日本官員在場，王景忠總會故意把襪子口往下拉一點，一坐下，長褲略往上拉，義肢便不時若隱若現。他自己刻在木質腳踝的四個黑字「皇恩浩蕩」，「皇」字也會微微探出頭來。據說有一次，總督府參事官酒井南下巡視，見到王景忠，站起來，滿是禮貌，注視他的義肢腳踝，深深一鞠躬。酒井是民政長官後藤新平跟前紅人，後藤又有地下總督之稱，被鞠躬之事傳開後，王景忠從此在高雄政商圈的地位如搭直升機竄至雲霄。日本人極重回報恩情，利益事項總不忘王景忠，不論是填海造出新生地湊町，或是把港邊大塊鹽田填土開闢成商業區鹽埕町，王景忠都捷足先登，獲邀投資開發，成了高雄市區地王。

3

孫仁貴踏進豪宅大客廳的此刻，佣人正捧了一盤水果放在茶几上。有紅蘋果、紫葡萄，都是進口高級品，一般人根本連看都沒看過，聞都沒聞過。

王景忠已是七旬一老翁，而且臥病已久，筋骨無力，一日連百步也走不了。他斜躺在螺鈿休閒椅上。椅子各處鑲嵌著切割精細的珍珠貝殼，各自閃著銀光、藍光、綠光，像天賜的神器，正發射能量波給椅懷中的老者。

見到孫仁貴，王景忠未語先嘆息。

「六個兒子，分兩邊，平常不能和好就算了，在外頭起腳動手相打，給眾人目睭金金看在眼內，我王家的顏面都摔到地上塗泥了。」他其實有七個兒子，顯然把排行老大的養子略過未計入。

原來，五月初高雄即將舉辦港勢展覽會，規模空前之大，活動繁多，整個高雄州都動起來。其中，庭球大會（日文，網球大賽）由州警務課的金丸課長籌辦。王家努力賣他面子，旗下各會社也找選手組了一團，積極征戰。事前還以王家的海王商會為名，舉辦友誼賽熱身。

事情就壞在這個友誼賽。

海王盃軟網友誼賽開幕時，王景忠的七個兒子全員到齊。當他們略呈一列，踏進球場邊的草坪時，周邊響起一陣掌聲。這七人各個留過學，到香港、到日本，甚至老三、老六還遠到美國，均一時俊彥，每一個也都相貌堂堂，煞是王家的驕傲，也是高雄的光榮。

但，那其實也是七座活火山，內心各自熬煮著高溫的熔岩。近來為了分配家產，正分裂得厲害，隨時都有可能噴發。

才這麼說，火山果然爆發了。

都怪他們的排行。

王景忠有三個太太，元配盡生女兒，不得不領一養子，為名義上的長子。後兩位情勢逆轉，各生了三子，好巧不巧，出生順序規則交叉，次子、四子、六子屬二太太生，三子、五子、七子出自三太太。

哨聲響起，球賽開始。

「啵」一聲，一顆白得沒心機的軟皮球快速飛網。

網邊的白色帆布棚下，人際心思複雜多了。

裁判坐中間，王家諸子依序坐兩側的折疊木椅。五子清源的眉突然皺起來，草地不平，有一隻椅腳歪進土裡像被鋸了半寸，他頓時失去平衡，搖晃了一下，右肘不聽使喚，硬碰了旁邊的四子逢源。逢源眼一凶，下一秒即拿出他在慶應大學鍛鍊的柔道功夫，左肘狠狠一橫。清源本在顛簸中，被這悶實的一擊，直接倒向左邊的老六培源。被推歪了身體的培源，三、四年前在紐約沉迷拳擊賽的細胞全醒了，右拳本能一握，一個轉身，一個右勾拳直轟老五的臉。清源閃躲不及，右眼被打個正著。

眼下，兩、三秒間，連續動作已經完結。根本連劍拔弩張的空隙都沒有。日籍裁判略轉過臉，餘光瞄了一眼，立刻回正追球，故作鎮定。黃土地上，一顆球突然飛高，墜落時，被一個舉高高的球拍狠狠轟頭，啪地一聲，球竟撲掛在網前。

現場這一邊的一陣惋惜被那一邊的一片掌聲蓋過去。

三個異母兄弟跟球場彷彿平行世界，面色鐵青，他們深陷自己的情緒糾纏。

孫仁貴點點頭，未多語，雙脣緊閉，表情嚴肅。這樣的對應，正是他深得王景忠疼愛的原因之一。

倒是陪坐在旁的三太太，接下去有所動作了。

如果按照八點檔的演法，三太太這時應該嚎啕大哭；沒有聲淚俱下，至少也要默默飲泣，幫她那右眼被揍成熊貓似的親生兒子討公道。

都不是，這時，她只右手揪起手帕，輕掩嘴巴，清咳了一聲。

這時，孫仁貴不自覺一瞥她中指的藍寶石戒指，那是她在王家後宮中獲勝的證書。

十五年前，亦即一九一六年，大阪商船株式會社開拓台灣到南洋的新航線，為了打響第一炮，春花爛漫的四月，組成南洋觀光團首航。團長是台北醫院醫長（日文，院長）高木友枝，還請來新渡戶稻造博士當顧問，團員則有八田與一這種總督府的土木技師，也有日本時代新崛起的鹿港豪商辜顯榮的長子辜皆的。其他還有像是東京的市議員坪谷善四郎、在彰化設鳳梨罐頭工場的罐頭大王濱口富三郎，全團六十餘人，官民都有，雖名為觀光，實則商工考察的意味更濃。

王景忠年輕時行船做貿易，看過大海之闊，常掛嘴邊說，「世界真大，愈闖愈大。」地方老少因此朗朗上口：「王爺公，天地大；王爺說（台語發音近「共」），世界大。」王景忠自然不會放過這次機會，考察一下東南亞。何況，首發船「新高丸」要從高雄港出航。

南洋觀光團走過菲律賓馬尼拉、印尼爪哇泗水、萬隆、梭羅等城市，再經新加坡、越南西貢，最後到香港、中國汕頭、廣州。他們在雅加達見識了鱷魚，席中有人提議鱷魚皮或許可以拿來做皮箱，大家嘖嘖稱奇。後來鱷魚被五花大綁，掛在竹竿上，與大家分組合拍紀念照。

就在看見鱷魚的那天午後，大家談興特別高昂。熱帶庭園的洋樓迴廊下，男爵野津賢二翹著腳，右踝放在左膝上，身體略微後仰，給人不可一世之感，藍色粉色相間的大斜紋領帶更助長他的驕貴。短靴尖尖的鞋頭向前，像極伺機要張嘴攻擊的鱷魚。

野津男爵說，此刻的歐洲打仗打到不可開交，東方大體平穩，唯獨中國內部分崩離析，袁世凱新曆年前稱帝，引發反彈，好幾省宣布獨立。前幾天，孫文也加入討伐袁世凱的陣容。

講到孫文，野津突然放下翹腳，轉指把雪茄輕放在小茶几的黃金菸灰皿上。皿邊站了一隻象牙雕的雄豹，栩栩如生，彷彿也停下步，等著聽男爵說八卦。

「孫文搞革命，四十六歲當了新國家的大總統。明明有妻，卻帶不出來，實在不是現代國家該有的窘況。去年離婚，改迎來二十二歲的少妻宋慶齡，氣質高雅，貌美迷人，還會講英文，孫先生實在明智。」

眾人頻頻點頭。

王景忠也加入點頭的行列。

南洋行歸來，王景忠也把男爵的分析帶回高雄，並帶了一只印尼的藍寶石戒指給三太太，當作結婚禮物，直接把她從「妾」升格為戶籍上的「妻」。原來名義為「妻」的大太太則以離婚來處理。表面上，各房太太都照舊生活，沒有搬動，也沒有少給半毛錢，不過是僅僅多了一枚藍寶石婚戒而已。但，一枚戒指丟進王家大湖，漣漪還是一層一層擴散出去了。

改了戶籍登記之後，王景忠自認正確，一如孫文的「明智」，很得意似的，在報紙上刊登結婚啟事。三太太姓白名寶，出身旗後，她的父親在英國來的梅醫生（W.W.Myers）萬大衛紀念醫館當過助手。當一般台灣少女不是綁小腳、做女紅，就是餵豬、揹小弟弟，她就在聽診器、針筒之間長大，也會講點英文，兩歲就會叫「Doctor Myers」，會跟梅醫生打招呼，「How is your day?（今天好嗎？）」

一八九五年日本人來了以後，白寶的父親已自立行醫，她才十一歲，也跟日本病患伶俐學著念あいうえお。對王景忠來說，元配就是舊時代的女人，白寶才見得了世面。高屏地區日本官商的太太紛紛加入愛國婦人會，而日本人不來三妻四妾這一套，參加者都是正牌、唯一、合法的妻子，不屑與小妾為伍，因此，對王景忠來說，扶正白寶才是正途。

白寶對扶正的第一秒回應，「這樣子對大房、二房不好，她們會肝苦，我很難做人，我不敢接受。」皺眉停頓五秒，「但是，老爺的考慮一直都是為王家好，老爺的任何決定，我都遵命，我願意來承擔這個重大的責任。」

王景忠揮揮手背，「別想那麼多！她們都會識大體的！」然後語帶欣慰，「只有你才知道要講責任」。

對二太太來說，她本來就不是法定的「妻」。聽聞三房扶正，只有一點像媽祖出巡，鑽轎腳的高潮，突然被擠在後頭的人，衝到前頭去鑽過轎下，有點討厭，卻也沒什麼大不了。但她親生的大兒子王本源忿忿了一句，「聽過王莽篡了漢朝皇帝的位，但好像從來沒聽過妾篡位成妻的事！」如塵灰飄落在她心上，沾到三秒膠，已吹揮不去。被冷落、被看輕、被打敗的不平情緒，也如佛寺敲鐘一樣，早晚報到。

元配嫁給王景忠已經快四十年，被離婚時，已是垂暮老婦，何況未生兒子，一輩子懷抱其罪，心情如入齋堂。倒是領養的兒子王開源，非親生，已經夠自卑，母親被離婚，他的怨憤種子開始播在自卑的泥土上。他第一時間關起門來跟太太抱怨，「我們不是正港的王家人，要想辦法造自己的家。」

如此三邊人，十三、四年來，由一個中心點，背影對著背影，各自怒怨，往不同方向散成一個像賓士汽車的標誌。外面人看，還是一個圓。只有像孫仁貴這樣的人，才窺得見圓圈內各以一百二十度角分歧、構成一個如風火輪的王家。

客廳內，清咳之後，正宮太太白寶語氣平得如夜光下的湖面。「眼睛黑青，過幾天會好。是非標準若壞掉，能有救嗎？」

也像夜光下的湖色一樣，飄散詭譎之氣。

幾十年的老伴一開口，如照妖鏡，反映了配偶個性上的毛病。王景忠向來八面玲瓏，開口閉口和諧第一。雖不想討好所有人，但害怕得罪任何有利害關係的人物，則是千真萬確。是非對錯往往被他的和諧至上觀毀到血肉模糊。兒子在球場邊打成一團，他的腦筋更亂成一團了。他問孫仁貴，「你看怎麼處理好？」

4

孫仁貴才從王家豪邸右轉出來，《台南新報》記者迎面走過來，此人是仁貴台南師範學校高兩個年級的學長林江海。校友日後多半當教員，唯獨他很有個性，在校時就寫和詩（日本詩）出名，畢業後選擇當記者。

跟在學校一樣，仁貴停步，先禮貌喊，「先輩」（日文，學長，念音近似「先拜」）。林江海右臂快速熱情環住他的雙肩，「正好問你這個台南師範第一美男子」，順著仁貴的方向，一起離開豪宅。橘紅的夕陽還在海上，他們舉手遮陽，低頭避開，似乎正適合講祕密。

林江海先聊，「聽說早上王家幾個少爺打起來了，整個高雄市都在講五少爺要像伊達政宗了。」

仁貴腦海浮現獨眼的仙台藩主伊達戴黑眼罩的模樣，含笑未答腔。

「到底他們兄弟在吵什麼？」

「先輩，王家的事怎麼問我?!」

「誰不知道你是王老爺的第一聽眾，他什麼事都告訴你。你看，現在你不是該在學校嗎？怎麼從他家走出來？」

仁貴被逼得改口，「先輩，失禮，我不能說什麼。特別你是記者。」

林江海使出記者招數，「沒關係，你不用說，你點頭、搖頭就好。」

孫仁貴啞口。

「有風聲說，王老爺要把自己名下的財產，全部登記給三少爺，讓三少爺佔股最大，其他人不滿，才打起來，對嗎？」

仁貴如被逼到牆角，沒搖頭，但也沒點頭。

林江海追問，「沒搖頭，就是確有其事了?!」

仁貴一回家，三歲的小愛雪跑過來叫爸爸。他把她舉高高，小裙子飛揚，無邪天真的笑聲潑撒了一屋子的粉彩。懷孕的妻子錦枝伏在房內的書桌前，母親則坐藤椅，給一條手巾繡花，仁貴突然為眼前的簡單平安感到無限的滿足，不禁對著愛雪的小臉說，「最高ですよね！愛ちゃん。」（好棒啊！小愛！）

仁貴進房間脫掉教員的黑色文官服，一邊繼續用日語問錦枝，「備課？明天幼稚園有什麼活動嗎？」

「沒有特別，只是在準備明天教唱一首新的唱遊歌。」錦枝正擔任高雄第二幼稚園的保姆老師。「今天好嗎？」

仁貴一口氣把王家兄弟鬩牆講完，錦枝笑說，「還好你是孤子，沒人跟你搶財產。」

「孫家也沒多少財產可以搶。」仁貴納悶，「明明王家每一房每一個兒子分得的財產都遠比一般人多，三代不愁，為什麼還要一錢一錢地計較？真會給自己找麻煩。」

「吞不下不公平，可能是人的本性。看幼稚園的小兒就知道，如果三個孩子站在我面前，我發第一個三塊餅乾，第二個給兩塊，第二個小孩不一定會算數，但他的心眼和臉上的眼睛一樣聰明，當場就會質疑我了。第三個如果只給一塊，他大概就躺在地上，直接嚎哭了。」

「老爺真是矛盾，擔憂兒子們失和，偏偏又鐵了心，要讓三房的大兒子坐大。他認定自己白手創造王家的一切，有權力決定誰繼承大位當家主，而和源桑最有才幹，就應該引進日本家族作法，讓他獨大，才能確保王家永遠不墜，不會因分家而稀釋。」

孫仁貴萬萬想不到，他跑了一趟王府，聽到了王老爺內心的「本音」（日文，真心話），埋下禍根，讓自己一步一步走向毀滅性的黑暗陷阱。

5

隔日，天剛破曉，錦枝已準備出門上班。她站愛雪背後，一把抱起，兩掌虎口撐著她的兩邊胳肢窩，放在女佣紅圓的背上。紅圓彎腰，微微前傾，左右振動已弧的背，喬理她和愛雪之間最順貼的關係。錦枝再拿出十尺揹巾，橫覆愛雪的背，紅圓抓過巾尾，雙手在胸前不斷電般交錯，如二刀流，不一下子就直挺起身。

紅圓的髮梢，才碰到錦枝的臂肘。比尋常十二歲女童還矮小。

愛雪毫不受擾動，依然沉睡，紅頰襯嫩膚，根本人間天使。

每次臨要出發，錦枝一定輕拍兩下紅圓的肩，「紅ちゃん，お願い！（小紅，拜託囉！）」然後再精神飽滿說，「出發囉！」一樣講日語。平日，錦枝只有對婆婆才講台語，其他時候幾乎日語不離口。

孫仁貴比往常早，今天和錦枝一起出門。錦枝要從苓雅寮家裡往西到旗津的第二幼稚園，仁貴則往北，去不遠的高雄第二公學校。

一出門口，正好遇見學生簡阿河。

「先生（日文，老師），早安！」五年級的簡阿河向孫仁貴鞠躬。敬禮之後，阿河忍不住看向紅圓那邊。他們兩人一般高，阿河反因清瘦而更像弟弟。

「我可以看一下愛雪嗎？」原來阿河意不在紅圓。

「當然！」錦枝笑了。

就在紅圓稍微側肩，讓阿河好看見愛雪的這一刻，朝陽照在愛雪小臉上，她緩緩睜開眼睛，阿河脫口讚嘆，「好可愛喔！跟洋娃娃一樣！」

也是阿河的世界最明亮的一刻。

一群人清晨小遇之後，分兩路離去。阿河跟孫老師一起往第二公學校。走著走著，阿河天真發問，「先生，我長大可以娶小愛嗎？」

「當然可以啊！只要認真念書，將來就可以跟她結婚囉！」

對突來的提問，仁貴一派老師本能反應。也是因為他整個頭腦被今天的任務塞滿，阿河的問題只抵達他的嘴脣，並沒有跨過他心底的門檻。

聽完孫老師的回應，阿河沒有笑，反而像收到軍令的士兵，用力點了一個嚴謹的頭。

在仁貴心裡，阿河認真、功課好，一直看好他將來有前途。不久前去家庭訪問，他還跟阿河的寡母說，「我上課的時候，在黑板寫字，寫完，頭一轉回來，學生不是看右手邊的窗外，就是看左手邊的走廊，只有一個人的眼神沒飄走，一直在看著我，那個人就是阿河。阿河真是專心，將來一定會有出息。」

過沒兩天，阿河的提問，已如一葉扁舟遠離仁貴內心的汪洋。但是，阿河卻在心田中央的大樹用刀刻鑿，一輩子也抹不去了。

大人無意間說的一句話，有時無形間在小孩的心房點燃了一盞小燈，漫漫人生長路，有了追尋的方向。只是當時，仁貴和阿河都沒有預料到。

6

孫仁貴前腳到了學校，王老爺的派車後腳已抵教室穿堂外的車寄（日文，待車與上下車的地方，往往為建築凸出物，但仍與建築相連）兩個早到的高年級男學生笑嘻嘻跑到車頭，盯著車頭標誌的那幾個英文字母BUICK（別克）。

一個問，「這是什麼車啊？」

另一個瞎答，「這是『后的』啊！」，還邊作勢要把車子推倒。

如此一問一答，雙人相聲兼台下觀眾，自己講，自己捧場，笑成一團。

原來這兩個字本來就是個笑彈。當時台灣風行頗廣的美國進口車福特（FORD），日語念音近似「福歐豆」。台灣庶民喜戲謔，就轉成音近的「后的」彷彿痛快高喊「讓它倒吧！」。

仁貴快快寫滿了兩張紙條，麻煩同事代課。換下黑色的教師制服「文官服」，穿上鐵灰色西裝，快步向穿堂去。兩個男學生看來已經玩夠了，在走廊遇見他，馬上肅容鞠躬。

鑽進等待的黑色轎車，仁貴看見右座上有兩、三份報紙，正納悶，司機馬上收到雷達感應，「孫老師，那是今天的報紙，夫人有吩咐，要我跟您說，看一下《台南新報》。」仁貴一翻，第四版，粗黑標題「高雄名望家手足相殘」。他眼睛一眨緊閉，不忍卒睹，但如三公尺外直射過來的箭，已經無法閃躲。

「林桑，我們快趕去台南接劉大舍吧！」仁貴催促司機。

劉大舍本名劉熊，念過點私塾，但秀才沒考上，每天發悶，老覺得天空黑灰灰的。日本統治台灣第二年，就在台南朱子殿辦成人就讀的「國語傳習所」，六個月為期，快速培養一群會講日本語的男性，做行政、教育、司法各方面的通譯。劉熊基於好奇，第一個跑去報名。他膽子大，初學得三分日語，便講得九分九，煞有介事。翻譯時，毫不遲疑，日本老師不禁讚嘆厲害，鼓勵他到日本留學。劉熊才剛年過二十，全身活力用不完，也真的去念了明治法律學校。

一九二一年，總督府第一次選幾位台籍仕紳出任總督府評議員，雖是花瓶般的職銜，但有點像現在的資政、國策顧問，至少可以獻上一點建言，見一點高官的臉。那時，台灣連一個民選議員都沒有，府評議員簡直就是認證過、有標章的權貴。而全台第一批獲選的台灣士紳，人數之少，雙手可以數完，而且多是大地主、舊豪族。劉熊不僅是府評一員，而且有日本學歷，襯顯新派。

不出幾年，劉熊從海邊買到山林，他居兄弟之長，人稱大舍，其餘兄弟，二舍、三舍，排到十一舍。單聽數字，外人雖難窺家產全貌，仍強勢給出家大業大的形象。

仁貴下車，抬頭一望，屋頂有小塔，塔頂有鐵桿，桿端一隻冠紅紅的公雞，定睛再看，原來是鐵鑄的「風見雞」（日文，風向雞）。劉邸的洋房尖頂、綠瓦、鵝黃身，簡直從歐洲的彩色童話故事書裡蹦出來一樣。踏進屋內的客廳，一時不見劉大舍，聲音倒從旁邊的電話小房間傳出來，「嗨、嗨、嗨」的日語聲不斷。（嗨、嗨、嗨即日文的はい、はい、はい，近似中文應答時說「是、是、是」）。

客廳裡有另一個男士，年紀約莫四十，合身西裝，頭髮抹油後梳，露出光亮飽滿的額頭。很客氣趨前跟仁貴握手，「孫先生，讓您麻煩跑這一趟。」隨遞名片，仁貴一看，「許甘來」，南台灣開發物產株式會社專務取締役。許甘來請坐，仁貴禮貌搖頭，「這樣好。」兩人便一起站著等待電話結束。

劉大舍從電話小間出來。身型壯碩，從厚肩到肥肚，西裝跟著大到有點脹了氣，像南瓜罩著斗篷。

「剛才總督府的祕書官打電話來，說總督已注意到王家分產的最新發展，希望務必妥善處理，不擾動社會安寧為要。我們趕快出發吧！」

仁貴感覺劉大舍就是解決問題的人，行動明快，不像舊地主豪門慢條斯理、端樣子、動靜都是規矩。

劉大舍把近乎事業總管的許甘來也找一起，三人到台南火車站。仁貴快去購票，隨之恭敬前導他們到一等「待合室」（日本時代火車站專給一等、二等車廂乘客的候車室）。

7

在仁貴往台南去的同時，錦枝和愛雪、紅圓也在趕路，但認真說，他們在「趕海」。高雄港內的海像是孫家平房的後院。黑夜潮漲，海浪打上屋後的牆，像手掌輕拍空紙箱，發出淡淡的碰聲，是孫家專有的搖籃曲。

一早，跟往常一樣，舢舨猶如租車，依約準時靠岸來接。白天順著港內的潮汐，舢舨可以平滑往西到哨船頭。風不大的話，更可以直達旗後（旗津北端的地區），不用再繞道哨船頭。

舢舨搖啊搖，天然的鬧鐘，把愛雪搖醒了。

錦枝對她唱起日本童謠〈靴が鳴る〉，一邊把兩隻手放到頭頂上。

「花をつんでは、お頭にさせば（摘些花，放在頭上）

みんな可愛いうさぎになって（大家都變成可愛小兔兔）」

愛雪才兩歲多，也跟著揮舞小手扮兔子。

哨船頭上岸，馬上要轉乘汽船到旗後，錦枝的幼稚園就在不遠。旗後和哨船頭兩地隔海相望，距離不到一百公尺，構成如螃蟹的雙鉗，也像城堡入門的左右衛士，護衛所有進港的船艇，抵禦外侮入侵。

汽船出發，馬達發出嘣嘣嘣的響聲，愛雪異常興奮，眼珠咕嚕咕嚕轉。船到半途，錦枝指著遠方藍天，「あおいそら（日文「青い空」）！」

愛雪跟著喊，「あおいそら！」

紅圓拍手稱讚，「すごい（好棒）！」

海風吹散了愛雪薄薄的嫩髮，錦枝伸手過去梳抹，小心翼翼，用細細的兩指，重新推入黑色小髮夾。

幼稚園附屬於公學校，日本校長兼園長，園內保姆（日治時期，幼稚園老師的職稱）只錦枝一人。獲得校長的諒解，她把幼稚園的教具貯藏間，稍事改裝，愛雪可以在那邊午睡，肚子餓了，錦枝也可以就近哺乳。

幼稚園熱鬧唱遊，風琴聲助長氣勢。貯藏室裡，則另有洞天。愛雪趴在小桌子低頭拿蠟筆，一邊畫白紙，一邊加旁白，「爸爸，戴帽子！這是媽媽，媽媽穿花花的裙子！和我，我們在看大船！」不成形的線條裡，有滿滿的故事。

紅圓躺在榻榻米上，望著門外的白雲，一邊想起鼓山的媽媽。兀自單口相聲，跟愛雪聊起天來。

「愛將（日文發音，近似小愛），你很好命，我媽媽說，我像你這麼大的時候，她要去淺野水泥工場給人家煮飯，要爬下山，再爬回鼓山山上的家，沒那個氣力揹我、拉我，都嘛把我放在厝內，自己在地上爬，自己吃土。

「下次回去鼓山，看見阿母的時候，我要跟她說，我不是吃土，我是吃山！哈哈哈！」笑聲之尾，不單是笑聲，還混進「唉～」。紅圓碎念起自己，「唉！我是在想什麼?!變吃山的大神嗎?!」

「我想趕快大漢（快長大成人），有錢買山，孝順我阿母，讓她不用再下山工作，做自己的山（以自己的山為業）就好。」

「愛將，十年、二十年之後，我會變做什麼款呢？」紅圓從榻榻米坐起來，「愛將，十年、二十年之後，你會變做什麼形呢？」

愛雪專注在線條的世界，頭一抬也沒抬。

紅圓湊近過去，手圍著愛雪的肩，笑著，一起看她的畫。

8

王家另一部車到高雄火車站接走劉熊大舍，穿過堀江町、入船町的邊緣，上木造的高雄橋，跨過高雄川，右轉直奔苓雅寮。

王景忠半躺在他慣常的斜椅，望著天花板，與其說等待劉熊，不如說正在苦嚼剛才來自鹿港的電話。

鹿港的辜顯榮，人稱辜大人。一八九五年當時，接收台北的日軍行動保守，遠從東北角海岸的澳底上岸。才挺進到基隆，三十公里外，清廷治下的台北城內已群龍無首，清兵棄守，還自亂陣腳，燒殺搶劫。台北商人見苗頭不對，趕快遣人請政權新主儘速入城平亂。辜顯榮就是那個被派去通報日本軍的人，也成為新政權第一個認識的台灣人，他便如搭英國獵兔犬戰機，不用助跑，直接垂直升空，很快取得政治頭銜和實質商業利益。當台灣上流家族還在混島內總督府層級的關係，他已經混到日本本國貴族圈去了。

辜顯榮在電話那一端講了一堆。王景忠一番篩檢、分析、整理，把他話裡的話萃取再提煉，最後只剩三句話。雖然只有三句，仍如鷹群，在腦子的天空盤旋，輪流直撲草叢裡跳躍的麻雀，句句啄心。

「切莫丟我們台灣家族的臉……」

「不要給日本人看笑話了……」

「分家，兒子們不滿是必然，這款代誌一定會發生，最重要的是，不滿要綁在厝內！」

王景忠眉頭鎖得緊。一直到孫仁貴前導，迎接劉熊大舍入廳，兩眉才退回原位。

王景忠先開口，「歹勢，人老，身體不堪，未能親自去台南請教，還勞煩劉先生行一趟來高雄。」劉熊回，「王老爺有吩咐，我一定要來的。此事關係王府的將來，也牽動高雄的實業界，一定要考慮周詳。」

說得也是，王景忠家族多角投資，本業船運不論，台灣南部最主要的糖鹽產業不說，製冰、銀行、電力、水產、公車會社，凡是有人要創投新事業，需要資金，找上門的，王家都可以參一腳。王家股權變動，自然會影響南台灣的企業穩定。

劉熊摸了一下唇上的濃密鬍子，開始閒談大局。

「這兩、三年，台灣不祥的代誌一件過一件，總督的頭很疼。久邇宮邦彥王在台中被朝鮮人從車後丟刀子，日本共產黨來基隆殺警察，霧社出那麼嚴重的事，軍隊都開上山了。這一、兩個月，台北工業學校、台北醫專、台北的東本願寺連續著火，燒得很嚴重，您不覺得氣氛不對勁嗎？」

王景忠沒應腔，只望向坐在左前方的仁貴。

劉熊又說，「我們高雄這邊，中和老爺剛過世，現在您是大樑柱，您穩住，高雄州知事就無憂了，總督大人也可以安心。」

看來，高雄州知事毛利佐吉也發出關切。

劉熊繼續，「是否容我失禮，先提個建議，按照古禮，樹大分枝，不同的事業體分開，讓諸位公子各掌不同事業，土地的部分也均分，您看如何？」

王景忠面露難色。

「仁貴，把那個拿出來。」

仁貴依命把桌上的一個茶黃色信封打開，抽出一張摺了好幾折的長條日本和紙，呈遞給劉熊。

一拉開，原來是一張財產清單。簡要大項，各項前用紅筆寫一、二、到七，代表七個兒子。另有「蘇氏」、「張氏」、「寶」，代表三房妻妾。劉熊老花，雙手持紙，移往東北方找光線，再下壓一尺，頭從右轉到左，快速瀏覽。

王景忠解釋，「我看日本商店、會社動輒存續百年、兩百年，我想日本的長子繼承制度較優，能夠讓事業體集中，不至於像一把砂糖灑出去，最後溶了了（台語，溶光光）。王家的糖要像磚仔角（台語，磚塊），硬硬整塊好好。和源能力最好，就由他主管。土地、田佃（台語，佃農）的部分再大家均分，有佃租可收，生活無虞。」

劉熊微微苦笑，「這裡是台灣，不是日本啊！」

王景忠情緒略微激動，反問，「難道台灣現在不是日本的嗎?!」

劉熊一樣苦笑，但答不出話來了。

「這是為著我王家百年、千年的命運，不是為了讓幾個兒子傲嬌、歡喜而已。希望這些兒子眼光放遠一點。」

本來，劉熊是被請來當公親的，幫忙調解出各方都能夠接受的分產方案，除了反被教訓一頓，此刻也不得不皺起眉。看來，洋灰早已拌了水，擁有最終決定權的王老爺，其心已是硬梆梆的紅毛土一塊了。

午後，劉熊先去找清源。王家諸子中，劉熊最熟清源，當年清源就是拿著他的介紹信到東京給日本校長，才得以進入明治大學法科。清源對他執禮也最恭。

劉熊開場並不談頭痛的分產，「剛才在王老爺那邊，離開前，他特別關心你再娶的事。」

清源紅腫的右眼綁著黑罩，平行的掛線橫過左眼上下，勾住左耳，彷彿準備登台的反派演員。但劉熊和清源很有默契，完全略過這一節。

清源回，「燦燦才三歲，個性活潑，確實需要一個母親。」

說到這裡，他遣人去把燦燦帶來。果然活潑的小千金，厚重的冬季大衣無礙施展，手長腳長，看見清源，就直線撲向他的懷抱。

清源喚她，「叫歐吉以將（日文音，阿公）！」

燦燦秒拒，「他不是歐吉以將！歐吉以將沒有嘴鬚！」

這個快答把劉熊逗得笑哈哈，稱讚她眼力好，「目色真金喔！」

9

劉熊在高雄奔波兩個整天，王家諸子都個別見過，了解、勸說、曉義之後，第三天回報王景忠結果完滿，夕陽西下，才打道回台南。火車一等車的包廂內，跟左右手許甘來聊起王家少爺。

「開源為養子，雖長卻虛，有怨但不敢發。」

「本源是二房娘的大兒子，嬌寵過度，放縱歡娛，無腦，不知道怎麼爭。」

「逢源最棘手，若說服得了他，二房就會安靜下去。他下面的弟弟培源才二十出頭，剛從美國回來，想法和台灣人都不相同，他說想要去美國當ボクシング（拳擊，念音近「播信古」）選手。」

劉熊暫停，岔題問許甘來，「知道什麼是米國ボクシング嗎？」

許甘來搖頭。

「據培源說，穿寬寬的短褲，打赤膊，雙拳戴皮手套，在擂台上打來打去。」

劉熊繼續點評王家少爺。「確實幾個兒子裡，三房最大的和源最將才，聰明，有胸襟，也很穩重。在美國念過商科大學，由他來接續王老爺會社的股份，有其道理。」

「清源最單純，在家看書、聽曲盤（台語，唱片），就很滿足的樣子。不過，他也有牛脾氣，不能去鬥到他的牛角。」

「最小的根源想當畫家，滿腦藝術，盡跟日本畫壇的人混。財產的事情，像隔壁歐巴桑早餐吃杏仁茶要不要配油炸粿（台語，油條），不干他的事，不用問。」

事實上，前一日白天，土地部分已分配確定，爭議濃縮到只剩逢源對和源取走全部父親股權依舊不滿。逢源還曾拍桌，「老父如此偏心，王家的人既做不成父子，也不用再做兄弟了。」

那天中午，劉熊請仁貴再問王景忠，得到的回報仍是「搖頭」，堅定不退。

近晚，高雄州知事突然下請帖，邀和源、逢源到官邸。他倆一碰頭，才知客人只有他們和劉熊三位。

四張絨布矮沙發，圍著稍高的圓桌，戰前這種桌與椅的幾何關係，讓四個人彼此好像被中央山脈隔在東西南北，而不似環山圍盆地，互相眺望，有交集，可匯流。

毛利州知事近乎沒有表情，無法猜測陰晴。

他從往事談起。

「初初領台時期，王老爺就為帝國犧牲了寶貴的右腳，數十年來，高雄的開發與王老爺的事業平行展開，相互提攜。過去，州廳政務受王老爺協力許多，像是天皇『御大典記念事業』（意指慶賀天皇即位的紀念活動），高雄州要建青年會館，建築費共需十二萬圓，官廳與民間各付一半，王老爺便是其中寄附（日文，捐獻）的主力。將來，也盼望兩位公子共同為高雄的繁榮貢獻心力。」

和源與逢源別無選擇，只能點頭再點頭。

毛利知事講到了眼前如火如荼籌開的高雄港勢展覽會，「苓雅寮媽祖祭的部分，陳中和老先生崩逝未久，不好勞煩，本來由貴府王家帶頭主事，不過……」毛利知事稍停，「今天已轉告陳家，仍請啟貞大少爺接手了！」

和源與逢源一驚，忍不住互看了一眼。隨即也瞭然，未敢置詞。

毛利最後指稱另有要務，必須先離開。從沙發要起身前，丟下一句，「王家平穩成長，是我所最關注的，也請兩位務必幫忙。」

自古以來，政治談話，重點絕不會出現在前頭。劉熊心底快速打算盤，推敲毛利知事用字遣詞的背後含義。他對「成長」兩字感到驚訝，毛利把王家講得跟個小孩一樣。

官邸客廳只剩三人，倒是劉熊本來就知道的。

劉熊望了望矮櫃上的置時計（日文，放於桌面上的時鐘），「快几點了，時間已晚，州知事都請大家到官邸來了，是否今夜大家就能達成共識，有個決斷？」後頭又一句，「也才好離得開官邸！」

三人默默共嘆了一息。彼此知道這像被黑道綁來畫押，不在本票上簽名，是贖不了身，走不了人的。

和源先開口，「家父對我寄望深重，但其實我不願兄弟失和。如果需要我退讓什麼，請劉老爺指示。」

劉熊欣慰笑了，「這樣好，這樣好。」

自認未受公平待遇的逢源，警戒以對，眼光銳利，忽左忽右，掃瞄了兩人，只覺得和源講的是空話。

這時候，劉熊提了一個自認巧妙的方案，「令尊大人一生勤奮勞苦，赤手空拳，打拚出大片江山，我想基本上諸位應該遵照他的意志來分產。但為了兼顧家族和諧，又不能照單全收。因此，我建議大家在最爭議的地方，各退讓一步。王老爺的股權全部給和源繼承，讓他安心、歡喜。」說到這一刻，逢源瞬時挑眉屏息。劉熊快快迴轉，語氣加重但壓低，緩緩連講三次「但是，但是，但是」，「將來老爺百年後，和源必須在兩個月內，召集兄弟，商定移轉一半股權事宜。」

逢源仰脖，空望天花板五秒，然後平過頭來確認，「等於是老父的一半股權暫時借放在三兄那裡而已？」

劉熊點頭，「可以這麼說。」一臉嚴肅，「我人格保證。」

和源突然加碼說，「我想，到時候，就移轉出七分之六的股權，讓每位兄弟公平得到父親的恩澤。」

劉熊大驚喜，臉部所有線條一舉上揚，「這樣最好，這樣最好。」

和源出其不意的不貪，把逢源滿身的豪豬刺都拔光了。他本來還想質疑口說無憑，力爭要立書面云云，便自動吞進肚子裡去了。

劉熊提議，「我快屆還曆（日文，六十歲）之年，怕頭腦昏花，是否再找個年輕的見證人？」

其實，在座三人心知肚明，王老爺已風中殘燭，劉熊則紅潤健壯，增一見證人，不外是劉熊周全，也是精明。

「大家都認識孫仁貴老師……」，劉熊話還沒完，逢源憶起，「他和我公學校同學，七、八歲的時候，有一次我們跑去高雄川玩水，我嗆喝了一口水，爬不出水面，一直沉下去，還好仁貴右手一舉，像麵勺子一樣插進水裡，一把把我撈起。」

氣氛因溫馨往事輕鬆許多，滿室所有銳角都磨平了。

劉熊好奇，「因為這樣，王老爺跟他才這麼親近？」

逢源答，「倒不曾聽家父談起。」

「你知，我知，就我們四個人知道。請千萬不要洩露半點。橫生枝節的話，對大家都沒有好處。」

回家路上，仁貴反覆咀嚼劉熊最後的叮嚀，考慮一會兒見到太太錦枝，要不要透露一點，還是全部說個乾淨。

踏進門，仁貴很謹慎，決定什麼都不說。

「今天好嗎？」

「傍晚被同事捉去咖啡館看『ハーレーダビッドソン』（Harley-Davidson，美國名牌重機）了。」

「蛤？看什麼？」

「台南市的廣合洋行從美國進口的兩輪引擎車，就叫哈雷！我不曾親眼看過的車！車旁還架接一艘小鐵船，可以載一個人。春波兄的朋友在廣合任職，駛來一部放在咖啡館前面推銷。」

仁貴與劉熊、許甘來午前同乘火車回台南，目送劉熊巨大身軀左搖右擺的步履出月台，鑽進自家轎車，他再回高雄，這一大段故事就用「去咖啡館看哈雷機車」遮掉」。

10

反倒鄉民預期王家興波時，王家兄弟好像拳擊賽散場，去東京的去東京，去香港的去香港，意外地平靜。外界只看得到，五月高雄港大展覽會的迎媽祖盛典，王家出局，很沒面子而已。

王家的八卦很快重回媽祖廟安瀾宮前。

八月，海風吹來仍是熱的，廟前黑毛土狗軟趴趴癱在樹蔭下。小冰販赤腳挑擔也停歇在樹下。只有蟬，像少男少女組成的重金屬樂團，拚命要叫到燒聲（台語音，沙啞）才甘罷休。

兩個中年男性穿對襟衫，胸前直排五橫布紐，一看就是台灣人。長褲寬薄，跟現代的睡褲如出一脈，只是七分短。兩人相約似的，都戴鴨舌帽，還一起從廟的三川門走出來，一走左白虎，一走右青龍，像登台一般，在廟的正前會合，走向樹下。從冰販手上接過兩碗糖水剉冰，站著就八卦起來。

「清源舍又要娶某（娶妻）了！聽說是府城（舊制台南市）的人。」

「前一個某是里港人（屏東里港），有夠水！看過的人都講，沒看過那麼漂亮的台灣女人。頭小小的，皮膚白白的，嘴、目、鼻仔都像刻的。」

「又是有錢人，穿上水裳，愈水！（穿上漂亮衣服，更漂亮！）」

兩人你一語我一句，都分不清嘴角潺潺滴的是冰水還是口水。

「府城的新太太不知道長什麼樣子？」

「聽說要包一龍（一列）的火車去娶。」

「到時候，要去看熱鬧嗎？」

「去啊！到時候做伙來去高雄驛（日文，火車站）！」

「要記得帶椅條（台語，長板凳）蛤！」

「這麼搞工（費事、麻煩）?!」

「人山人海，沒椅條站高，怎麼看有?!哈哈哈！」

「哈哈哈！」

對於親生兒子和源拿下家族事業領導權，白寶沉浸在勝利的歡喜池裡。女佣人發現她三件事，更愛吃肉，更頻繁放留聲機，聽曲盤轉圈繞出來的日本歌，更常命令長工、女佣打掃內外。總之，就是活力該下降的五十歲，反而逆齡上揚。

對於再娶媳婦，白寶像連拿三年溫布敦網球賽冠軍的第一種子球星，踏入紅土球場，滿座觀眾的歡呼聲起，她一方面自信滿滿，要創造不敗神話，一方面又擋不住失去榮冠的焦慮；白寶拿放大鏡檢視即將入門的兒媳。

劉熊第一次遣人送來女方的八字。

白寶問，「念過高女嗎？」

「有！」

「那不太適合！」白寶很婉轉說，「我們娶的媳婦要生兒育女、煮飯洗衣。不是頭髮剪短短、穿洋裝、高跟鞋、不時去逛街。」

清源留學日本，社會公認的知識菁英，依常理，應搭配至少高等女學校畢業的女性。但念過高女，浮現白寶腦海的卻是當時俗稱的「モーガ」（音近「摩尬」，即三〇年代日本對時髦新女性 modern girl 的簡稱）。

白寶曾是她那一代的先鋒，現在，婆婆的身分意識拖住她的腳，讓她在這一代落伍了。

第二次送來八字，只念到公學校（相當戰後的國民小學）畢業。白寶又問，「會日文嗎？」

「會！」

「那可能不合適。」

「會日文有差嗎？」來人心底納悶。

白寶又說，「我們娶的媳婦要生兒育女、煮飯洗衣。」

其實，白寶也能說一點日語，但她可不願意被媳婦比下去。她想在福佬話的世界，維持一個可抬下巴的婆媳關係。

兩次回報都是「我們娶的媳婦要生兒育女、煮飯洗衣」，劉熊慢慢摸到白寶大人心思的邊了。他想到府城一個守舊的家族，姓楊，前兩代還是舉人、秀才，日本統治後，楊秀才堅決不理會日本人，以天朝棄民自況，隱居不出。幾年前撒手西歸，最小的兩個兒子即使已經二十好幾，仍連袂趕赴神戶，專攻日文和現代商業，急急要把被父親禁念日本書的空白補起來。他們的兩個妹妹青春失學，就已經沒機會填補了。大妹出嫁了，小妹青吟待字閨中，但也過二十歲，已屬老小姐。一般女子，十六、七即嫁。

劉熊派許甘來去拜訪楊秀才的小兒子楊思閩。父死從兄，遵古禮，青吟婚事唯兄長是聽。

王家巨富，但僅新富，楊家之貴雖舊，已經累代，思閩自覺彼此匹配。他像房屋仲介推銷物件，拿出一疊棉製信紙，筆跡透背。

「舍妹青吟自幼在家跟隨父叔讀書，勤於詩書，這些是她的習作。」

許甘來略微彎腰，雙手捧接過來。他的鋼筆字俊秀，向來被恭維，初睹青吟女史的墨字，立刻暗嘆不如。在快速又不失禮的翻閱中，他對題為「小花」的兩句留下記憶。

「不在危崖不破岩
小紅一點小窗前」

不若老松出危崖，不似勁竹生於破岩，幽靜深扉，探出窗去，柔弱一朵小花自在享受日光。許甘來腦海浮現如此小花一朵，也有未謀面的楊家小姐一影。

就在許甘來與楊思閫捧杯喝茶之際，楊家三進四合院的深處，青吟正在繡鞋，針拉綠線為鞋面上的飛鶴，陪飾些許松葉。她穿深藍素衣，額前一撮瀏海，若不是桌上有電風扇，會以為身在乾隆、嘉慶年間。

深閨中的青吟，不知前院有客，也不知道自己的終身就這麼被決定了。

11

結果，人山人海不往火車站，都擠到自家的苓雅寮。如果有一隻鳥盤旋在王宅大院上空，牠會看到蟲蟻般的黑點，漫布在門口、圍牆，鑽來擠去。

「來了！來了！」群眾有人遠眺高喊。

算一算，十部黑頭車，最中一部裝飾得萬紫千紅，有紙雕鳳凰綁貼在車頭。三、五個赤腳男孩一路追著車隊屁股跑，還笑得七分傻，嘴開開，邊跑邊扶口水。

車隊依序轉彎靠近。

車停了。

群眾直播輪番登場。

「新娘！穿粉紅色那個是新娘！」青吟頭罩粉紅垂地頭紗，身穿粉紅綢緞繡花衫裙，自成一色，不搶天，不搶山，不搶任何人、車、樹、牆的戲。

「新娘要下車了！」

「面好像圓圓的，很福相。」

「不算漂亮。」

「不要拿高雄樓的酒家女來比啦！」

「走路慢慢。」

「哎呦，哪個新娘走快快啦！」

「不會說啦！反正整個看起來就很優雅。」

「名門閨秀的氣質確實不同。」

青吟似乎通過了鄉民的考驗。

一堆人簇擁中，青吟被緩緩推入王宅大門。此後，幾乎一整年，苓雅寮鄉民沒有在宅外再見過她。

不知大宅門內的考驗是哪番風景。

一年間，王宅內有些許變化，但不驚人。王景忠病體持平，並未走壞。白寶夫人聽從愛國婦人會日本官太太的建議，替老爺從台北聘來師傅天天按摩。

「十幾年前幫佐久間總督按摩的李師傅，聽說還在執業。」婦人會屏東郡支部的山田郡守（郡長之意，等同今天的市長）太太很推薦。白寶自是不惜重金。

每天午飯前，盲眼的李師傅就被扶出來。他邊按還能邊念歌仔，一種服務，雙重享受。當賣油郎娶得妓樓美人歸的歌仔聲起，王老爺常閉目一聽即睡著。唱到女主角未墜風塵前，走避戰亂，父母失散，「暫宿古墓過一暝，不敢出聲驚人疑」，又會自動拉開眼簾。

青吟那邊，這一年間，她的最強記憶點是三月十二日。

老爺豪宅寬闊，三少爺和源、七少爺根源同住本邸，唯獨清源五少爺另在庭院西北側蓋小巧的和洋混合式建築。那天午後，清源手持中折帽（日文，紳士呢帽），一副準備出門模樣，對青吟說，「要來去巡灣子內（今三民區灣勝里附近）的田佃（台語，佃農）。」

「那是哪裡？遠嗎？」

「在烏松庄，往北走，還沒到楠仔坑（今高雄市楠梓區）。」

「烏松！庄名很美。開自動車去嗎？」（日文「自動車」意指汽車，戰前台語借用）

「今天不開自動車，愛馬會的吉井、杉野和我一起騎馬去。」

「聽起來是去兜風玩耍，不是去巡田！」青吟笑瞇瞇，一如往常輕聲細語。

「哈！說是，也不是。最近全台灣都在瘋競馬，跟賭博一樣，賭哪匹馬跑得快。有利可圖，日本商人頭腦動得快，想找完美的賽馬場地，要到處看看。」

進了灣仔內，地勢一直往下斜，一片草原景象，已闢的稻田反而顯小。

戴著鴨舌帽的吉井攤開地圖，手向山的那邊指，「啊！那條小水道就是高雄川的源頭。」

清源揹著相機，正準備下馬攝像。突然，兩歲的黑馬前蹄高抬，一聲嘶鳴，讓他差一點往後滑下馬背，趕緊抓牢馬繩。之後，沒半秒安靜，現場大亂，三匹馬都在扭跳、狂奔。從天而降的冰雹，也敲得他們三人驚驚叫。無一處可就近遮蔽，快馬往聚落瓦屋奔去，還沒到，冰雹已停。

三人摸著痛臉痛肩，臉上還殘留驚恐。才兩、三分鐘的時間，一眼望去，草地上已覆蓋一層薄薄水水晶晶的冰粒，小者如彈珠，大如鵝蛋的也有。清源舉起相機，這時，吉井和杉野咧嘴得意，如士兵高舉戰利品，把幾顆蛋大的冰雹捧在手心，笑傲入了底片。

雹擊馬狂的那一天，青吟第一次感覺自己好像懷孕了。

有流蘇的布罩桌燈下，青吟望著空白的棉紙，拿起毛筆，想寫點什麼。「今天日子很剛烈，生兒子的預兆嗎？如果是兒子，名字要有……」，她邊想邊寫「松」。想到清源的名字都有「水」，又在松字加水成「淞」。過一下子，再想回「松」，「松鶴」、「松壽」。或者「馬」，然後連寫了駿、騏、駒、驥、驄，等寫到「騰」時，青吟已覺得萬馬在胸膛奔馳，不禁頰熱耳烘。

正想得入神，清源從後方挨近，「在寫什麼？」

青吟兩肩抖了一下。

她把一堆「感覺」說了一堆，清源只回，「取名字不是我們的代誌。按照厝內的規矩，阿爸阿娘會找算命仙。」

萬馬退場。

青吟趕快把棉紙摺了再摺，塞進幾本線裝書中。

清源瞄了一眼那疊線裝書，「過一陣子，我一定要把你帶離開這些古書才行。現在不是唐朝、宋朝，是二十世紀！很多有趣的新東西等著我們。」

青吟總對清源說，「嫁了人，就應守在家。」看來不是誰鎖住了她的雙腳。

中秋剛過，青吟如願產下兒子。雖然逐步入冬，高雄的綠葉恆常對季節失憶，恆常留在夏天，沒有一點點黃。高雄冬季的天空也一樣，既忘了雪花，也忘了雨。按理，一入冬，高雄的人會比夏天舒爽些。但是，青吟像被誰用魔鬼氈綑了三圈，綁在床上。她夜裡無眠，清晨無力，日間不思飲食。身體消瘦，如吊點滴的膠質軟袋，一小滴一小滴落下，袋中水看不出絲毫變化。但一轉眼，袋子已有凹扁皺紋。

清源勸她，「運動治百病。我在日本念書時，天天打球，身體勇壯，從不惹風邪。」

「女人腳手動來動去，不成體統。」青吟聲調虛弱。

「我帶你去西子灣海水浴場看看，女學生、家庭主婦都只穿一件游泳衣，手臂和小腿都裸露在外。」

青吟像被蚯蚓、蟑螂黏上脖子一樣，閉起眼睛，拚命搖了搖頭。

「燦燦需要你，趕快好起來。」

清源一激勵，青吟眼睛睜得有神多了。

「她也快五歲了！該去考第一小學校的附設幼稚園了。」

「不是日本囡仔才能讀的嗎？」青吟疑惑。

「台灣小孩也可以念，但必須會聽、會講日本話，再參加考試。」

「燦燦一定要去念日本人的幼稚園嗎？二房那邊的小孩也沒念，不是嗎?!」

「現在是日本人的時代，孩子不管男女，都該早受日語教育。板橋林家還請日本家教老師，跟小孩一起生活，住日式房子，學習日本禮儀。霧峰林家的紹堂老爺、獻堂老爺的女兒跟我差不多年紀，她們七、八歲就送去日本請日本人教育了。」

清源如此長篇一說，青吟身為繼母，想像著燦燦學習落後，著急起自己的可能失職，

「那怎麼辦好？」

「孫仁貴都跟小孩講日語。太太又是幼稚園老師，你去請教她。」

12

仁貴的妻子錦枝與青吟完全不同，她天天教小兒們唱遊，手舞足蹈，放進旗津的幼稚園裡，根本就是個放大版的小孩。

這一天，她帶孩子們唱〈雀の學校〉。二十來個小朋友圍成圓，錦枝在圈圈裡。歌詞大概是這樣：在小麻雀的學校裡，麻雀老師揮舞教棒，麻雀小學生圍成圈圈，張口高唱。麻雀老師說，不行不行，再唱一遍。於是，「雞、雞、吧、吧，雞吧吧」的麻雀叫聲不斷穿插歌詞之間。

「雞、雞、吧、吧，雞吧吧」正是日文模擬的雀群叫聲，一如中文的「嘰嘰喳喳」。

愛雪在圈外遠處，熟練唱著跳著。

她可不是幼稚園的小麻雀，她是老鳥，比任何小朋友都早兩、三年「入園」，搖籃時代已經縱橫幼稚園，十八般武藝都學會了。這位隱藏版的學姊雖比大家年幼，個子也小，但她瞥見有個男孩沒跟上拍，腳弓起來，馬上跑過去，食指戳戳他的肩胛，「我教你喔。」

小女兒亂入攪局，把她罵出場，也不是辦法。愛雪四歲多了，活動力旺盛，總不能放她孤零零、眼巴巴看其他孩子遊樂。錦枝說，「愛雪，今天起，你來當老師的助手。」換唱〈蝶々〉（蝴蝶），大家變換隊形，愛雪扮起小老師，面對小朋友。

錦枝風琴彈起，愛雪雙手插腰，小朋友也以個別快慢不同的速度插腰。接著，愛雪甚至會學媽媽喊，「用意」（日文，意指準備。類似中文喊口令的「預備」）。錦枝看著風琴黑白鍵，偷偷一笑。

聽聞消息，錦枝帶著愛雪，直接到清源家拜訪。青吟遠遠看見錦枝母女，就從門口走廊走下兩階來迎接，錦枝加快腳步，兩人客氣相待。滿臉笑容，彷彿中學密友二十年後重逢。

愛雪和燦燦則雞同鴨講，愛雪滿口日文，燦燦的台語，她有的懂，有的不懂。還好燦燦的小三輪車和小狗驅走語言隔閡。愛雪騎著三輪車在走廊的兩根希臘柱間繞8字，不亦樂乎。後來又和燦燦在庭院追逐小狗，也不亦快哉。

兩位媽媽的對話就毫不生澀，如風推白雲，一朵飄去，馬上一朵又飄來。

錦枝早聽聞青吟是台南府城的人，刻意開場。

「夫人是府城哪裡人？」

「下橫街。」

「台灣銀行台南支店那邊。」錦枝不愧是府城人。

「是啊！鄭老師呢？」

「台南火車站前不遠的興濟宮那邊。」

青吟尷尬皺了眉，「倒手邊？還是正手邊？（台語，左邊還是右邊？）」

無論如何，人不親，土親，一下子關係就升溫了。何況又同嫁來苓雅寮。

上幼稚園的話題非主要了。錦枝聊到當今的學校是教小孩現代知識。「譬如說打雷，阿公阿媽（祖母）在家會教說天上有住雷公，說謊的話，雷公會生氣，下凡來劈死人。學校不會這樣教，老師會說，天上的雲相互摩擦產生電流，激出的光是閃電，巨響是雷。光比聲音跑得快，所以，地上人間會先看到閃電，再聽到雷聲。」

青吟聽得不解，卻又入迷。

錦枝又聊到兩、三年前，一個很有名的日本女性到高雄演講，她抱著崇拜的心情跑去聆聽。錦枝拿出隨身筆記本和鋼筆，「她叫杉本鉞子」，不自覺很用力寫了「鉞」字，「拿這個字來給女孩子命名，是不是很剛硬?!因為她是武士的女兒。」

「鉞子小時候也念四書五經，但跟她有婚約的松雄橫渡太平洋，到美國開古董店，她就在日本先學英語，距今三十幾年前，遠嫁美國。松雄先生盲腸炎病逝，鉞子還不到四十歲。後來，她用英語寫了自己的故事出書，轟動美國。更在哥倫比亞大學教書。」

錦枝如談偶像，如數家珍。

青吟無法接話，那個世界離她太遠了。

錦枝註解，「哥倫比亞大學已經快一百八十年，台灣現在剛有大學，台北帝國大學才三、四年而已。」

錦枝結論，「親睹鉞子本人時，她鬢髮已白，我還是感覺得到濃烈的生命力，女性也可以勇往直前，成就很多事。」

青吟終於抓到球，「以後我們的燦燦和愛雪也要去美國留學。」

揮棒太猛，錦枝飛撲不及，呵呵一笑，「燦燦可以去美國，愛雪則要看她的資質，也要看她的造化了。」

那天以後，青吟似乎領到一紙無形的保釋狀，她開始想走出豪宅大門。她為燦燦請來日本女教師，長住家裡，首要目標是讓燦燦能考上日本人的幼稚園。青吟也跟著開始學習日語，錦枝的激勵迴繞在她心裡，「學會五十音，就陪你去新濱町的山形屋書店訂購日本來的婦女雜誌。」

青吟活過來了。

早上阿春嫂一邊幫她梳髮髻，她就一邊聽日本語教學唱片，跟著默念「阿依烏A歐」（五十音第一行的あいうえお）。

13

一開春，孫家異常忙碌，準備搬家了。

「我們要搬去哪裡？」愛雪問媽媽。

「新屯地。」

「新屯地是哪裡？」

錦枝把愛雪帶到房屋最深的窗邊。滿窗如莫內（Claude Monet，法國印象派畫家）的某一幅名為海邊的畫，一半海一半天，而旗津半島的大汕頭就在對面。

「你看，有很大很大的工場就要設在苓雅寮和旁邊的戲獅甲，生產的物品可以很方便運到高雄港，讓大船載出去。我們前面這片海要填土變成陸地，我們家將來會變成碼頭的一部分。」

「不能不搬嗎？我們就住在碼頭嗎？」

「碼頭要給貨車和搬運工人住，會吵到友竹睡覺，這樣住碼頭好嗎？」

愛雪回頭看向客廳，嬰兒車裡沉睡的妹妹，搖搖頭，「對友竹不太好。」

夜深，門後浪聲依然，門前卻有異常的轟轟車聲。仁貴搭計程車回來。進門，放下特別帶回來的報紙，還扶了一個醉得臉紅紅的朋友。

今晚，又有應酬。台南師範的十幾位同窓重聚，也為眼前這位戴蝴蝶結的紳士接風，大 湊町台灣樓的台灣菜，許姓老闆還來跟大家歡飲三、四杯。再去鹽埕町黃湖老闆開的西湖咖啡館（カフェー，名為咖啡館，實為酒場。戰前特殊的日台風物）續攤。

紳士醉醺醺，進門倒還有意識要脫帽，大拇指、食指、中指捏住帽頂，擺放在胸前，向錦枝行禮，「不好意思，打擾了！我是野鶴。」

野鶴福次郎表為日本人，實為父親和台灣媽媽的私生混血兒。媽媽最初到野鶴家幫傭，事後野鶴太太容留他們母子，一起在台南生活。野鶴太太是他在法律上的媽媽，但她完全不碰他，始終當他是女佣的小孩。戶口簿上，生母的身分稱謂填的是「雇人」，一直沒變。福次郎有個日本外殼，內在全然台灣男兒，他的台語聞不出半點日本味；在求學的任何階段，台灣同學對這一點都沒有異議。

福次郎從小就不愛待在家，台南師範念一半就跑去日本，改進東京醫專。畢業後，同學多半返鄉開病院，唯獨他無法定點生根。在畢業紀念冊的全體署名頁上，有個人簽「風次郎」，就是他，「風」字第一撇還特別狂野。「福」的日語發音 fuku，「風」發 fu 音，同學都叫他風次郎，他自己也常搞笑說，「我可不是植物，我是『風』物。」福次郎確實是風，最後他選擇進大阪商船會社當船醫，每天在海上飄蕩，穿梭在甲板和船艙之間，不曾犯什麼鄉愁。

隔日，福次郎沒跟禮拜天的太陽一起起床。

經過一夜，錦枝已知道福次郎與仁貴的友情。中午的餐桌上，問起福次郎，「聽說寒暑假，你們都在台南、高雄旅行？」

「哈！是混吧！」沒有戴蝴蝶結的福次郎更像風次郎了。

仁貴追加，「福次郎放假就喜歡來我們苓雅寮海邊的矮房子窩著，說他家在府城市區的房樓是店，給貨住的，不是人住的。」

「理由說得真好！」福次郎笑呵呵給自己按讚。

福次郎舊地重遊，仁貴則期待他來苓雅寮要辦個新事。

午後，他把福次郎帶到王景忠老爺的面前。

「野鶴是行南洋線的船醫。」仁貴居中介紹。

「我也是做海運的。」王景忠如遇同行。「南中國海，現在有比較平靖嗎？」王老爺腦海浮出自己綁辮子時的年輕身影。「三十年前，興化的海賊都還敢直接到台灣海邊港口搶貨。不過，他們不搶人，也不搶船，船放到海上去漂流。」顧自顧談話，如蔓藤，不成條理增生。下一秒又攀往別處，「野鶴先生都住哪裡？」

「香港。」

仁貴順勢拉回正題。「屏東李重義家族的一個兒子，十三、四歲，就讓野鶴帶去香港念中學，將來必定是國際貿易的好人才。我正在想請野鶴再帶一個我的學生去，看將來可否念醫學，回苓雅寮當醫生。」

「這樣很好，這樣很好。世界真大，盡量去外頭闖。」

仁貴趁機追上，「我的學生簡阿河成績優秀，可悲家貧，眼看無法升學。必須有人資助栽培，他的才智才不會可惜了。」

老爺裝迷糊，沒有慷慨快諾，只是問起，「他家裡有什麼人？」

「阿河剛出生，有日本人公司來招工去濠洲（日文，指澳洲）開墾農場，他爸爸就跟人家上船了。開始還寄過一張相片，後來沒消沒息，跟失蹤一樣。厝裡的太太也不知道怎麼找人。」

「送這個小孩去香港，需要多少開銷？」王老爺繼續在外繞。

「英國人的所在，比去日本還貴一點……」野鶴話還沒說完全。

王景忠就「嗯嗯」兩聲，未再追問細節，看不出有答應助學的打算。

王景忠不接濟個人，眾所皆知。在台北，貧戶窮到沒錢買棺葬父葬母，去敲一些有錢地主的門，通常會得到救助。但王景忠不來這一套，他想起窮苦人徘徊、流連、穿梭自家門前的情景，就全身不舒服。官方來談捐輸救災、捐金建校，他才會大方起來。

兩人出王宅，走沒兩步，野鶴跟仁貴說，「我沒妻室，無子女，不被任何人需要，這樣吧！讓我變成風箏，與地面有一線相繫。如果王老爺那邊不行，就我來負擔阿河的留學費用。」

仁貴客氣道謝，「我們一起來分攤吧！」

「仁貴不是剛生了女兒，已經是三個孩子的爸爸，負擔不輕吧？」

「阿河是我的學生，也像是自己的孩子。」

「仁貴學生時代就是人格者，到現在依然沒變。」

「福將美化我囉！不論如何，船開出去，偏一點點角度，抵達哪一洲、哪一個島，結局完全不同。阿河因為有你幫助，人生即要不一樣了。福將，多謝，多謝。」像小時玩伴一樣，仁貴親暱直呼福次郎「福將」（近似中文的「小福」）。

「我可以像大阪人那樣罵你アホー（日文，阿呆）嗎?!」風次郎又上身了。

「罵馬鹿野郎（日文，混帳）也可以。」

「我只負責帶阿河去學校註冊，送進學寮，如果他去談自由戀愛、不念書，我可不管。」

「反正你必須給我負責到底，最後給我送一個醫生或大學生回苓雅寮！」

「你慢慢等。」

「一定等到你們。」

兩人邊答嘴鼓（台語，鬥嘴、抬槓），邊走向海。一如少年時，在霞紅的海岸，眺望未來。

14

這次換王景忠找仁貴。

三月的夕陽在磨石子的地板上強貼一片發亮的銳利三角。

王景忠如常斜躺，但今天多蓋了駝色毛毯。他的右腳邊有張墨綠色絨布坐墊的椅子，仁貴坐下，小腿碰到環繞坐墊的流蘇，一束束小絲線搖盪起來。

流蘇晃蕩即將歇止。

老爺開始說話。嘴角不自主拉動了臉頰，仁貴微微皺眉擔憂，也同時有異樣感，老爺右眼邊多了些黑斑。

「最近常想起細漢（童年）的時候，想起你的阿媽（祖母）。」聲音虛弱，喘聲顯大且短促。慢慢，王景忠攤開右手，掌心有一方摺疊整齊的手帕。說深藍色，卻又褪得帶灰。說手帕，也不像紳士用的手帕那麼大。「這條布巾仔是你阿媽送我的。」

老爺伸直手，仁貴驚詫接過。

角落看得出來有一枚紅線繡的八卦，雖然磨損得有點零落。

「應該有五十年了吧！還是不止，六十年了?!」王景忠閉眼推算著。

原來，王景忠十三歲那一年，過年前，父親被一個凶猛的風寒吹往他界，留下一家孤寡七人，無父無夫。「我和阿母、弟弟、妹妹，六個人做伙蓋一床棉被，一人拉被仔的一角。我睡不著，阿母也沒睡，她嚎哭起來，我也暗暗流眼淚，怕阿母更難過，我緊捂著嘴，不敢哭出聲，胸前一股一股的酸湧上來。唉！無依無靠，畏懼隔天開門如何走出去，感覺自己好像一粒小石頭，被丟到海，除了一直往海底沉下去，再也沒有別的方向。」

老淚易流，景忠老爺弓起手指，抹了眼角。或許，也是六十年前的淚。

「隔天，你阿媽在海邊看到我，看我失神失神，問我食飽未。她才大我幾歲，像阿母、像阿姊，也像……」，王景忠趕快煞車、轉彎。「那一天，她拿煎熟的烏魚子給我吃，用豬油煎的，實在有夠好吃……」邊笑邊喘，老淚又嘩啦嘩啦滾下，彎流入深深的法令紋。

「老爺，慢慢說話，休息一下。」

王景忠閉目，好像睡著了。服侍他起居的曾鼓錐靠過來，用食指套著蘇格蘭菱格紋的手帕輕輕拭過他的淚痕。曾鼓錐有點駝背，好幾個指尖都彎曲變形。這一幕很現代，就是老人照顧老人。

一會兒，王景忠又睜開眼。視線從仁貴身上移到曾鼓錐。

「鼓錐仔，你人生過得歡喜麼？」

鼓錐眼珠打直，愣住了。老爺從來只下令，從不過問底下人的私事。

「歡喜歡喜！少年時，還好從澎湖望安跑來高雄，小孩才能念書。大漢子（大兒子）念工業學校，現在湯川組跟人家在蓋房子，細漢子（小兒子）也去安倍幸商店吃頭路，我每天想到這個，就歡喜，真滿足。」

王景忠笑了。

揮揮手，示意鼓錐下去。

客廳內只剩他與仁貴兩人。他開始指揮仁貴。

「你去我後面的櫃子那邊」、「下邊門打開，靠左側有一個黑色的保險櫃，面上有花，水水（漂亮）」、「搬兩張椅頭仔（台式圓凳）來我的面前」、「好，保險櫃放在上面。」

王景忠又發喘，但一串話穩穩說下來，好像雙手緊握方向盤，大燈打開，篤定要滑下九彎十八拐的山路了。

仁貴小心翼翼把保險櫃抱上圓凳，手指避開那些漂亮的圖案，唯恐摸傷。下方有老鷹，四周有盛開的黃花。

「櫃子正面的轉紐，先歸到0。」

仁貴以向保險櫃鞠九十度躬的姿勢，開始一個口令一個動作。

「先倒轉四圈，再轉到85。好，正轉三圈，到52。倒轉兩圈，到23。最後正轉一圈，好，現在正正的轉到36。」

「左邊的把手桿按下去。」

仁貴直起身，握住把手按下，門開了。門厚如虎口全張，激似日本江戶藏造的黑窗，門片裏側由三層鐵板相疊，一層比一層小一點，像興建中的埃及金字塔被天神玩鬧推倒。如此構造的門，火砲也攻不破。

保藏什麼寶物？一看，一些紙類而已。

不過，左上角和下方兩邊，還有三個鎖孔。

左上角那個，周邊漆塗得特別豔麗。

老爺又叫仁貴去桌上拿裝紅印泥的白瓷盒。

好不相干的東西。

圓蓋打開，仁貴看到飽滿的朱紅印泥。王景忠卻說，「把蓋子拿給我。」

圓弧蓋翻過來，捏出一把纏著紅棉線的黃銅鑰匙，像魔術師從大禮帽抓出一隻兔子一樣順手。鑰匙遞給孫仁貴，「打開上面的抽屜。」

這時，曾鼓錐突然來報，「寫真館的兎澤師傅來了。」

「請他到二樓的書齋等一下。」

客廳內又只剩下仁貴和老爺兩人。暫停鍵解錠。開保險櫃小抽屜的情節重新啟動。

抽屜小門一拉，發出一個小小的鏽聲。裡頭一片黑壁，像名牌店的展示櫃，上、下、左、右、後方，五面全是黑絨布，托襯著中央的主角。

「把盒子拿出來！」

中央的主角是一個很西洋的五彩方盒。

仁貴像端有兩只高腳紅酒杯的方盤一樣，緩緩小心捧出。

啊！一個馬口鐵盒。

有點重量，不像空的。

盒蓋、盒身沒有半個看得懂的漢字，全是英文字母。

「Melkbonbon」、「BRESKENS」、「fijnst」。不是英文，全荷蘭文。

「fijnst」是荷語的「最好的」，與英文的「finest」差兩個字母。

天藍色底，盒蓋左側有美國旗竿，旗面上下都有紅色緞帶收綁。

旗竿頂銳如鋼筆，不裝圓球。

紅白條相間的旗面上，還有一枚橢圓形黑白照片，裡頭的側臉人像，額光髭滿，一九〇九年就任美國總統的塔虎脫（William Howard Taft）是也。

鐵盒拿出來，王老爺反而暫且不理，沒有下一步指令。

「最近我常反問自己，我人生歡喜嗎？以前從來沒想過這樣的問題，無時無刻不在做生意、撥算盤。結果，人生歡喜嗎？五、六十年下來，竟然沒賺到一個歡喜，比輪鼓錐仔。唉！錢賺再多也帶不走，土地、大厝、會社，全帶不走，感覺人生空空。」

仁貴也跟著沉思。鐵盒和他一起，安靜趴在併攏的雙腿上。

「最近，我常想起你的阿媽。十幾歲時，我褲袋仔空空，一塊銀也沒有，但每次出海，帶著她給我保庇的手巾仔，心內沒空空。」

「來拍個照吧！」

湊町的アイデア（日文外來語，即idea，思想、概念之意）寫真館姓兎澤的日本攝影師被請進來，鼓錐仔又被令退。

從兎澤寫真師的鏡頭看過去，老爺坐單人沙發椅，仁貴站在鏡頭右邊，左手奉命拿著鐵盒。

「鐵盒正面向前。」老爺連這個細節都管。

仁貴這才看到盒底有幾點鏽痕。

告辭前，「仁貴，你去寫真館拿相片，連同手巾仔、鐵盒仔，回家拜拜拿給你阿媽看，代替我跟她說多謝，多謝她的照顧。」

「好。」

「這些東西你收起來，好好運用。將來，我去天上，才敢跟你阿媽說，我有照顧她的孫子。」

15

離開王府時，走過庭院，王景忠四子逢源匆匆忙忙反方向而來，和仁貴擦身而過。

「你來啦?!」

仁貴還來不及回應這一句招呼，逢源的臉已經飄到背後。仁貴自對前方的空氣點頭。不過，逢源在那個匆匆忙忙的幾秒間，目線掃過仁貴手上的淺藍色鐵盒。

回到新屯地的家，仁貴一進玄關，榻榻米的新味撲來。兩個女兒赤著腳，在八疊榻榻米的「居間」和連結的屋簷下「緣側」之間嬉戲。榻榻米上滿是色紙，愛雪在學摺紙西瓜。

愛雪和妹妹友竹跑來黏仁貴，錦枝隨後也到，抱著五個月大的女兒跪坐在榻榻米上，急著跟仁貴說今天的新鮮。

「愛馬會吉井桑的太太邀清源太太去打迷你高爾夫球（ベビーゴルフ，即英文baby golf）。東京早已大流行，連屋頂都可以拿來當球場。台北、台中也有人在打了……，鹽埕町朋友在後院草地闢了一個小型的高爾夫球場……，我第一球還揮空，呵呵呵！不過，推了四桿，還是有把球推進洞裡！很新鮮，我從來沒玩過這種紳士休閒……，清源太太不會說日本語，我去充當翻譯……，對了，她穿起One-piece（連身洋裝）、高跟鞋，風情完全不同了！」錦枝連珠炮般把一天的興奮一口氣說完大綱，最後再來一個深呼吸結論，「今天很開心！」

「よかったね！（很棒！）我到書齋一下。」小鐵盒還重重吊掛在心上。

仁貴直接從玄關右轉進書房，隨手關門。

終於只剩下他和鐵盒。

黏有封條，顏色與鐵盒不甚搭調。淡綠線描成的台灣鐵道旅館商標，像是從火柴盒剪下來的印刷小紙片。仁貴想了一下，打開房門去拿一杯水，沾濕後，小心撕下封條。

鐵盒蓋就簡單開啟了，沒什麼機關。

一打開，他眉皺，唇也閉得硬。身體往後仰，雙掌交握當後腦的枕，直望從天花板吊下的白球燈，腦海跟著白成一片，沒有任何詞語浮上來。

仁貴坐正，雙眼緊閉，盒蓋一拍，像盒裡有一尾眼鏡蛇要跳出頭來似的，他連看都不敢再多看一眼。

16

隔天中午，趁學校休息時間，仁貴跳上腳踏車，快騎到王家。

王家大宅前顯得紛亂，好幾部人力車、汽車雜錯。運轉手（日文，司機）畢恭畢敬站在黑頭車門外等候，穿著黑衣的人力車夫則蹲在地上閒聊。還有一部印地安（Indian，美國摩托車品牌）摩托車，紅咚咚的前輪蓋上，順著輪弧，插立一片鐵牌，如戴雞冠，寫著「倉岡病院」，顯然是倉岡醫生來看診了。

門房沒攔，仁貴點個頭就進去了。

客廳景象不同往常，滿室幾無虛席。最深處，老爺長子開源、次子本源陪侍高雄市尹（日文，市長）及祕書官在低聲談話。右側座位區，三子和源接待垂白鬍的三叔，他是景忠的最幼弟。左側有二房的逢源、培源兄弟和兩位姊夫。還好清源靠門口站著，仁貴進去，自然與他握手，並肩低頭交語。

原來，天未明，老爺起床，移沒兩步，就雙腳癱軟趴伏在地了。倉岡醫生急急來診，聽診器一聽，手一摸急促起伏的胸，頻頻搖頭。諸子一一被緊急召回，諸女諸至親也紛紛在路途上。

仁貴終究外人，待久有點尷尬，託辭要回學校而告退。

仁貴一出大客廳，迴轉向屋後。沿屋牆的花園小徑，空無一人。整個王府氣氛不變，每個人的移動都變快，腳步都變輕，聲音也都壓低。鼓錐也變得不像以前那麼好找。仁貴抹了額頭，怎麼辦好？來時才打定主意，無論如何，今天不能再帶走鐵盒。

正焦急，就見前方屋底處，鼓錐從迴廊的階梯走下來。邊走邊舉衣袖抹淚，最後停在階旁的樟樹前，雙手掩面，微駝的身軀一直彎縮，無聲痛泣。這一幕，仁貴也心酸了。有記憶以來，老爺身旁一直有站著的鼓錐。

鼓錐的悲泣沒有任性，稍一會兒，就抬頭把自己重整好。看他一轉身，仁貴趕緊上前叫喚，「錐叔仔，老爺現在情況如何？」

鼓錐又紅了眼眶，「醫生說……」，喉頭酸得話斷，「醫生說，大概就是這一、兩天的事，大家要有心理準備。」

「錐叔仔你要照顧自己。」

鼓錐點點頭。

「我有重要代誌，想單獨見夫人一下，可以幫我安排嗎？」

鼓錐心珠明亮，從昨天老爺神秘兮兮見仁貴，猜測必是要事。「孫老師，請隨我來。」

仁貴被引到二樓的小書房。隱隱約約聽到隔壁有女眷的聲音。

白寶夫人隨後走進來。纖瘦指尖下的藍寶鑽戒，多邊切角隨她的步履閃閃爍爍。

仁貴轉頭看了一眼鼓錐，稍有遲疑，白寶馬上支開鼓錐，「去捧茶來。」

仁貴隨即開門見山，打開白色布包，五彩鐵盒露出來。白寶眉心微微皺了一下。此物不熟悉，未曾見過。

「昨天老爺好意，送我這個鐵盒，本來我以為是有歷史性、紀念性的文物，可以留給學校或高雄市役所，打開才知道這個禮物太貴重，我不能收。」

「他就是要送你，收下何妨？」白寶若無其事。

「萬萬不可，收下心難安。」

「老爺必有他的用意。」

「老爺身體不適，可能想多了。」

「他有交代你用途嗎？」

「沒有特別，只說好好運用。」

「贈給孫老師是老爺的意思，我不能拂逆。」

「老爺一生的心血，一點一滴都該家屬來繼承。如果他有要我做什麼，夫人與諸位少爺更具身分與能力。」

白寶未接話了。

「是否容許我打開，讓夫人過目點收？」

「好吧，麻煩。」

一打開，白寶反而有點生氣了，心想，「真是老糊塗！」

白寶一方面驚訝仁貴的良心，一方面又覺得道德所應然。當下沒有過多的讚美或感謝，只說，「老爺病情不好，容我告退。」

仁貴歸還鐵盒，懸心解了繩，安然離開王家。

逢源一個睥睨，從大面窗窺出去，發覺仁貴來時與去時不同，去時的背影已不見手上的白布包。他深深皺了懷疑的眉。

17

幾天後，《臺灣日日新報》第四版漢文新聞刊出「痛失兩老」，除了王景忠，總督府評議員劉熊早兩天也過世了。

原本等著異母兄把股權歸還的逢源初聞消息，不敢置信。前一日只有風聲，今天報紙竟已證實。他比往常更埋首在新聞的細節。劉熊與友人春遊，二月初登台北草山賞桃花，轉往草山名宿「巴旅館」洗溫泉，夜宿後受風寒，終月虛弱，引發心臟舊疾。

逢源翻開桌曆，老父三月二十九日過世，按約定，異母三兄和源應於五月二十九日以前歸還股權。入殮之典擇日於五月十日辰時，相關事宜都用錢解決了，王家各少爺並不需要操忙。

在南台灣，烏雲來時，往往重重漫天，非要下場激烈的暴雨，才甘天青。王老爺過世，王家的暴雨還未下個乾淨。

治喪事後，逢源分秒忖度，該主動找和源，還是被動等待。紳士之風，當然是後者。枯等卻徒然滋長煩躁。他每天開車上壽山，看整地施工中的高爾夫球場殺時間。五月二十三日火曜日（日文，星期二），剛好是台北扶輪社每週二在鐵道旅館開例會，逢源受邀去當來賓，聽台北高等商業學校校長切田太郎講演滿洲旅行見聞。在台北住了一夜，隔天，距離和源移轉股權的履約日，剩不到一個禮拜。返抵高雄已入夜，一個意外的電話響起。壽町山邊的料亭「岩千鳥」的坂上女將（日文，料亭女老闆）打來，四國高知人，聲音細如春蠶新吐的絲，也跟日本人講話一樣綿長，不直卻自有曲線。

「入夜突然叨擾，非常抱歉。」

「請莫見外。」

「現在方便說話嗎？」

「請說。」

「是我多事雞婆，要跟逢源先生報告一個見聞。」

「請說。」

「此事說了不知道好或不好？」

「直說無妨。」

「逢源先生既已准許，那我就報告了。」

「是。」

「稍早，敝亭前的轉彎處，停了一部自動車。車型是雪佛蘭，車號『高56』，我猜想，好像是令兄和源先生的座乘。」

「是嗎？車號好像對吧?!」

坂上女將輕輕「え」（日文，表驚疑）了一聲，像附和，又像不確定，也像持疑。

「發生什麼事嗎？」

「發生車禍了。」

「有人受傷嗎？」

「好像有……」

「幾個人？」

「以我所見，車內僅有一人。撞上了樹幹，車毀了，人也……」坂上話尾留下的空白，代表比受傷更嚴重。

「家兄的運轉手（日文，司機）嗎？」

「恐怕不是。」

「啊！難道是……？」

「恐怕……可能……」

「我馬上去了解。謝謝告知。」

「希望我所見都只是一場暗夜的虛幻，是我老糊塗。」坂上女將婉轉收尾。

其實，料亭女將謹記顧客面貌與身分是基本素養。何況坂上有祕招。她和山下町寫真館的老闆兵頭是愛媛同鄉，有來客要拍紀念照，她便召喚他上山，宛如特約駐店照相師，坂上不取仲介費，但歡迎兵頭老闆多洗一張客人照片給岩千鳥留存。這些照片就是坂上的練功祕笈。她小小雙眼沒裝電腦，卻藏了一套高雄人臉辨識系統。

自駕撞樹，的確是和源，死者也確實是和源。坂上女將看得一清二楚。

和源之死，痛苦的不只是生母白寶，不只是他的日本妻子與唯一的兒子，還有司機岩崎龍太郎。

警察找到岩崎時，他正在鹽埕町撞球間「集友俱樂部」，跟幾個日本人打撞球。有不在場證明，類似煞車失靈等機械問題也排除，警察朝酒駕引發意外的方向偵查。但岩崎龍太郎並未解脫，他的眼珠好像被灌了壓克力透明膠，成了標本，只能呆望一個方向。

隔了幾天，報紙遂有新聞，忠僕自責，隨主人而去云云。

記者依常理畫下句點，背後的故事落花隨水流，無人追問了。

和源死前的白天，岩崎提出絕交，才是引信。

時間回推到十二、三年前，和源在東京念大學二年級，一天夕陽下，他獨自在圖書館側邊階梯讀著新出版的《紐育株式金融市場》（日文的紐育即紐約，株式意指股份），有個壯大身影壓過來，隻手端著橄欖球，側眼丟了一句，「你爸爸叫你去吃晚飯囉！」和源被這無厘頭的一句，先愣後笑。平日一本正經，瞬間被轉頻，順勢演下去。

「知道了。今天廚房準備了什麼？」和源端出少爺口吻。

年輕大漢停腳，轉身回來，如伺候少爺般向和源彎腰，「你爸老爺有交代，少爺今晚有兩種選擇，一是銀座煉瓦亭的咖哩飯，一是新橋竹葉亭的鰻魚飯。」

「就竹葉亭吧！我會帶一個朋友，他打了一天的橄欖球，需要吃鰻魚，補充體力。」

「您的朋友回報了，感謝少爺賜宴，會準時出席。」

兩個人的對手戲從那一天開始，就這樣連開連演了十幾年。

大手捧著橄欖球的年輕學生就是岩崎龍太郎。

那一晚他們在銀座、新橋間繞來繞去，說要回家卻老回不了家。像老朋友，一下子就編出許多未來，遠的像是一起去岩崎家鄉山形，一起來台灣，一起去京都天橋立，甚至一起去紐約曼哈頓看超過五十層的摩天大樓。近的像是和源要請岩崎去上野公園的精養軒喝咖啡。

隔天，和源的快信就到岩崎的學寮。全是英文。

「I promised you a lot tonight. Just don't know if you would like me to make them come true. Waiting for your answer. Of course you won't let me wait for my whole life, right?」（今晚，我承諾許多事，不知道能否讓我實現。期待你的回應。你當然不會讓我等一輩子，對吧？）

之後的一週，他們去了精養軒，去了帝國飯店，還去橫濱山下町的網球場打球。有一天回到早稻田大學旁的王家私邸，和源望著窗外讚嘆天邊霸氣的晚霞，「真可謂光芒萬丈呀！」背後，岩崎沒有應答，只是如捷豹般猛然撲向和源，緊緊擁抱。

穿梭霞輝的大烏鴉，「嘎嘎嘎，嘎嘎嘎」，飛過他們的窗前。

和源始終方方正正的心門被打開了。他去美國留學兩年，離開東京前，跟岩崎寫信，「不論多少人把我當成十全十美的偶像，我只能在你身上看到完全的自己。」從美返台前，熱情未淡，他又寫道，「I'm nothing but your shadow.（我只是你的影子）」力邀岩崎也到高雄。

把岩崎攬來台灣，以當司機為煙幕，不時同進同出，上山下海。西子灣後山的小洋房別墅、四重溪溫泉旅館、關子嶺溫泉鄉，在銅床上、在榻榻米上一起翻滾，和源感受從未有的解放，以及岩崎帶來的生命熱力。

和源的生命畫像的主構圖，到了岩崎腳前，已經定調。其他關於色彩、細節、添加、留白的考慮，都只是為了配合。

婚姻的選擇就是一種配合。

和源存心要一個無情無愛的妻子，無義也無妨。如果妻子眼中只有錢，那更是完美的人選。他真的在日本找到了，涼子是百分百商人之女，父親投資化妝品製造業，出於資金缺口，樂與王家結盟。

一直都如和源預期，完好運行。榮耀家門、榮耀父母的階梯爬得多高，耽溺在岩崎之戀的渴望就多深。自制與耽溺、能幹與脆弱、沉穩與狂野、順從與違常、表與裡、矛與盾，消長的天平始終沒有故障。直到有一天，直到這一天，岩崎嘶吼，「我想當你的王，不是你的妾！」長時間以來的遮遮掩掩，隱隱忍忍，藏在和源世界一角的不甘，終於逼岩崎上懸崖，縱身振翅飛走。和源的天平也支解了。

俱往矣。

和源戀岩崎，最終如一張長長的情書燒毀，以痛苦扭曲的身姿過渡，幻滅成灰，一字不留，無從查考。

18

逢源特意把台北的安藤辯護士（律師）請去台南關子嶺溫泉旅宿。女中跪在木板走道，輕輕右拉，把日本式糊紙的木門「幛子」關上。

「我看家兄存心自殺！預謀私吞，讓自己一脈獨佔王家事業。」逢源的不甘干擾了理智判斷，也讓他的雙眉在單調的稻草色榻榻米「大廣間」裡，成了唯一跳動之物，姿態多起來。

「針對是否能夠繼承令兄財產一事，法律上，這不是重點。」安藤盤腿，十指交叉，判官一般，而大廣間是他的法庭。

「台灣傳統家族繼承的舊慣，未亡人並沒有繼承財產的權利。」逢源改講對自己有利的。

「這樣說是沒錯，但就本案事實來說，令兄有子，財產會全數由他的兒子繼承。退一千步說，明治時期，法院確實會依循台灣舊慣判決，但今年初，台北已出現新判例，無子的未亡人也可以繼承財產。」

安藤律師的口沒有給出樂觀的空間。逢源不死心，再去找台灣籍的賴律師。

「如果日本嫂嫂可以繼承遺產，這樣我台灣人的財產不是落入日本人手裡?!」

「話可能不能這樣說。令嫂嫁入貴府，已成王家人。她的名字不再是藤原涼子，而改為王涼子了，不是嗎?!」賴律師直率反問。

台籍、日籍律師還有一項意見一致，有見證人一事，法律上完全沒有效力與說服力，即使劉熊健在，有兩個見證人，並不會改變這個結果。「除非，日籍嫂嫂與她六歲的兒子自願放棄繼承權。」

逢源明知希望渺茫，仍然忍不住把一絲希望寄到孫仁貴身上，要他出面履行見證人的義務。

仁貴第一次拜訪逢源在鹽埕町一丁目的豪宅，踏入他的客間，迎面就見古典雕花的木櫃。上櫃罩著鑄鐵枝精密交織的玻璃門。玻璃門內，一瓶瓶的洋酒，像一個個垂著眼皮、枯望出獄的牢犯。櫃前，逢源斜沉在絨布沙發裡，一手平貼飽滿的把手，一手捏著眉心，情緒也好不到哪裡去。

「該怎麼辦好？仁貴。」

「王老爺與和源兄接連過世，任誰都預想不到。」

「或許是天意，只有你能證明我們二房兄弟該得的財產了。」

「沒有劉熊先生出面，單我一人，會不會變成王祿仔仙擺攤賣膏藥？誰會相信？」

仁貴面露為難。

「不論如何，你是見證人之一，人情義理，應該出面坦言。」

「確實理該如此，但我們現在應該思慮的是實際的效果。即使大家在內心相信我，但他們願意真的如我所說吐出和源七分之六的遺產嗎?!」

「先不要一直找理由擋在前面啦！」逢源有點惱起來，轉而探問，「我看清源跟他太太很愛找你們夫婦？」

「只是來問問小孩教育問題而已。」

「要不要從清源入手？先探探可能性。」

仁貴又露難色，如陷泥沼。

「逢源，請慎重想想，如果我真的去跟清源提起和源的承諾，不要多久，不要說全高雄會議論紛紛，王家顏面不好看，你自己的同母兄弟原本不知情，本已相安無事。如果知道了，生出財產被剝奪感，恐怕你們會互陷猜疑，難保兄弟不會怪罪你當初為什麼答應無書面的承諾！」

「你講話怎麼跟我老父親一樣?!談什麼顏面?!外頭別人說什麼，我聽不到，我不想理會！」逢源愈講，手勢愈多起來。「你到底要不要幫忙？」

「不是我不想幫忙！這事做了，對誰都沒好處，百害而無一利。」

「我只是拜託你試試……」

兩人鬼打牆，繞不出來。

突然，逢源直瞪仁貴，撂了一句，「我可以去告到你必須出面！」一字一字講得又重又慢，也一字一字把書房的空氣抽乾了。

仁貴陷入真空。

「我可以去告到你必須出面！」這一次逢源的尖銳嘶吼，震破了真空。

「如果你真的想，那就去告吧。」仁貴無奈。

「你這傢伙……」，逢源不知道接下去還能講什麼，氣塞得握拳捶桌，咚！咚！咚！咚！咚！

不到五秒，十幾歲的「小使」（日文，工友）牛番衝到房門口，一臉驚恐，快速鞠躬行禮，「頭家（老闆）有什麼吩咐嗎？」

逢源站起來，氣沖沖走到門邊，對牛番吼，「送客！」然後，頭也不回走了。

仁貴坐著未動，也沒回頭。

逢源憤怒的拖鞋聲，如急急行軍，從仁貴的背後快速消失。

19

三房這邊，白寶夫人已經紮營登帳，幕內招齊一堆律師、代書蓄勢待發。和源的日籍太太涼子原本在公公王景忠喪禮後，即帶著七歲兒子王國遠趕回東京入小學開學。蓬萊丸前腳離開九州的門司港，就接到噩耗電報，隔天船到神戶，隨即原地等待船班，直奔回台。白寶強勢做了主，全數由和源的獨子國遠繼承，但成年以前，由叔叔清源管理。二房連插嘴的時間都沒有。

和源之死如疾風，遺產騷動也像南台灣午後的西北雨，收得又快又乾淨。才幾天，就已被翻成舊頁。

逢源聽到消息，放下電話，右拳緊握，猛捶書桌，咚！咚！咚！咚！咚！

牛番又跑來了，「頭家有什麼吩咐？」

牛番突然冒出來，逢源反被嚇一跳，用力閉了一下眼皮，把原本打算破口大罵的句子及手勢都收忍，強作無事，「沒事，你下去。」

但，逢源猶仍是一頭憤怒的牛。他怨憤父親不公、懷疑和源欺詐、生氣劉熊草率，但已找不到他們的人影。他想怨恨三房所有人，但他們死了兒子、死了丈夫、死了父親，而且不知密約之事，恨刀該舉向何方？逢源滿頭鎖著滾燙的氣，舉目四望，卻瞪不到紅衣人，好讓他的牛角對準衝出去。

最後，這頭憤怒的牛找到了孫仁貴。仁貴曾是小時候從溺水中救起他的同學，至此，友情掃盡，心底換置新板，改堆積木，一塊一塊疊高對他的怨恨。

「他不仁不義，未守承諾。」

「他太懦弱。」

「他跟清源走得近，一定私心向三房。」

「他靠什麼深得老父的歡心？」

「他鬼鬼祟祟拿著奇怪的鐵盒走，隔天又拿著白布包來，其中必有鬼。」

「他大概拿了三房的利益。」

……

最會寫罪狀的，不是什麼法官、檢察官，而是怨憤與嫉妒。

逢源未善解仁貴，甚至往曲解的方向直線而去。相反的，白寶夫人收下仁貴退回的鐵盒，經過一段時日咀嚼，更覺仁貴不是平常人。

有一天，她把清源找來。

「王家就靠你了，要有覺悟，對內對外都要多花心神。」

「是，阿娘。」

「你需要有幾個可以信任的朋友、部屬，建立自己的隊伍，仁貴老師是可以信賴、託付的人。」

「阿娘怎麼了解他？」

「以前聽台北大稻埕的人說，那裡最大餅店寶香齋的余傳臚老闆要找總帳房的合適人選。故意多放錢票進帳櫃，哪個薪勞（台語音，伙計）腳手不乾淨，一下子就現形了。要知道底下人貪不貪、正不正，辦法很多。」

「阿娘怎麼測試他？」

「你阿爸早已測試過了。」白寶避談細節。「總之，仁貴是我看過最不貪的正人君子。」

20

半年後，阿河留學香港，準備就緒。

啟程前，仁貴邀阿河早起一同遠足到旗後燈塔。快七歲的愛雪也一起。

燈塔矗立岬角之巔，宛如戴圓盔的國王，臨海校閱千舟萬帆。

三人坐在塔前，無垠的海就從腳下綿延到天邊。

仁貴跟右手邊的阿河說，「這次要去香港的學校叫聖若瑟書院，天主教興辦的，跟我們苓雅寮的天主堂一樣是天主教的，學校有和藹的洋神父、洋修士，也和天主堂一樣，所以，不要擔憂害怕，有任何事都可以找他們說。」

阿河點頭，「嗨！」

一聽到日文的嗨，仁貴想起，「之前，野鶴醫生跟我開玩笑，罵我阿呆。我突然想，台語的阿河念起來不巧剛好很像關西罵人笨蛋。現在你要去香港當寄宿生，取個新名，你覺得如何？」

「先生覺得取什麼名字好呢？」

「嗯～～？」仁貴長吟思考。

「愛將，你呢？覺得取什麼名字好？」阿河半蹲對著愛雪。

愛雪毫不遲疑，「飛行機（日文，飛機）好厲害，可以飛上天，又可以飛到很遠的地方。爸爸，阿河哥哥可以叫飛行機嗎？」

「好好好！」阿河未等仁貴回答，已經連聲大讚了。

仁貴哈哈笑，低頭一邊捏了下巴，找出一個三方都稱好的名字「簡剛基」。飛行機，平假名寫作「ひこうき」，拆開來，「ひ就是日，阿河你的姓簡裡恰好有個日。こうき就是剛基。」

阿河和愛雪不禁熱烈鼓掌。

那一幕，對阿河來說，又是一個永恆的停格。有什麼事能比擁有一個愛雪給的名字更快樂呢！

向著無垠海上，仁貴繼續說，「香港是英國人統治的地方，世界各國的人都會去。如果從台灣要去歐洲，一定要先到香港，再轉乘歐洲線的郵輪。」

阿河似懂非懂。

「三十多年前有個大商人，叫吳文秀，台北大稻埕茶商公會會長。他被派代表台灣去歐洲的巴黎參加博覽會，讓全世界都認識福爾摩沙，會想買我們台灣的茶葉。吳文秀先生就是到了香港，發覺自己後腦勺垂著滿清辮子，還長到腰，跟西方世界格格不入，痛下決心剪掉，變成像老師現在一樣的短髮。」仁貴指著自己耳後微捲的髮梢，不禁笑說，「我像愛將這麼大的時候，也留著長辮子呀！」

「阿河哥哥留過辮子嗎？」

「上公學校後都是理光頭，更小的時候，我不記得頭上有沒有辮子。」

「阿河大正九年出生，那時，台灣的男人差不多都不留辮子了。」

「原來如此。」

「不到外面看，不知道世界多大，多不一樣！」仁貴站起來，側身向海，右臂一揮平舉，像北海道大學首任校長克拉克博士著名的姿勢，「總之，你們看，海這麼大，看不到盡頭。高雄港內，有一堆大船從美國來，從暹羅來，從英國來。我們高雄的孩子就是看著海洋和國際輪船長大的！北海道帝大的第一位校長克拉克博士鼓勵日本學生，『少年よ、大志を抱け』(Boys, be ambitious! 中譯為『男兒們，要胸懷大志！』)，阿河，你也一樣，要懷抱大志！」仁貴用力一握阿河的肩，「男兒志在四方！」

阿河還沒回應，愛雪已快思快想，「那女生呢？」

仁貴一愣，隨之乍笑，「好問題！女生當然也可以懷抱大志！」

愛雪再追問，「為什麼女生是『可以』，男生是『應該』？」

仁貴有點語塞。「呵！讓我想想，之後再告訴愛將。」

21

阿河去香港變聖若瑟書院寄宿生，愛雪很快也迎向新身分，高雄第一小學校（鼓山國小前身）的一年級新生。

第一小學校全供日本人學童就讀，極少數台灣籍孩童會「獲准」入學。愛雪全班三十六人，只有四個台灣籍。愛雪的父母都是老師，自小都說日語，五十音早已滾瓜爛熟，跟日本孩子同班上學，不用擔憂落隊跟不上。

第一小學校傍著山，愛雪每天隨媽媽搭巴士到鼓山，媽媽再從鼓山的哨船頭搭船到對岸旗津的幼稚園。

上下學的往返，沒有折損愛雪的上進心，仁貴跟太太說，「愛將好用功，我比以前更常需要削鉛筆囉！」

幾次考試，愛雪成績都名列前茅。二年級，更站穩第一名。但愛雪悶悶不解。有一天，她被選為股長，但明明考試第一名，老師卻指派第二名的小川原擔任級長（日文，班長）。

晚上睡覺前，她去書房找爸爸問，「都是第一名當級長，但我第一名時，為什麼我不是級長？」

眼前，女兒像學生，仁貴很謹慎不要掉入家長爆氣模式，「老師的安排，應該有其道理。老師可能就是覺得愛雪適合當股長吧！股長要做服務同學的工作，級長也一樣。股長帶同學去掃落葉，級長要喊口令，只是一種分工，讓大家分頭完成不同的工作。擔當哪一個職務，要一心一意想著如何盡責，做到完善，有益於同學，才是最重要的事。」

愛雪豁然開朗，「懂了，謝謝爸爸。」

目送愛雪天真的背影，仁貴回復爸爸角色，陷落困惑的深井。

隔天到學校，仁貴忍不住問同在第二公學校的彭老師，「我們公學校都是台灣人小孩，誰當級長都還是台灣人。日本人念的小學校，雖然容許部分台灣小孩去念，但似乎有一堵無形的牆，任台灣小孩成績再好，也無緣擔任班級的領袖。這個作法源於明文訓令嗎？總督府文教局有下任何相關公文指示嗎？」

「孫老師比我資深，您都不了解，我怎麼會知道。」彭老師巧妙迴避敏感話題。

仁貴再去找一位比他年長的台籍黃老師。

黃老師笑笑反問，「我們高雄第二公學校，不計算校長，老師有沒有快一半是台灣人？」

仁貴點頭。

「現在整個高雄州有八十六所公學校，學生都是台灣人喔，只有兩個台灣籍校長，而且還是深山的學校。你想，市內或平原地區的學校，有可能出現台籍校長嗎？」

仁貴搖頭。

「我們台灣人沒幾個當校長，孫老師怎麼會疑惑台灣孩子為什麼不可以在小學校當級長?!」

「說得也是。」仁貴苦笑。

「如果你是日本人，來殖民地打拚，把家都帶到殖民地，小孩生在殖民地，你忍心看見跟著來打拚的孩子輸給殖民地的小孩嗎?你告訴小孩，我們打勝仗，拿到新領土，我們要去當官、當老師，教化殖民地的人民，我們要去開疆闢土，擁有自己的田園，過更好的生活。結果小孩輸給被殖民的台灣人，這會讓小孩多洩氣。」黃老師一口氣沒停，「不用法令，殖民主的天然優越感就會從地表長出柵欄，擋住台灣小孩跑到他們的前台，不讓台灣小孩反過來號令日本小孩。」

問題並沒有停腳，繼續追著小學生愛雪。

沒兩天，放學後，單眼皮、瘦瘦白白的荒井女同學走來問她，「愛雪，為什麼你的姓只有一個字？而且只念一個音？」

荒井到黑板前的講台，望著滿室的桌椅，舉起右手食指，從第一排右邊點到左邊，再到第二排，左手指同時彎下來計數，「山本、小堀、笠原、川口、讓原、寺島、佐野、新井、水尻、阿南、近藤、太田、小杉、古屋、內海、宮城、石垣、浦川、鈴山、系滿」。還沒念盡全班，荒井已歸納結論，「同學的姓都兩個字，差不多都念三、四個音，你看山本，ya-ma-mo-to，但愛雪的姓只念son。」

愛雪歪頭想了一下，「惠美姓陳，chin，也一個字一個音啊！」

「是齁。但是，愛雪、惠美為什麼跟其他同學不同呢？」

回家後，愛雪又跑去問爸爸。仁貴告訴她，日本人也有姓一個字的，像是「森」、「下」、「勝」、「原」。平安時代四大貴族中，也有一族單字姓「橘」。日本姓氏三個字、四個字的也有。「你可以跟同學說，我們是台灣人，台灣人的姓幾乎都一個字，但高雄大寮有姓張簡，台北也有人姓歐陽。沖繩很多人姓三個字。大家的姓不同，但都是第一小學校的同學，所以要相親相愛。」

愛雪又滿足點頭，「嗨！」

22

這時，苓雅寮港邊長出一個巨大工場，專產「輕銀」（日文，鋁）。戰後才出現不鏽鋼，戰前，鋁橫霸各金屬，鍋子、水壺、水盆、便當盒，一概用鋁打造。

在高雄港邊設製鋁工場為日本南進政策的一環。隨著日本帝國瞄準東南亞，比日本本土更接近南方的台灣，既接近資源產地，也可就近提供戰爭軍需，被派為工業基地的前鋒。高雄又居台島之南，有良港，運輸方便，工場的第一選擇非高雄莫屬。

國際爭奪的漣漪一環一環擴散演化，到了愛雪身上，讓她有了一起搭公車上下學的同學。喜屋武是琉球人，石井是兵庫人，但她只知道他們的爸爸都是那個新工場「日本アルミ（日本鋁業，戰後改為省營事業台灣鋁業公司）」的職工。

放學一起搭公車回新屯地。先到孫家。一望庭院有木製溜滑梯，簡直比酸梅還刺激唾腺。再看見盪鞦韆，更似鞋底被上膠了。每天放學，「到愛雪家玩」變成固定流程。

第一次到家裡時，愛雪的祖母踩著小腳小繡鞋到院子來。日本同學先「哇啊～～」了長長一聲。雖稱阿媽，實如高雅的中年貴婦人。黑髮梳著圓髻，露出飽滿的亮額、白皙無瑕的臉。眼鼻不特別高深，頗滿不見骨，有一種潔淨清雅之感。胸前垂小方形翠玉項鍊。寬闊的布釦對襟黑衫褲，布上有微微的反光斜紋，繡鞋上的彩線低調又故意，仔細近看，有梅、有松，還有小鹿。孫家阿媽美得連九歲、十歲大的純真孩童都脫口大喊，「好漂亮喔！」

「阿媽，這是我同學，他們來家裡玩。」

愛雪介紹同學，短短一句，都是日文，孫家祖母只聽懂「阿媽」，還好愛雪手勢、表情易懂。

阿媽暖語關心，「愛將同學肚子餓了吧？要吃圓仔嗎？」

愛雪拍手歡呼，「はい！圓仔，食べたい！食べたい！（好！湯圓！想吃！想吃！）」

阿媽笑得慈祥，踩小腳回屋內。等她再次出現，捧出一碗一碗熱熱的甜湯圓。同學頻頻說，「好甜！好好吃！」本籍兵庫的石井女同學還說，「我家的湯圓都和青菜、牛蒡、紅蘿蔔一起煮味噌，鹹鹹的。還是愛將阿媽的甜湯圓好吃。」

隔天，石井奔相走告，榊谷導師耳聞了。上課時，趁機教學。「南台灣與北台灣風景大不同，南部平野栽植大片大片的甘蔗，蔗高過人，人在蔗田行走，根本看不見頭。把甘蔗皮啃掉，露出淡黃的蔗肉，嚼一嚼，嘴裡滿是甜汁，真是人間美味。」聽到這裡，台下學生拚命吞口水。老師又說，「但是，甘蔗屬於糖業會社，農夫種了要交甘蔗去給製糖工場，若隨手折甘蔗來吃，是小偷的行為喔！有大人防止小孩亂摘甘蔗，故意編稱蔗田藏壞人，專剖小孩的心臟……」老師還沒說完，已經尖叫滿教室。好幾個學生張嘴咬牙，雙手握拳遮胸，嚇得叫不出來。

愛雪未跟著叫，依舊沉著，心想，「老師不是說是大人故意編造的嗎?!」

榊谷老師收尾，「總之，總之，大約三百年前，荷蘭人統治台灣時，台灣就開始種甘蔗製糖，台灣糖輸出行銷全世界。英國人喝下午茶，要用我們南台灣的蔗糖。內地（意指日本本國）的本州、九州不產糖，日本用糖的八成五要靠台灣，才能做紅豆餡麵包，才能做京菓子（京都的日式菓子），很厲害吧！」

一股驕傲感從愛雪心底湧起。阿媽的繡鞋、阿媽的甜湯圓和南台灣的甘蔗都讓她驕傲。

在日本小孩面前，她不再懷疑自己異樣。

小學低年級的愛雪開朗無畏，小腦袋有許多創舉。趁著同學來家玩溜滑梯，她把自己的童書、兒童雜誌擺在客廳小桌子上。「富美子、花子，你們翻翻看這些故事書，如果喜歡，可以借回家看，每次借兩本，下週金曜日（日文，星期五）以前再還給我。這本雜誌《小學二年生》，每個月出版一本，裡頭也很有趣，有教怎麼摺紙球，還有做模型小飛機。」

「哇！真的嗎？」兩個日本小女生開心得如小企鵝左右搖擺起舞。

幹練的小圖書館員拿出筆記本，鉛筆握好，開始記錄，「喜屋武花子，十一月十日，金曜日，借《觀察繪本第七輯第一編》、《樂しい動物園》。」石井富美子想借《小學一年生》給弟弟看，愛雪也記入筆記本，「下次你們還書，我會在這一欄的最後邊，寫上『返却』，再畫個紅圈，好嗎？」

兩個日本小女生齊聲，「嗨～謝謝～」

隔天，喜屋武就跟愛雪說，「我媽媽說，書每一頁都是漂亮的彩圖，連她都要搶著看了。」當晚，愛雪跟媽媽說了這件事，錦枝與仁貴才發現愛雪自設了小小圖書館，仁貴不禁讚嘆，「愛雪真是能幹！如果是我們的長男，將來必是個人才。可惜是女生，必要侍奉公婆、生兒育女，一切發展都受限了。」

23

一九三六年元月，再三個月，愛雪即將揮別二年級。

十五日，星期三，海上金光閃閃，高雄港的朝陽早早等在那裡。媽媽錦枝昨晚就先到旗後借住在潘家，因為已有布告，哨船頭和旗後包峙的港灣岬口，一早淨空，民航不開。

哨船頭背後的壽山裡，水道淨水池的池畔，前一天已早早升起一面軍艦日章旗。迎著海風，白色底布，中央略偏左放的紅太陽和散耀四方的紅光，像一群極力掙脫的紅泥鰍，卻始終游不出養殖池。

這面軍艦旗跨海購自橫須賀，號稱全島第一大，隆重預告日本海軍第三艦隊的第五水雷戰隊即將入港。

從旗後望向對岸第九、第十岸壁（今蓬萊路一側的碼頭）這邊，站了許多文官服筆挺的官員，日本的國旗、軍隊的日章旗，一小面一小面，如欉花朵朵，海風吹得點點顫動。

八點整，港邊打了兩發煙火為號，戰艦依序入港。

第五水雷戰隊陣容龐大，先有旗艦「夕張」前導，後面六艘驅逐艦跟隨。六艦中，三艘的艦首漆了大大的「13」，三艘漆「16」，表明分屬第十三、第十六驅逐艦隊。六艦都一樣長，八十三點八公尺。明明甲板上插立著堅挺沖天的砲管，船尾飄蕩著藍底紅光芒的日章旗，載著一千零九十多名雄兵男將，各艦卻盡以柔弱花木為名，「若竹」、「吳竹」、「早苗」、「朝顏」、「芙蓉」、「刈萱」。小花、嫩竹與鐵船利砲、戰艦雄魂，揉成一團，也只有大和民族不覺違和。

軍艦靠岸後，高雄州知事內海、市尹（日文，市長）松尾、高雄無線電所長宮原等官員，登上夕張艦，拜晤司令官細萱戊四郎少將。十點半，艦隊軍官再登陸答禮。如禮行儀一番，午後，千名官兵放任自由，三五成群，遊走市街，有人跑去看電影，有的去西子灣泡湯休憩。

塩見少尉帶了兩名三等兵，不循此途，搭了計程車到苓雅寮新屯地的孫家。

「對不起，打擾，請問孫老師在家嗎？」

早接到電話的仁貴，已提前離校返家。錦枝和孩子們也都告假放學，在家等候。如此慎重，實因塩見雅彥少尉是台南師範時期的恩師的次子，塩見教授特別來信，「雅彥近來都在南中國海域巡航，靠港打狗，可能是早晚之事。若到高雄，仁貴與家人如能一晤，無限歡欣。」

塩見少尉先敘，「家父囑我到高雄，必要拜候孫老師一家。當年在台南執教時，學生對他多有照顧，他對仁貴兄致送的烏魚子，念念不忘啊！我自己也受惠，吃到仁貴兄贈送的龍眼乾，回味無窮。」

「塩見老師才是備受學生愛戴，我們都以他為榜樣。」

仁貴隨之把四個孩子介紹給塩見。「愛雪，八歲，友竹五歲，悠雲，三歲。紅圓桑幫我們帶孩子，她抱著的是長男大嶽，七個月大了。」

「我也有這樣大的弟妹，看到愛雪、友竹他們，真勾起思鄉情啊！」十八歲的三等水兵萬年一心，思念起家鄉長野縣的弟妹。

不一下子，夕陽已垂降到海平面上。仁貴建議一起出去逛逛安瀾宮、天主堂。仁貴跟塩見介紹安瀾宮弧形屋脊，「兩邊各有一隻青龍，中間像火輪的東西其實是天母娘娘賜的金珠，構成『雙龍搶珠』。傳說仙女在天池洗浴被襲，青龍來救，天母娘娘得知後賜珠，但兩隻青龍不稱功，互相推讓，金珠便在雙龍間跳躍。」塩見讚說，「含意良好啊！」

一邊的愛雪被夕陽抓住，偷偷舉起食指，瞇著左眼，沿著太陽的邊緣，在空中畫了一個圓，再依海平面，橫寫了一筆畫。

「在寫什麼？」萬年一心旁觀了這一幕。

愛雪嚇一跳，「畫太陽。」

「喔！很有趣。」

「水兵大哥會這樣畫嗎？」

「不會，從沒想到。我的家鄉到處都是山，黃昏時的夕陽好像都躲在山的背後。住海邊的小孩很幸運，可以天天看夕陽染紅大海，然後沉沒入海，隔天再從海上復活。」

說到幸運，愛雪左手食指及大拇指尖相碰，彎成一個圓圈，再伸直手臂，把夕陽框進來，「水兵大哥，你看，這樣像不像一個洞穴？穴門的那一邊，燃燒巨大的火，有另一個世界在那裡。」

萬年站到愛雪同一邊，順著她的指圈看出去，「哈！我看到一顆長野的大甜柿。」

仁貴呼喊，「大家一起拍個照留念，寄給塩見教授吧！」

一行人分搭四部人力車，其中一個車夫是仁貴的學生沈電。仁貴拍他的肩膀，「阿電，這位是我念師範時的老師的公子，塩見少尉。」

「啊！師祖的兒子?!那我該怎麼叫呢？」

「就稱呼塩見少尉啊！」

「是齁！是齁！怎麼傻掉了?!」

他們抵達鹽埕町六丁目的寫真館，童老闆是米老鼠迷，店名就取「ミキー（日文的米奇，Micky）寫真館」，光名字就很時髦，看板也畫了圓耳朵的米老鼠。童老闆在店門口擺了一片兩腳大看板，靠在騎樓柱上，用壁報紙寫「歡迎艦隊官兵高雄上陸」、「紀念寫真八折優待」。這招奏效，拍照還要排隊。

「都是艦隊水兵桑！」愛雪驚奇卻又小聲地告訴身邊的妹妹友竹。

塩見少尉耳尖聽到了，「但是，像我們這樣能跟台灣小孩合拍的，是唯一無二了吧！哈！」

童老闆的助手是個穿著整齊的十六歲少年，幫忙調整位置時，對愛雪及友竹說，「這幾年，皇軍勢如破竹，軍艦官兵好威風，你們可以合照，令人羨慕啊！」

不知道是放鬆孩童顏面神經的寫真館話術，還是少年助手的肺腑之言。愛雪姊妹都笑了，倒是真的。

少尉軍階高，坐右側，其他人站立，孫家孩子在前，萬年等人在後。大家都繃緊臉。童師傅從照相機後的黑布鑽出來，站在機旁，右手握著橡膠質的開關。

「跟著我喊MICKY！」

「MICKY！」大家齊聲一喊。

「OK！」童老闆的OK尾音拉高又拉長，大家都忍不住笑了。

走出寫真館，街燈已亮。

前方一群人圍觀，歌聲如火，從中心升起。市街像營地，正有一場臨時的露營。

愛雪望了爸爸一眼，獲得許可，馬上牽著友竹也跑前去一探究竟。

六、七個阿兵哥旁若無人，仰頭高唱軍歌。〈勇敢なる水兵〉唱完，其中一人以口當喇叭，引其他人再唱另一首軍歌〈艦船勤務〉。跟著輕快節奏，有人鼓掌打拍子，有人振臂左右。一個和服小男孩持著日之丸國旗，目光炯炯看著這群水兵。旁觀的人愈擠愈多，戴鴨舌帽的小夥計、穿旗袍的台灣婦女都跑出來了。

這一天的高雄，彷彿在辦軍艦祭，沉浸在高昂的歡樂中。

戰爭只跟勝利畫等號。

第五水雷戰隊停留高雄五天四夜，第二天起還有許多公開活動，開放民眾參觀。在西子灣運動場就有觀兵式（日文，閱兵）。愛雪的第一小學校靠港近，軍艦官兵入校兩回。在講堂那次的柔道、劍道表演，老師帶全班去了。

愛雪遠遠的，看見熟悉的萬年一心。還好萬年不打劍，不然，劍道頭盔罩得滿面，劍士像焊工，根本無臉男。

瘦瘦的萬年穿著柔道白袍，腰繫黑帶，被連摔三次，一次摔，一次爬起。愛雪不自覺成了萬年的啦啦隊，正看得緊張，最後，「啊！」一個勇猛的過肩摔，萬年反敗為勝，把對手制伏在地。現場揚起一陣熱烈鼓掌，愛雪也鬆了一口氣。

此後軍艦來去頻繁，二月馬上又有「出雲」艦領軍入港。愛雪和同學們常被動員去港邊揮小旗。雖然夕張艦也多次停泊，但愛雪再也沒看到萬年一心了。

隔年七月，盧溝橋上的石獅子親睹中日開戰。

再三個多月後，孫家收到塩見的明信片。背面滿是鋼筆草書。

「仁貴吾兄，敬謹報告，前次一同拜訪貴府的萬年君已殉歿，能為國犧牲，毋寧也是死得其所，萬年君死而無憾矣。自從奉收賜寄的合照，萬年君不時拿出來回味，也常常念起令子令嫒是多麼可愛，多麼像自家的弟妹。再次感謝您們全家的盛情接待，安慰了十八歲萬年君遠離家鄉的思情，也為他生命的最後時光留下一片溫暖如陽的記憶。」

七月底日軍進佔北邊的北平、天津，第三艦隊封鎖東邊的上海，八月中並有大型激戰，日本空軍轟炸了杭州。南邊的廣東，夕張艦則在九月中旬從香港上溯珠江，逼進虎門。日軍艦艇實力強過中方，夕張艦擊燬了中方主力的肇和艦，但深入敵區，被中國馳援的轟炸機與虎門岸上的大砲包攻夾擊，夕張艦尾挨砲，幾位水兵受傷，萬年一心就是其中一個。砲彈從天而降，他被擊落入海，瞬間消失於甲板。

萬年戰死後，愛雪不再迷猜太陽火窗那邊的世界。關於夕陽，全部的連結都被長野的柿子覆蓋，總會想起萬年，想起一個單純燦爛的年輕人，一個沉沒入海的水兵桑，一個不會復活的太陽。

24

哀傷的事連番報到。

差不多就在萬年永眠前後，愛雪住堀江町的表姑來家裡，始終有淚。

阿快對阿媽說，「阿姑，中華會館（中華民國僑民在台的組織）來說，台北的總領事館已經租了英國船，開往廈門。福生仔說，他要坐這艘船回去福州。」說到這裡，三十歲的阿快有點哽咽了。

「你要跟去福州嗎？」

「不知道。還沒說好跟不跟回去福州，我們就已經吵得像冤仇人了。」

「吵什麼呢？」

「福生仔說，中國和日本打起來了，待在台灣很危險，他會被日本兵仔抓去剖，不快跑不行。我說，你是有看到哪個唐山人被抓啦?!他就恥笑我是查某人，不懂世事；我們雖然是夫妻，卻是宣戰的兩個敵國的國民，也可以算是敵人。我就再說，那我們是夫妻，本是同林鳥，你到哪裡，我就跟到哪裡。而且結婚後，我都改成中華民國籍了。福生仔又說不行，我去那邊，人家也知道我本來是日本籍，會變成中國人眼中的敵人，會被殺掉。」

「你現在怎麼打算？」

阿快剛停的淚，一被這樣問，又奔流了。「就是不知道怎麼辦，才來找阿姑，看仁貴阿兄可否去勸阻他。」

阿快的丈夫福生有個特別的姓，弓箭的「弓」。十幾歲先到台南，跟福州同鄉師傅學裁縫，三年四個月「出師」（台語，學成），再三年，二十出頭就到高雄開自己的店。雖然看板把店名寫得好大，「興富華裁縫店」，但是本地人欺生又好戲謔，從他的罕見姓氏下手。「張」去掉了「長」，就剩「弓」，便管喚此店「沒長張仔」，此人也是「沒長張仔」。

福生長相也與南台灣的人大不同，一見就有外地相。眼細，鼻細，嘴尖，下巴尖，肉肌單薄，有點倒三角臉。講話也細。阿快嗓門有點大，在電信局當轉接電話的交換孃，被客訴過好幾回，「你們那個交換孃講話可不可以溫柔一點?!」

偏偏阿快與福生很對眼。

阿快二十歲那一年，陪母親去福生的裁縫店做過年新衣。母親一樣舊式對襟衫與長裙，只是布料選新。阿快不愧是一九二九年的職業女性，從腋下俐落抽出薄薄四頁的上海《圖畫時報》，翻開指著照片裡的女性和她身穿的長及膝、袖到肘的連身袍，堅持依樣依花色縫製。福生皺起眉，大拇指和食指貼著畫報如貼手機，兩指平滑推開，像要推平照片的布料，彎腰仔細瞧，「這種大斜紋交錯又有花草的綢緞，要特別再訂，可能要多花一個月時間。」

那一刻，阿快的魂都鎖在福生的細長白淨手指。她沒在聽，也聽不到。

福生抬頭，對著她又鄭重說一遍，「這種大斜紋交錯又有花草的綢緞，要特別再訂，可能要多花一個月時間。」

阿快這才醒，「喔！好。」

等連身寬袍做好，媒人也已經登門去說親了。

仁貴踏進福生的裁縫店，「想要來做一件夏衫備著。」

「不好意思，仁貴兄，我這幾天都在趕製舊訂單，新訂單不接了。我要回福州去了。」

「啊！聽阿快說了。」仁貴毫無意外。

「中日愈打愈凶，我們中華民國的駐台領事館都租船要送人回去，就知道很危險，我們福建人早晚會被抓起來。即使這邊不抓人，我也煩惱兩邊不通船，我害怕再也回不去看老父老母。」雖然講的內容凶危，福生的聲音仍細軟得如草蟲哀訴。

「不帶阿快和小孩回去？」

「我不敢帶啊！萬一他們被中國兵抓起來……」福生哽咽了，停下針線，「阿快不能了解我為人夫、為人父、為人子無法三全的痛苦。我失眠、做惡夢，都不敢跟她說……」他抬起頭，「我一個舅公，去美國懷俄明州挖煤礦，一個小小礦工，被一群白人拿槍射死。有同鄉去濠洲（戰前日本對澳洲的稱呼），也被丟石頭，被棍棒打得頭破血流。我們出外打拚的福建人很難好好做一個人。」

福生還是回鄉了。

只有他一人。

個性活潑直率的阿快，還是哭腫了眼。

也難怪福生。

越過新年，舊曆除夕鞭炮聲猶在耳畔，中華民國在台北的總領事館已降下青天白日旗，總領事郭彝民也撤館走人了。

25

厄運的病毒，飄向萬年，擴向福生，也漂落到孫家的庭前。

愛雪長高了，幫爸爸的書齋換掛上昭和十三年的新日曆，已不需要再搬凳子。

打開書櫃的小門，有一疊《寫真通信》、《アサヒグラフ》（朝日新聞社的寫真畫報雜誌），裡面多是新聞照片，搭配幾行說明。愛雪抱到書桌上。愛雪停留在愛德華八世與辛普森夫人的合照。世界如此天差地別，中國已經砲彈飛天，英國的皇帝還有閒情逸致為了愛情，捨棄江山，堅決退位，娶一個他鍾愛、卻離過婚的女人。

還是幾年前的朝日畫報可愛。渋谷的忠犬「小八」，等不到主人，還是天天到車站翹首盼望。站內的「鈴丈」牛肉鋪老闆正逗著牠玩。

「孫老師，包裹～」趕在年末最後一波送件的郵差在門口高喊。愛雪蓋上新聞畫報，手腳敏捷衝出去。

一個像裝了三塊紅磚的包裹。愛雪接過去，意料外的重，雙手一時撐不住，往下沉了一下。

「喔，好重！又是爸爸訂的書嗎？」

「應該是吧！苓雅寮的愛讀家，孫老師不是第一名，也是亞軍。」郵差再看了一眼包裹，「不過，這次不是東京寄來的，從中國來的喔！」

「不一樣嗎？」

「地址一樣都是漢字，沒有假名，哈！」郵差怕愛雪聽不懂玩笑，「開玩笑的！包裹裡頭是什麼東西，請爸爸打開就知道囉！」

不只是書。包裹兩端各有小紙盒，都裝了石頭。孫仁貴還想不透誰惡作劇，瀧川警部已帶了一個巡查，到第二公學校找他了。「有人舉報，請孫老師配合調查，回家一趟。」回到家，瀧川劈頭質問，「是否有買中國書？」

「前幾日，有人從廈門寄了幾本來，但我毫無頭緒，不認識寄件人，也非訂購。」

「在中國有什麼親友？」

「應該不少台灣人都有不少朋友在中國。」

「直接回答！什麼人、什麼名字？」瀧川狠狠皺眉。

仁貴的腦海只浮出低頭縫線的福生，「有個表妹夫，叫弓福生，福州人，在堀江町開裁縫店，一個多月前回去了。」

「回福州？」、「為什麼回去？」、「最近一次什麼時候見過福生？」、「聊了什麼？」、「他的長相特徵？」、「你知道他福州的家族還有什麼人？」……瀧川像訊問犯人一樣，鉅細靡遺，問到飽，已經兩個多小時。把家裡搜索一遍又花了一小時。最後瀧川說，「有人舉報孫老師密輸阿片（鴉片），暗藏書中，目前查無實證。還是請老師多留意，小心觸法。」

「是，知道了。讓警部麻煩了。」

臨走，瀧川追問了一句，「孫老師有仇人嗎？」

仁貴遲疑，略為動了下巴。

瀧川再補一句，「深山草間的菌菇，肉眼是看不出來哪一朵有毒的。仇人也不會臉上寫『仇人』兩個字。」

仁貴被這一問，想起兩個人。一個是三個月前，有個無賴漢在街上晃蕩晃蕩，街角一轉彎，剛好撞見仁貴，無賴漢嚇一跳，沒經大腦，就啐了髒話，「幹×娘！」仁貴一臉嚴肅無言，沒想多究。此時，剛好一個巡查在街對角，氣噴噴追過來，破口大罵，「馬鹿野郎（日文，混帳）！你沒長眼睛嗎？不認識文官服嗎?!」警棍猛揮下去，重重打了無賴漢左肩，再一棍，打向後腦勺。

無賴漢被抓回來向穿黑色文官服的仁貴跪地道歉。與其說，巡查為仁貴出一口氣，不如說文官服所代表的官吏權威不容侮辱。最後，無賴漢被關進了派出所。巡查有權關他二十九天，如果還「假肖」（台語音，不馴從），被稱「草地皇帝」的警察大人還可以再關他一輪二十九天。

除了無賴漢可能記仇，還有一個仁貴不太願意相信的人，名叫王逢源。

人間事，愈不願相信，恆常愈是必須相信。

逢源在王家遺產爭奪戰落敗後，到上海設洋行，企圖自立門號。有一晚，屏東的林少爺在四川北路的一家酒樓設宴，席上，逢源隔壁坐著台北艋舺來的胖標，人稱「阿標兄」。胖標每一次與人初見，遞上名片，慣性手掌心向前，發語詞先行，「哈吶、哈吶（台語音，意指是、對）」，阻止對方發問。「哈吶，哈吶，不用問，我真的姓胖，全台灣找不到第二戶同姓的。」

阿標兄一點都不胖，還因為抽鴉片，長臉更顯瘦削，渾似初染重病，剛辦了入院手續。

阿標兄從廈門來。當時的廈門，公認龍蛇雜處，治安不良。台灣人去了一群，專搞走私販毒，胖標就是頭頭。

阿標把頭歪過去，對逢源拍胸脯，「王舍，你是林少爺的朋友，那就是我的兄弟。萬項代誌（台語音，事情），都可以找我。」

逢源勉強擠笑容，沒打算接話。阿標談興更高，「來唐山的，十個有九個在台灣有個仇人。學生偷看個電影，被校長開除的；被金物店（日文，五金行）老闆懷疑偷錢的小伙計；被『奧查埔』（臭男人）嫌不夠美的舞女；被負心漢拋棄的咖啡館女給（日文，女服務生）；死了先生，被婆婆說剋夫的；被春樓女人榨乾的阿舍；被大哥搶走財產的小弟。說看看，你的仇人是誰？」

胖標眼尖，逢源談到財產的那一句，不怎麼動的頭抬了一下，望了他一眼。胖標像擺攤算命的見到縫，馬上切進去，「是誰？」

「仇人誰沒有，但隔了黑水溝，能怎麼辦？」

「江湖那麼大，你我有幸相逢，就是異鄉的兄弟。你的仇人就是我的敵人。」

「標兄修理得到？」

「我們人手多，在兩岸跑來跑去，辦法多得是，就看你想報多大的仇。」

「只想教訓一下。」

「那簡單了！給他痛，但，不給他見血？」

「可以這麼說！」

「那更簡單了。」

「五百圓夠嗎？」逢源怕講少了丟臉。

「八百圓才夠布置，不過，喊價就不像兄弟了，一句話，就五百。」

即使王逢源怨恨仁貴是事實，但隔了五百公里的海，跟這邊的警部講了，也只是一堆閒扯而已。何況仁貴根本不想提起王逢源三個字，前後原因一說，不免要透露王家遺產密約。

瀧川來過後的十天，又有廈門來的包裹，這一次寄到學校。這一次，輕多了，但仁貴連碰都沒碰包裹。一樣，隔天，瀧川又追到學校。打開來，双砲臺香菸，這次直接違法，是走私品。

瀧川警部離校後，本間校長兩邊嘴角向下彎，不悅又不耐，對著另一個日籍老師喃喃說，「孫老師到底惹了什麼麻煩？」

又過了十幾天，第三次廈門包裹寄到學校，這次更嚴重，如假包換的鴉片。未開封前，孫仁貴已自請瀧川來了。瀧川無奈把鴉片帶走後，本間校長又發牢騷，「老這樣，學校好不安寧啊！」

下一個火曜日（日文，星期二），火藥般的黑函十幾封，學校每個教職員都收到了，打開只有幾個字，剪了報紙的印刷字，拼貼成「孫仁貴不適任老師」。終於，惡作劇的目的公布，原來，要逼他走人，只差沒蓋紅色官防大印。

仁貴隱約感覺到其他同僚也收到黑函，大家異常安靜。如同現今，假使有人在東京地鐵月台跌了一跤，摔倒在地，日本人的反應跟台灣人完全不同，他們不會雞婆湊過去關心，反倒若無其事，以免當事人尷尬。尷尬才是更嚴重的傷害。

那天回家，仁貴若有所思，跟愛雪講了上杉謙信的故事。

「爸爸台南師範學校卒業旅行，第一次到日本，去了新潟，當地有一種土產叫謙信公的義鹽。僅僅一小包白鹽而已，但爸爸很喜歡背後的故事。日本戰國時代，彼此都是宿敵，長年征戰。上杉謙信的領地臨日本海，恆常有鹽，武田信玄在他南邊的甲斐（今山梨縣），卻是內陸國。武田更南邊的兩個國也臨海。人類的飲食需要鹽，不然會致命的。有一年，南邊兩國就以禁運鹽給甲斐為手段，逼武田就範。照常理，上杉謙信應該趁此機會，包夾武田。但他不這麼做，反而如常供鹽給甲斐。上杉說，我與信玄之爭，要在弓箭決勝負，不在米鹽。」

十歲的愛雪盯住爸爸，眨了一下似懂非懂的眼睛。

「也就是說，即使面對仇敵，也要堂堂正正，以坦蕩磊落的實力來贏得戰爭，而不是耍卑鄙可恥的手段。」仁貴似是跟女兒講道理，實則也為自己宣言，「人格的保持，如同長城，守者萬里，攻者，只一點就破了。愛雪，當我們決定人格遠比金錢、利益重要，就要用一生來守護，一次都不能鬆懈。」

回到房間，仁貴跟錦枝說，「不想造成學校的困擾，打算今年三月學期結束，就離開教職。」

「不覺得如此一來，讓壞人稱心如意了嗎？」

「忍氣饒人禍自消。」

「不想再撐住一下，讓禍自消嗎？」

「不想因我個人的狀況，讓警察三天兩頭到校，影響學校氣氛。」

錦枝點頭，表示理解。

26

即將失業的時刻，仁貴有個老同學找到高雄。

後來孫家小孩都叫他「でぶおじさん」，念音近似「跌步歐吉桑」，「胖叔叔」的意思。仁貴在鹽埕町的咖啡館等他，望向門口。突然，跌步歐吉桑一個台階沒跨穩，人踉蹌往前撞，破門而入。

「圓桶仔，驚人，你是來尋仇的喔?!」

「對啦！對啦！來找你這個上輩子的冤仇人。快，快，快還我上輩子的債，幫我的朋友去扛極東信託。」

圓桶仔本名吳桶，面圓圓，腰圓圓，做人也圓圓，能被開玩笑。手勢特別多，肢體就是個劇場。在高雄中學校念書時，人緣最好，同學管叫他圓桶仔。

「極東信託是留學美國的陳辛創辦的銀行，總社在台中，台北和台南有支店，去年大賺錢，配當（日文，股票配息）五分，看準高雄工業興盛，人口愈來愈多，需要更多房屋和土地，商業被帶動，在在都需要資金，插旗高雄，業績一定向上走。」吳桶的手指從左往右上滑，畫出一條銳利直線，橫過他的厚胸。「不過，第一任支店長要辭職了，他們急著要找一個高雄本地人，我馬上想到『緣投仔桑』（台語音，帥哥）仁貴。」剛才歐在空中的食指，滑降對準仁貴，就像一次世界大戰的徵兵海報「I WANT YOU FOR U.S. ARMY」的經典動作。

「做老師的人，能經營銀行嗎？」

「猴囡仔都能帶的人，一定可以帶錢，哈哈哈！」吳桶扮小猴子抓腮毛，胖體又左抖右跳，模擬仁貴教的毛躁小學生。

就這樣，柳暗花明，一九三八年的春樹正綠，孫仁貴搬家了，一家人搬進高雄川另一岸的鹽埕町。

一切都跟苓雅寮漁村不一樣。苓雅寮為台灣人傳統聚落，鹽埕町卻是在日本時代才由鹽田蛻變而成的新市地，住民七成日本人，商店林立，到處看板。

新家在極東信託的二樓，大人進進出出，一箱一箱，上樓下樓，錦枝叫愛雪，「帶妹妹去逛逛，在門前反而礙事了。」愛雪牽著兩個妹妹友竹、悠雲，把他們將要入住的四丁目當大觀園，走了一圈。

愛雪像導遊一樣，逐家介紹探勘。「你們看，這邊有中山時計店，賣鐘錶的；佐野提灯店、中山靴店；三星桶店、連成桶店，連著有兩家桶店，跟媽媽說，可以來這裡買風呂桶。那邊有丸上高雄製パン所，做麵包的。高雄冰棒店，好棒啊！」走到「陳瀨商店」前，各式竹編容器，或疊或掛，毫無疑問是竹籠店。「仁和醫院」、「光華齒科」、「大和眼科」，四丁目的醫生真不少。

寫真館的騎樓下，三姊妹駐足最久。櫥窗有好多好大的黑白照片。唯獨一張上了色。白膚紅脣的紳士，全身白色西裝長褲，手持白色巴拿馬帽遮去肚子。頭髮稀少，全往後梳。圓眼鏡很普通，但白皮鞋硬是跟誰都不一樣，尖頭，沒有鞋帶區，腳背是空的，像極今天的女鞋。七歲的友竹說，「他的鞋好像壞了，應該拿去修理。」小姊妹們噗哧笑出來。

這一串童稚笑聲，召喚了裡頭的大人。

「哇！三姊妹！眼睛都圓圓大大的，好古錐啊！」

愛雪先鞠躬招呼，「こんにちは！（日安）」

眼前的這位女士，名叫呂瓊琚，頭髮不像苓雅寮一般已婚婦女梳的包頭，也不像愛雪媽媽錦枝的燙髮，她剪直直的短髮，卻又不似女學生。整頭上了油，絲絲發亮，鬢髮如燕尾，貼著紅頰。也完全不像一般婦女常穿一件式碎花洋裝，她穿深藍色西裝，搭配同色蓋膝長裙。米色高跟鞋，身材更顯高眺。氣質介於男士和女士之間，連聲音都略為沙啞低沉，激似寶塚歌劇團的團員。

「哇！又這麼有禮貌！好棒啊！三位是哪家的孩子？以前沒看過你們。」

愛雪指新家方向，「我們是十番地極東信託高雄支店的小孩，姓孫，今天剛搬來。我叫愛雪，妹妹叫友竹、悠雲。家裡還有兩個弟弟。」

「名字也好漂亮！要不要進來參觀我的寫真館？」

「寫真館是阿姨的？」

「是啊！」

「阿姨會拍照嗎？」

「當然，我是照相師。全高雄州，應該只有我一間寫真館由女性掌鏡。」

三姊妹被吸引了進去。

攝影間的牆上，掛了兩張相似的黑白照片，放得極大。「好大，跟學校美術課發的畫圖紙一樣大。」愛雪又問呂瓊琚，「為什麼一樣的照片放兩張？」

「一樣嗎？你再看看。有個地方不一樣喔！」

「看到了！講壇上的女士，手臂姿勢不一樣。這張平舉，另外這一張握拳，看起來比較生氣。」

「沒錯！平舉的這一張，是新聞記者拍的，登在雜誌上。舉臂握拳這一張是我拍的。」

愛雪的目光在照片上游走。十幾人入鏡，全是女性。像她小學校的禮堂講台，全是深色木頭打造。中間講台後站了一個人，講台的立面貼了一張白報紙，寫著「議長」。講台右側坐了兩個人，面向議長，她們桌子側邊也懸貼了白紙，寫著「書記」，也就是這場演說會的紀錄員。台下正中間，另有講台，就站了那位舉臂握拳的人。台前的觀眾圍攏著她。

台上議長背後的深色布幕也攫人目光。垂了七枚長方形白布條，都長過一個人的身高。每一布條都用粗獷的筆畫寫上一句口號，從右到左，「墮胎法を改正しろ！」、「無料產院、託兒所を設定しろ！」、「インフレ鬥争を捲き起せろ！」、「打倒齋藤內閣！」、「七時間勞働制を實施しろ！」、「職業婦人保護法を制定しろ！」、「女子人身賣買の絕対禁止！」（修改墮胎法、設立免費婦產醫院和托兒所、發動對抗通膨、打倒齋藤首相內閣、實施上班七小時制、制定職業婦女保護法、絕對禁止販賣女性）。

呂瓊琚解釋說，「這是五年前的照片，當時，我念東京寫真專門學校，同學到處找題材拍。日本女性爭取權利的活動很興盛，我就跑去這個鼓吹女性權利的演講會。我站在朝日新聞記者的旁邊，幾乎同時按快門。」

呂瓊琚沒跟三姊妹說的背景更戲劇化。她的父親是法院通譯，思想開通，讓她念到新竹高女。媽媽責罵她穿露腿露臂的泳裝，去南寮海水浴場游泳，爸爸反念媽媽，「都什麼時代了！海水浴可以強身健體，放她去！」後來經日本律師介紹，瓊琚嫁給留美的富家子弟。有一天，她在台北的北投溫泉區和遠房表哥散步，被記者暗中拍了照。記者所屬新聞社的上司，與丈夫交好。一下子，照片就被送到丈夫的手裡。

兩夫婦的房間內，她渾然未覺不妥，「他是我的表哥，我爸爸的妹妹的兒子，你也認識。」

「為什麼要去北投？」

「去郊遊啊！不然要去哪裡？」

「郊遊為什麼不找女伴？為什麼非找他不可？他是有婦之夫，你有想過他的太太、你的丈夫的立場嗎？」

「我再講一遍，他是我的表哥，從小一起長大。我跟哥哥去散步，有什麼問題？」

「表哥不是哥，你是要怎樣才懂！北投浴客如織，太陽那麼亮，你是存心要讓大家看個飽、讓記者拍個清楚的嗎?!一個已婚婦女，跟一個非父非夫的男人走在一起，就是，就是婦德淪喪！」丈夫咽喉點了火，非吐不可。

「你自己摸良心看看照片，我們之間的距離足夠一個壯漢大辣辣行走，這樣也犯了你的天條?!」

「就是犯了我的天條！我的太太紅杏出牆，跟男人廝混，不守婦道！」丈夫心火又潑灑了油。

「請你收回紅杏出牆那四個字！」

「如果你有聽到朋友的譏笑，還有他的記者親眼所見的描述，就會承認，百分之百的紅杏出牆。」

「講清楚，暗地裡偷拍、跟賊沒兩樣的記者看見什麼?!」

丈夫終於停頓，話一時出不了口，好像要摸一隻全天下最噁心的蟲，需要心理整備。閉唇深吸兩口氣，「你們打情罵俏，他從後方捏了你的腋下手臂，你摸了他的手肘。」

「我沒有！」

「你沉醉到忘我了吧！」

沒有法官的法庭，指控與辯解的審理程序走得歪歪扭扭，突然就跳進結論，直接打死結。

「離婚！非離婚不可！不離婚，我不像個男人！」

「只想把女人關在家裡當豬當狗，本來就不像男人！」

「女人竟然如此穢口，敢這樣說自己的丈夫，太野蠻了，太沒有教養了！」

「你美國是白去了！」

就這樣，呂瓊琚離婚了。

這時候，娘家父母與前夫竟然同一口徑，都要她離開台灣，走避日本。前夫多做了一件事，給了三千圓，只為快快剷掉心底的那一頂巨大的綠帽子。不過，瓊琚寄回那一張三千圓的支票，附了一張紙片，語氣已趨婉轉，「感謝你的好意，不過，如果收下了，我就淪為金錢驅使的奴隸、可買可賣的商品了。我是我自己，請容許我自力開展自己的未來。」

東京啟蒙了呂瓊琚，她發誓要學習可以獨立營生的技能。學會攝影，她又發誓要回台灣，做第一個開照相館的女照相師。最後，她來到海島之南的高雄。

愛雪牽著妹妹離開寫真館，回過身，仰頭讀了看板，「白樺寫真館」。

隔天，仁貴與錦枝即帶著五個孩子，去白樺拍照。徵得同意，呂瓊琚把三姊妹的合照擺在櫥窗。那張照片彷彿核可入境的戳章，認證孫仁貴一家人已是鹽埕町四丁目的新住民。

27

鹽埕町帶給愛雪的新視界，不僅是白樺寫真館的女性館主，愛雪也轉學了，轉到堀江尋常高等小學校（今鹽埕國小）。從家裡出發，右轉再左轉，到學校路程不到三分鐘。五年級的愛雪終於不用再搭公車上學了。

四月中，堀江高小昭和十三年度開學不久，有一天運動課，每個人摩拳擦掌，跟象棋一樣，楚河漢界，分成兩邊。小鳥遊老師端著躲避球，嘴含哨子，代表兩邊的跳球員半蹲，狠盯著球。「嗶～！」哨聲響起，球左右飛來飛去，帶領學生衝來衝去，戰況三秒即沸騰。

有一球射向愛雪，球一碰到雙掌的剎那，她的手腕微微後退，球便輕巧貼掌，不僅球不落地，不被殺出局，還可立刻還擊。愛雪右腕勾球，先往右後平拉，如拉滿弓，看準對邊最壯碩的伊集院加南子，球如箭射出，直飛她的圓臉。幾乎要打中，伊集院一個後仰，雙手升空，成功截球，並且瞬間回正，睜大怒眼，有幾分鹿兒島同鄉名人西鄉隆盛的氣勢，馬上一個下壓直球還擊，如豹直撲。一個瘦弱的身影嚇得緊閉雙眼，雙臂交抱，以為擒住球，不幸，事與願違，球已早一步直搗她的胸膛。「啊！」一聲慘叫。漏接事小，嚴重在後。一張痛苦如扭乾毛巾的臉，已倒在沙地上。

王燦燦昏厥了。

黑頭車急急來接她回家。

放學一進家門，愛雪馬上飛奔找媽媽說新班級的可怕大事。「王燦燦！不就是王清源的大女兒。好久不見她了。」錦枝也追算到底多久不見，「四、五年不見了。」

記憶中，錦枝與青吟去打了一場迷你高爾夫球（ベビーゴルフ，即英文baby golf）之後，就是空白了。

青吟雖比錦枝晚七年結婚，但陷入生產循環，年年生孕，已有二子二女，如果加上非親生的長女燦燦，已追上錦枝。當年的日文之夢，停留在五十音，片假名寫滿一本生字簿，平假名則還沒開始即告夭折。當年山形屋買日文雜誌的約定，也成一張廢紙。

不過，青吟與錦枝疏遠的真正原因，並非孩子多、忙孩子。

王家老夫人白寶叮嚀清源培養事業班底，可用仁貴。清源表面嗯嗯，實則嫉妒之煙裊裊升起，瀰漫他的胸，灰了他的心。清源高挺的自尊心，窄如火柴盒，裝不下一個得到父親疼愛，又得到母親認可的人。

當白寶問起，「找仁貴來了嗎？」

清源敷衍又偽稱，「仁貴說他喜歡當老師，離不開教職。」

青吟耳聞後，很機警追隨丈夫的心思軌跡，遠離錦枝。

王燦燦足足一個月未再上學。

燦燦已有少女之兆，昏倒之際，隱約聽到一片模糊的笑聲，丟臉的黑石重壓在她的心，她推不開，索性也不掙扎推開了。

父親清源寵著她，總是語帶憐惜，「畢竟是沒有親生母親的孩子。」

燦燦在父親與繼母之間，始終卡成一個尷尬三角形，拉不成圓。繼母青吟一直抓不準對待燦燦的力道。她覺得每多生一個孩子，燦燦的怨恨就多包一層隔膜。青吟刻在心牆的感受並非憑空或多疑，燦燦從來不牽任何一個弟妹的手，也不逗他們笑，不跟他們玩耍。

全家人，燦燦只挨近爸爸，像是擠入了核心。偏偏清源掌理家族事業後，能講話的時間少之又少，她反被邊緣人的寂寞吞噬。

清源想兼顧妻子與所有孩子。他以治理會社的方式，滿頭腦都是「該怎麼解決問題」，因此，塞給燦燦三個專屬佣人，綁頭髮、照顧洗澡、陪她睡覺、陪她上學、接放學、買書報文具、買零食，一概都佣人來。隆重的照顧，卻把燦燦從家隔離。

燦燦重返教室，一整天孤零零，始終面無表情。

愛雪一直注意她。

隔日，又是乾燥無言的一天。

第三天，下課時，愛雪忍不住走近燦燦的座位。「燦燦，在讀什麼？」燦燦把一本薄冊子無聲推到桌沿。愛雪念封面的標題「手藝の本」，是《少女の友》雜誌的附冊，才二十幾頁。

「燦燦喜歡做布娃娃？」愛雪根據內頁發問。

燦燦搖頭。

「那為什麼要看呢？」

燦燦又無聲指著封面。一個穿圍裙的黑髮紅鞋女孩，低著頭，辮子綁有藍色蝴蝶結，超級蓬蓬的短袖。汪汪大眼睛，被名畫家中原淳一畫得楚楚可憐，上眼瞼下垂，下眼瞼則如黑濃睫毛膏被淚沖刷過。

「喜歡這個畫？」

「嗯！」燦燦終於發出聲音。

愛雪不喜歡那雙眼睛，接不來電，只能淡淡回應，「這樣啊！」馬上改約燦燦，「出去吊單槓好嗎？」最近體育課開始教單槓翻滾。

燦燦又搖頭。

過沒兩天，早晨進教室，愛雪看燦燦的座位又空了。

愛雪又跟媽媽談起，「今天燦燦又缺席，看位子空空的，有點寂しい（日文，寂寞），她大概又生病了吧？」

「燦燦好可憐。」在極東信託支店的樓上，媽媽挨在窗邊，餵著快兩歲的大嵩。

愛雪忽有感想，「我每天上學都好開心，還有爸爸幫忙削鉛筆，媽媽跟我聊天，弟弟妹妹一起玩耍。對了，悠雲今天早上學我穿帆布鞋，腳尖穿進去，鞋尖在地板上敲幾下，鞋就穿進去了。好可愛。」

錦枝摸愛雪的紅潤臉頰，「愛雪長大了，知道幸福的滋味了。」

愛雪趴在窗檯，臨高俯望街道，人來人往，聞著海那邊來的風，「我好幸福喔！」

28

新的春天又來。

午後，愛雪口中的胖叔叔吳桶正站在極東信託高雄支店的騎樓抽菸，仁貴從裡頭出來迎接，「你們沒有一起來？」

「沒有，時間沒都合（「都合」為日文，全句意指約不到彼此可以的時間），眾人各自來。」

三根菸的時間，蕭敦南、許陣北都到了。

仁貴引導大家走過行員櫃檯，沿右邊的牆，到底另有接待室。

仁貴為三位客人點菸。圍著中型圓桌，煙絲裊裊。典型的紳士沙發聚會。

蕭敦南個性急躁，搶話在前，「高雄蓬勃發展，四處都聽到有人來高雄。我們台南的何傳先生就在鼓山設甘蔗製紙工場做水泥袋。要來請教孫支店長，還有什麼可投資的項目？」

「日中戰爭後，軍艦在南中國海繞來繞去，封鎖廈門等海邊港市，不時來靠港高雄，兵員上岸休閒，頻率很高。而且市民最喜好看電影，最近投資電影院很熱。不久前，隔兩條路那邊，鹽埕町六丁目的街角，高雄老牌的吳服店（布店）吉井商行蓋起五層樓的吉井百貨店，全部樓面共七百多坪，比台北的菊元百貨店還大，一樣有升降電梯，高雄人不用再到台北才搭得到升降電梯了。吉井百貨非常轟動，人潮集中在南鹽埕町勢所必然，也可以考慮在這個區塊買地蓋店面，任何生意都好做，店面出租應該也會搶手。資金跟我們極東信託貸款，分期本息攤還，手續簡便。極東也可以當仲介，幫您們找地。」

孫仁貴說完，蕭敦南眼神發笑，好像錢都賺入袋了，還加碼演繹，「日本軍隊攻佔廣州和吉井百貨店開幕差不多時間，看起來，高雄的生意人沒在怕戰爭的。愈戰，愈有商機。」

許陣北反而沉靜，瞄向玻璃小窗外的梯間，有下樓腳步響。

原來是紅圓揹著不到三歲的大嵩下樓。一下樓，開後門出去。經過旁邊空地長廊，許陣北順著木屐踩踏聲，一寸一寸轉過頭，又從另一個窗瞥見紅圓的身影，洋裝黃藍色相間細格，有現代都會女性的風情，不像鄉下女孩。紅圓停在店前亭仔腳（騎樓）等幾個姊妹放學，今天說好要做跳繩，紅圓已幫忙找好廢棄的腳踏車內胎。

三姊妹陸續返家，不急上樓。愛雪把日章旗遞給大嵩握著；今天又去港邊給軍艦揮旗迎送了。大家蹲在亭仔腳，分頭把內胎剪成一圈一圈，變成具有戰前風味的黑色橡皮筋。一個穿梭一個綁，串出一條長長的黑跳繩。

許陣北跟貓一樣，雷達般的耳朵一直左右轉動，偵探屋外的動靜。亭仔腳跳躍的歡樂，穿透玻璃大門，翻越儲匯櫃檯，不斷傳來。

那天之後，仁貴和錦枝才認真思考紅圓的終身大事。

仁貴低聲對錦枝說，「吳桶來講，鹽水的大米商許陣北喜歡紅圓，想納她為妾。你覺得如何？」

「許陣北幾歲的人？」

「看起來四十左右。」

「比紅圓大了兩倍。」

「對方是有錢人，紅圓過去，就享福了。」

錦枝沒有接腔。一會兒才說，「我來問她自己的意思。」

孩子都睡了。錦枝把紅圓叫到樓下的接待室。

「紅圓已經過二十歲，真抱歉，留你到這麼大，還沒有幫你找婆家。」

紅圓猛搖頭，「我沒想過要離開愛雪她們。大崙還那麼小，現在又有昭子，我還要照顧他們。」

「紅圓，謝謝你。小孩子都讓你這麼揹、這麼哄，個個都健康活潑，我跟主人（日文，對外人稱自己的丈夫）衷心感謝你，也希望你一直幫忙。但是，我更希望看見你嫁得好，有自己的可愛孩子。」

錦枝握起她的手，「我真捨不得你走。」

紅圓紅了眼眶。

「你有想過一輩子要跟什麼樣的男人一起生活嗎？」

「老實、努力的人。」

「嫁有錢人好嗎？」

「我不知道多好多壞。」

「嫁富家，不擔憂沒飯吃，可以剪布作裳，穿漂亮衣服，底下有人使喚，免做苦工，好像很不錯。嫁窮小子，就要自己奮鬥，穿歹吃歹，一分錢一分錢節儉。你覺得如何？」

「我把碗洗乾淨，整齊放進碗櫥，那一刻就很開心。拍小孩的小胸膛，看他們閉眼沉睡，也很開心。也沒習慣指揮別人。衣服嘛，現在穿的就很漂亮了。」

「紅圓很知足。」

「我生來就沒有做少奶奶的命。硬要去當，應該不是什麼好事。」

「現在有兩個人選，一個是台南鹽水那邊的有錢少爺，說是少爺，也已經四十歲了。

有元妻，但他喜歡紅圓，想要納妾，另外住在府城，不需去鹽水跟大太太相處。他聽說紅圓孝順，也會照顧你媽媽。聽起來是世故、有情義的紳士。」

紅圓沒有接話，錦枝就繼續講，「另一個是孫先生的學生，名叫沈電，很老實。公學校畢業後，原來拉人力車。說拉車，你就知道他沒什麼背景。不過，幾年前，他載到一個州廳官員的太太，官太太把印鑑和銀行存摺掉在車上。他車都拉回苓雅寮了，又趕快跑去山下町。物歸原主，官太太說要補貼他來往的交通費，沈電揮揮手，彎腰行禮，轉頭就跑了。官員先生聞知後，找到沈電，要他去學開車，再去州廳開公務車。」

紅圓笑了，「好心有好報。」

「是啊！會開車是不簡單的技能。」

確實，整個高雄州，包括屏東，前年快四百五十人報考，才七十五人合格，拿到駕照。

錦枝沉吟一會兒，「如果是我，我會選擇沈電。著眼點不是有錢沒錢，而是女性比較有空間做自己。有錢少爺再有修養，入門終究是關進籠子，不再有翅膀的鳥，人生已經看得到盡頭，幾乎只是生育的機械。女人也是人，生來不附屬於男人，也可以做出一番事業。像紅圓已經在家學會日文，會讀日本書，有能力出去做很多工作，當職業婦女。像最近開始多起來的打字員，也可以當公車車掌。也可以跟沈電一起去開車。如果規畫仔細，也可以去開店做生意，各地都有好多女老闆。」

「成為職業婦女，為什麼會比在家當賢妻良母要好？」

「講得誇張一點，賢妻良母有時像乞丐，必須垂頭伸手才有錢。職業婦女可以自己賺錢，不必跟人伸手，頭抬得起來。」

「書上都說，賢妻良母是女性的天職。」

「只要用心兼顧，職業婦女確實也可以是賢妻良母。」

「是啊！像您就是兩者兼顧了。」

紅圓出嫁之事，就往成為沈太太的方向進行。

但是，才沒前進兩步，紅圓的媽媽反對她嫁自動車運轉手（汽車司機），「你頭殼壞掉，要嫁當然是要嫁台南的許少爺，天上掉下來的好命，怎麼不知道要接住！」

紅圓的舅舅也來孫家找仁貴，尋求諒解，並表達女方家長的主張。

許陣北更積極，遣媒人去給紅圓的媽媽送禮、問候、說好話。

兵分幾路圍攻下來，紅圓對媒人登門，全身不舒如胸脇拉到筋，但也陷入矛盾，「我應該孝順，遵從媽媽的話？還是順從我自己內心的聲音？我是不是太不孝、太自私了？或是太愚蠢了？」

沈電全不知道這一切，只知道孫老師撮合，「阿電該結婚了。紅圓個性好，認真又勤勞，人也長得可愛，嫁給你好嗎？」

有一晚，錦枝刻意把沈電找來家裡作客，一起吃飯。六歲的悠雲很活潑，在榻榻米上唱遊給大家欣賞。沈電帶了三份禮物，給孫老師及師母奉上和菓子，「州廳的口本同事送的，很珍貴，我吃太可惜，還是送老師品嚐比較不浪費。」紅圓暗叫，「怎麼拿別人送的來當伴手禮?!還講出來！這個人真憨直。」

明治製菓的巧克力是給愛雪幾位弟妹的。

他也為紅圓帶了禮物，一部馬口鐵製的玩具汽車，色彩繽紛，「這是我在吉井百貨店看到最有趣的東西，我想，它一跑，紅圓一定會笑起來。」錦枝聽得都笑了，「眾人面前，阿電你就這樣告白，很會喔！」沈電嚇愣，「失禮失禮，我不會講話。」紅圓在一旁笑得頭低臉紅。

錦枝猛搖手，「不是、不是，買得很好。請快示範怎麼讓汽車動起來。」

小汽車的側身有細細的發條T型轉桿，沈電轉轉轉，轉到不能轉，放到榻榻米上，一鬆手，汽車到處亂竄，小孩子們快跳起來，避免擋道，興奮異常。果然，紅圓笑得更開心了。

那一夜，紅圓的心意跟客廳的吊燈一樣明亮。她決定了，她要嫁給這個老實而且純真的阿電。

決心激出謊言，紅圓騙媽媽，「我已經拉了阿電的手，非嫁他不可了。」拉手幾乎等同失了身，媽媽無可奈何，只能點頭了。

29

愛雪在堀江小學校的班級與眾不同。整個年級共五班，全男生兩班，純女生兩班，男女剩餘人數不足成班，便湊成一個稀有少見的「男女組」（男女混合班）。上體育課的時候，男同學斜眼睥睨女生的發生率，比任何課要多。

這一學期，吊單槓是主要項目。一開始，愛雪跳得上單槓，卻翻不了。被老師叫到左邊，右邊的同學就哧哧笑。

一百年來都一樣，日本學校一直很愛分組競爭，激勵學生的企圖心、求勝心。果然愛雪被刺激到了。

放學後，天天傍晚再去學校練習。洗澡時，自己偷偷甩手掌，想要甩掉腫水泡的痛。週末繼續去學校，出門前用繃帶捆一捆，包住水泡。新的禮拜一再來時，她已經像一隻小猴子，連大榕樹的橫枝都翻得過去了。

體育課時，她換站到右邊去。下一個，個子嬌小的男生仍在上單槓的階段奮戰。老師故意激他，「茅島君，孫桑都可以翻過去了，你為什麼不可以?!」愛雪馬上護衛同學，

「我是因為家離學校近，天天能夠到學校練習。茅島桑的家離校太遠了。」
幾個同學像角落的小花偷偷綻放笑容。但，更多同學如羽毛棒下的群貓，雙雙大眼齊向老師。慘了，老師會如何處罰頂嘴的愛雪？

「嗯！嗯！茅島君也請多找時間練習囉！」所幸，老師沒罵人。

一九三九年的秋天，愛雪六年級的學程已過半，〈螢の光〉（日本校園驪歌）的前奏悄然響起。

老師宣布要帶同學去日本卒業（畢業）旅行，關西、關東共四週。結果大出愛雪意外，竟然只有六位同學報名。

事實上，許多日本同學家境都不寬裕，像茅島的爸爸就是搖船人，在高雄川（今愛河）為涼船店家載客划船。暑假乘船納涼的遊客多，生意還行，冬天就差了。要拿出個四、五十圓的旅宿費，近乎一、兩個月薪水，不是每位家長可以不皺個眉頭。何況一般家裡，都有三、五個小孩。

旅行歸來，老師指名上台分享旅程心得。

高橋同學說，最驚奇東京的路面電車，人車在街頭交錯，非常熱鬧。東京火車站看見兩個洋人，黑色大鬍子，黑色長袍，老師說那是神父。

愛雪也上台，她講關西，「京都就像台灣的台南，台南三步一廟，京都也是三步一寺。我們搭船從神戶港登陸，神戶就像高雄，一樣是港都。神戶也跟高雄一樣有北野町，不過，神戶的北野町有滿街的西洋房子，走在那裡，好像踏進安徒生的童話。大家稱這些洋房子為『異人館』，以前都是西洋人的住屋。高雄的北野町有什麼呢？」

「燦興硝子店（玻璃店）！就在我家隔壁。」男同學財部迅速回應。

「北野町也有一個～～」愛雪拉長音，「隔壁鄰居，就我們學校～～高雄市堀江尋常高等小學校！（原為高雄第二尋常高等小學校，一九三七年四月改校名）」

哄堂大笑。

下課後，三三兩兩同學還圍著談日本的旅行。突然，雞冠井次郎很不甘心，把帽子摘下來摔在地上，罵了一句「畜生」（日文漢詞，ちくしょう）。日文的「畜生」，較像中文的「該死、可惡」，表達內心的怨憤，不等同中文罵人「畜生」的意思。

愛雪目睹這一幕，內心異常震盪，「雞冠井沒能去畢業旅行而懊惱生氣嗎?!」

生在孫家，確非一般。當時，高雄市的日本學童四千一百人左右，三千五百多人就學，男女就學比率差不多，都有八成五。台灣籍學童一萬五千多人，就學率五成左右，女低於男甚多，十個女孩子只有四個可以念書。等愛雪一九四〇年小學畢業，高雄市台日女生同屆畢業共七百多人，僅不到三百人報考高雄高等女學校（今高雄女中前身），而最終又只一百一十人進榜，能夠再上層樓。

愛雪之名就在榜上。

初初入學，依規定，愛雪到哪裡都穿上代表高女的水手服。那一天，必須拍大頭照，來到白樺寫真館，「歐巴桑，拜託囉！」

呂瓊琚的眼神滿是驕傲，「前幾天高雄的寫真師聚會，有一個日本人的女兒也剛考上高雄高女。他超愛炫記憶力……喔，等等。」她拉開牆邊桌子的抽屜，翻出一張紙條，邊看上面幾個數字邊講，「據他說，今年，雄女全校共四百四十二人，日籍學生四百零九個，台灣人只有三十三個。」放下紙條，呂瓊琚拍拍愛雪的手臂，「愛雪，你好優秀。繼續加油，將來一定要去東京念大學。」

「是，我會加油！」

然而，愛雪的大學之路並不平坦。

30

愛雪念高雄高女的四年，都在戰爭的霾霧裡。

「卡桑（台語音，日本人呼喚自己媽媽『母さん』），魚丸買了嗎？」愛雪急急高呼。

錦枝馬上提了「飯盒」（日文，はんごう，日式小提鍋，不是便當盒）到下樓的轉角，「一大清早去市場買的，很新鮮。路上小心。」

今天禮拜日，愛雪要去病院慰問「兵隊さん」（軍人），致送食物。上週孫家才接待過兩位艦隊阿兵哥，讓他們使用家裡的「お風呂」（日文，泡澡木桶），盡情享受泡熱水澡。

後援軍隊官兵已成高雄市民的日常。

今天，仁貴也有軍事活動。以前在苓雅寮公學校的日本同事已接到「赤紙」（戰前日本軍隊的徵召令），即將入伍。同事住鹽埕町六丁目，離家不遠，何況，人情義理，本該相送。

好大面的長條白旗，右側沿邊的上下四處仔細縫了五寸長的白布綁線，好綁住一層樓高的長竹竿。旗面的最頂上，不知道是誰用大筆沾紅墨，一直畫圓，畫成一個大紅圓，日本國旗就長出來了。國旗紅圓下，「祝應召」三字不小，下面五個黑字更大，「無敵一郎君」。另有人持一面相同幡旗，唯獨「祝應召」改成「祝從軍」而已。

整個行列有少有老，小面日之丸國旗在隊伍中晃動。小學生群特別惹眼，應該是公學校學生。還有幾個中學生，一個揹著軍樂鼓在胸前，一個吹喇叭。旗浪加鼓號聲，合奏出歡慶的樂章。沒有悲壯之情，沒有含淚之容，彷彿還未出征，就已凱旋。

也莫怪，到目前為止，在中國戰場，從北打到南，幾乎都傳捷報。此後一、兩年，也還有偷襲美國珍珠港、佔領英國統治的香港、入侵馬尼拉、佔領新加坡的勝仗等著他們。

仁貴發現了米奇寫真館的童先生，站在店前揮旗。

「沒找童桑（童先生）去拍紀念照？」

「日本人不會找我台灣人照相師啦！」

「也是，也是。」

「好像愈來愈多日本人被徵調?!」

「是啊！戰爭沒有收束的跡象，愈打戰場愈擴大。」

「無敵一郎！衝著這個名字，如果我是軍部，非徵召上戰場不可。日本人真有姓無敵？還是自己故意取的？」

「無敵老師很斯文，不是故意取的。他出身福岡，無敵是當地的姓。我的長女在高雄高女的導師也姓無敵。」

「也是齁，日本什麼怪姓都有。」

「是啊！高雄州教育課有個日本官員叫禿顯雄，這個名字見一次就不會忘，姓禿，太特別了。」

說著說著，兩人走出亭仔腳（台語，騎樓），目送隊伍的背影走遠。

門前水溝蓋上的花盆旁，站了一片立式看板，仁貴忽然感覺有異，「咦！童桑的店名改囉?!」

「你應該也認識的我屏東同鄉張巡查（警察）吧?!有一天他走進來，拿了一份《臺灣日日新報》，叫我自己看一則報導。」童老闆演起空手布袋戲，左手攤開當報紙，右手食指一邊點手掌心，一邊讀報紙標題，「要有正確的戰時認識，看板上，不能再出現羅馬字（英文字母）。」

「是，是。」

「張巡查說，同為台灣人，才鄭重勸我，店招上的英文Micky一定要修掉之外，最好整個店名都改掉。看板上那隻米老鼠，他用台語靠近我耳朵小聲說：『這隻是美國來的，也盡早扔掉。』最後巡查大人又說：『都什麼年代了，切記今年是日本皇紀二六〇一年（日本紀元二六〇一年，即西元一九四一年），各種言行請自肅（日文，意指自制、謹言慎行）。』」

「是啊！『自肅』要成流行語了。」

童老闆右手掌貼胸，「聽到自肅，我真的有嚇到了。那些洋派、摩登、外來語要少用，趕快店名就改為鹽埕寫真館。」

「原來如此。」

過一陣子，仁貴回去苓雅寮探望堂伯，遠望二百六十番地的日本炭酸株式會社的廠區。工場大門一進去，迎面的建築像一堵高牆，從右到左，漆了四個大白字「液化炭酸」，標示會社的主要產品。在「化」和「炭」字中間的上方，本來有圖案般的二氧化碳分子式 CO_2，突然，也不見了。

時間之輪繼續往前奔駛。

一九四二年八月，南太平洋爆發瓜達康納爾島戰役，日本勢如破竹的南侵終於被逆轉了。十月，台北市醫院診所刊在報紙的聯合廣告，還標榜有「X光線」（日文，X光）設備，十一月，忽然，也不見了，代之以「物理診療科」。

此刻，英文字母已化為二十六株毒草，人人走避。

在各中學、各高女，英文課悄悄被丟進倉庫。高雄高女的課堂上，愛雪有個老師激昂陳詞，「日本即將征服世界，到那時候全世界都說日文了，哪需要學英文。ＡＢＣ二十六個英文字母學會就好了。」

等英文被丟光光、洗淨淨，日本也已陷入苦戰的漩渦。

31

就在戰爭衰頹的谷底，愛雪即將自高雄高女畢業。

梅原老師傳閱一頁報紙，「同學們，請仔細看一下內中的廣告，有兩個高雄的會社要募集（徵人），回家跟貴家長商量，若得允許，就可以去應募看看。這個時代，全國國民都在奮鬥，你們也要努力，成為有用的人，切莫浪費才能。」

課後，梅原找愛雪個別談話。

「白石桑，畢業後有什麼計畫？」之前台灣人改日本姓名一陣風，愛雪依無敵導師建議，改名白石登美子。

「原本已提出申請東京的御茶水女子大學，也獲准入學。但從去年的高千穗丸被炸沉之後，內台航路（台灣和日本之間的海運航線）風險愈來愈高。最近東北角海域又有悲劇。家父家母擔憂，勸我還是暫時打消升學的念頭。」

「確實應該認真考慮。商船都被動員去幫軍隊運輸，船班很不容易等。聽回台的朋友說，在下關等好多天，可以上船了，卻被鎖在船上兩天。突然，半夜無預告地又啟航了。船也不走過去的內台航路，兩天之後，天一亮，眼前竟然是中國的黃河口。」

「黃河口?!」

「是啊！跑到黃河口去了。朋友說，海是藍的，到黃河口，真的就變黃的。」

「繞到那麼遠去？」

「就是啊！後來才發覺有軍艦在四周保護，以防被潛水艦攻擊。辛苦啊！旅客也被要求要帶紅帽和哨子，萬一落海，才容易被發現蹤影。總之，現在要去內地求學，既辛苦又危險。」

「老師，我了解了。」

「白石桑的成績很優秀，可以去應徵三井物產高雄支店看看。三井物產株式會社屬三井財閥，日治初期即植根台灣，為島上著名的老貿易商。所有能夠右手買來，左手賣出的國際型貨物，大者，米、糖、煤不說，木材、機械、肥料、五金、麻袋、水泥、罐頭、乾貨、布料、建築和工業用的石灰石，也無所不賣。」

「梅原老師很熟三井物產?!」

「外子的最好同學派在江蘇無錫的三井。」梅原停頓了一下，「一般成年人都知道三井物產，商社等級超人一等，但你知道怎麼看三井物產、三菱商事這種超大商社跟普通商社社員的不同嗎？」

「怎麼看？」

「他們一定有高爾夫球桿，問有什麼興趣，愛打高爾夫球這一項絕不會漏掉。」

愛雪聽從梅原老師的建議，投出履歷，要去一探三井財閥，看看是否社員都愛打高爾夫球。

愛雪上了。同期只錄取兩人。

上班第一天，愛雪還是穿高女制服出門，只把小領帶拔掉而已。營業課的課長鷲尾笑得親切，「一看就知道是新卒（日文，新人、菜鳥）。」

三井物產高雄支店位於湊町，比鹽埕町更靠西邊的鼓山和壽山。辦公廳舍獨棟、有騎樓，跟極東信託一樣，整個建體卻是極東的三、四倍大。愛雪被帶到二樓，辦公桌兩兩相對，已經擺布二十來張，仍顯得空蕩。

第一天，愛雪學數鈔票。一疊百張鈔票，先整個數一遍。再數第二遍，十張一疊、十張一疊，疊疊十字交錯放置。第三遍，重做第二遍的動作。只是每數完十張，就抽出其中一張當墊布，與九張垂直，包覆中間。最後，九張再對折，變成十張一疊的鈔票。握在手中，如掌中鏡一般硬挺。

同事三浦說，「不要嫌麻煩喔！經驗顯示，就是要這樣數鈔票，確認再確認，才不會出錯。」

愛雪回，「不會麻煩。學校老師都教育我們，事情既然要做了，就好好做好。不然，就像拿篩子去舀水，白做工了。」

三浦笑笑點頭。

沒多久，愛雪就被派在營業課。營業課最擔大責，社員同仁也最外向活潑。五個月後有一天，鷲尾課長上樓，失去慣常的笑容，靜靜到座位。偌大的辦公室，氣氛一時如霜凝結，撥算盤的稀落聲也收乾。

眾人心裡有數，大約是收到徵召入伍的「赤紙」了。不久前，日本男子服役年齡從四十延長為四十五。四十二歲的鷲尾課長心裡早有準備。

美軍不久前首度轟炸日本本土，八幡、小倉、門司等九州北部城市都挨B－29轟炸機空襲。此時應召出征，每個人心裡都有撥不開的烏雲。

鷲尾課長出征當日，一一跟同僚握別。到行列之末，他的雙手握滿愛雪的雙手，「白石桑，要靠你了，請一定好好努力工作。我絕對活著回來。」鷲尾一邊說，一邊淚水直貫而下。

愛雪傷心點頭。

鷲尾最後再次叮嚀，「頑張ってね！（努力喔！）」

愛雪內心一股震撼。課長未因她僅僅十六歲而輕忽，反而那麼看重她。她心底有一句話相應直上，「頑張ります！（我會努力！）」只是，咽喉重得開不了口。只能雙脣緊閉，點頭，望著課長。

32

「布貨來囉！」三井物產樓下，運送店的人高喊。

台日航路危險，戰爭也亂了原有的產銷秩序，眼前一捲一捲搭船渡海的日本布來得更加稀貴。

小林支店長把愛雪叫去，「之前都是鷲尾課長帶你去發配布料？」

「是。」

「課長不在社內，那這次就由你獨挑大樑囉！」

「是。」愛雪沉著，沒有遲疑。

「沒問題？」

「沒問題！」

日本布貨少，高雄十幾家吳服店搶破頭。鷲尾課長是好好先生，最近幾次配貨，現場都頗為火爆，搶成一團，老闆們幾乎要拳頭相向，他苦不堪言。小林支店長本該替鷲尾出席主持，但他不想降格，也不想應付鬧哄哄的場面，便推「小女生」出去。

愛雪回答支店長「沒問題」，純粹身為下屬的必須。其實，她頗為苦惱。但是，她的頭腦有個習慣，與其苦惱黑暗一整天，不如花一分鐘想出明亮的解方。所以，她一直在想如何公平配貨，如何不讓老闆們再吵起來。

到了配貨的前一晚，愛雪狂趕夜車，製作一張報表。

夜燈下，仁貴和錦枝都看到她熬夜的背影。仁貴說，「明天不是有重要的工作，不早睡怎麼可以！」十六歲的三井新卒這時顧及不了禮貌，煩躁回答，「因為重要，所以現在請讓我安靜。」

一早，愛雪直接前往配貨現場，布料則由專人早早送抵高雄川邊的高雄州商工獎勵館了。

一踏進會場，中間長桌子上一捲一捲的布已經安置妥當。日本布一捲稱為一反，可做一件和服。愛雪站台前發言，「本日由我來代替鷲尾課長主持配售。」

看得出來，不少位老闆不約而同一驚，疑了一下眉。

一個人中蓄著濃髭的老闆，年紀五十有餘，毫不斯文，「上個月，我賣最多，本店要先挑布。」

愛雪認得他，一直最囂張的一個老闆。

她立刻簡潔有力否定他，「你不是賣最多的！」

蓄髭老闆也不客氣，「哪有這回事！」

另一個六十許的老闆不示弱，轉頭向他，「我賣得不比你少！」

眼看吵聲又要爆場。

愛雪舉起手，目光集中過來。「各位老闆，過去自由買賣的時代，大家可以自由決定進貨量。現在實施配給制度，貨源也有限，請共體時艱。本次，三井物產會社將依照過去一整年貴店的進貨量來決定優先順位。進貨統計表就在我手上……」話還沒說完，木屐喀喀兩聲，一個年輕老闆急躁跨步，準備衝上前。愛雪手掌心對著他，「且慢，不要急，我會把統計表貼在牆壁上供覽。」

愛雪把捲起的清單攤開貼好，「各店都有代表番號，番號愈排在前，代表進貨量愈高。各店十二個月的進貨量都有清楚數字。最後便得出最右一欄的本次可分配匹數。」眾老闆一副迫不及待要圍過來。愛雪再給大家說好話，「各位，各位老闆都是紳士，請排隊，依序檢視統計數字。」結果，沒有人不當紳士了。沒有吵鬧，也沒有抱怨，布料很快分配完畢。

愛雪打電話回報支店長，「結束了！」

支店長嚇了一跳，不敢置信，連提三問，「已經結束了？真的？全部？」隨之大悅，

「先不用急著回來，我派會社的人力車去接你。」

三井物產高雄支店本有公務汽車，已捐獻給軍方。但三井的人力車仍不失高貴；座椅背後的靠板塗黑色，用金漆畫上幾隻飛翔的鶴。拉車夫也非普通人力車夫，有制服制帽，帽子正中間還縫了三井的徽章。

車夫姓歐，同感驕傲，忍不住邊拉邊笑呵呵跟愛雪說，「支店長從早就在辦公室擔心，雙手交握在背後，走來走去，走來走去，喃喃自語，『哎呀！還是個小孩子，可以嗎？沒問題嗎？』」

人力車走著走著，就這麼巧，汽車近乎絕跡的大道上，遠遠愛雪就看見爸爸走在路的另一側。仁貴也看見她了，快步斜斜走過街來。仁貴正擔心，是不是昨天熬夜沒睡，身體不舒服。後來知道是支店長派來接人，便跟車夫說，「時間容許的話，前面右轉就到家，讓她媽媽看一下，媽媽正在煩惱她累壞身體了。」車夫邊走邊告訴仁貴，「支店長很稱讚令嬡，說比課長在的時候做得還快、還周全。」

車子一右轉，仁貴快喊錦枝，樓上窗戶開了。錦枝一看愛雪坐人力車裡，反應很快，「不要慌慌張張！慢慢來喔！棉被已經鋪好了。」

大家聞之相視笑了。

錦枝以為愛雪生病了，回家來休息。

33

小林支店長派車接人的消息，當天就散播到辦公室每個角落。也鑽進一樓神祕又安靜的角落，經理課的新職員大野威德也聽聞了。

兩天後，大野持了公文狀的東西上樓，到愛雪的桌邊，「白石桑，這份營收報表麻煩請校對、確認。」日本會社的「経理課」主要工作在做成各種報表，了解各部門營收、行政、人事收支的情況。

愛雪趕快站起來欠身接過。

大野隨即轉身離去。愛雪一臉錯愕，目送他畢挺白襯衫的背影。

翻開報表，另附全白信封，鉛筆盒大小，紙質厚樸。封面寫「致白石桑」，翻過來封底鉛字印刷的地址和姓名，「上海?!」印有名字的專用信封已經夠令人驚訝了，地址還是上海。

「白石桑，惶恐與唐突，此箋只為表敬。前日您的工作表現令人激賞，同為出身苓雅寮，我與有榮焉。」

看完短信，愛雪更感迷惑。她不知道苓雅寮有哪個大野家族。

此事就這樣過了。她沒跟任何人提起。

過了五、六天，大野的信又來了。這次夾在一本書內，由人力車夫轉來。

「敬贈新書《甘味（お菓子随筆）》一本，希望能聆聽您對內容的看法。如蒙賜信，可請鹽埕町的清水書店主人轉交。」

翻開書頁，芥川龍之介談紅豆湯，御茶水女子大學的菅原教授談甘味考古學，菊池寬有一篇〈讀書餘話〉，女詩人森三千代談心型餅乾，諸如此類，是一本文化名流漫談甜點的書。雖然如此，在那個年代，此情此信，已達談戀愛、情書等級。

愛雪擔心被誤解有男女曖昧、逾越淑女該有的品德界線，有點惱怒，有點焦慮，又有點無奈。之後幾天，踏進辦公室，總是小心自己的眼神，堅定直視，不飄移到不該的角落去，快快登上二樓。

說起大野威德此人，不久前才搭關東軍的飛機從上海回高雄。一介平民，還是年輕人，能有此特權，全因爸爸。大野本姓王，父親王逢源，到上海發展多年，可謂脫胎換骨。高雄財政界相傳，王逢源靠慶應大學校友的身分，搭上三井物產會社上海支店的慶應幫，成為軍部供糧的御用商。他找來父親王景忠的舊臣，在長江沿岸收購穀糧。收糧再多，軍部都收，價格又穩定。上海華都銀行的經理天天來「逢源洋行」鞠躬哈腰，等著收王逢源滿屋子一「柳行李」一「柳行李」（日文，戰前常見的柳編或竹編提箱）的鈔票。這位一肚子怨忿離台的王家少爺，上海讓他把憋的氣都吐光了。

二戰後期，上海馬照跑、舞照跳，入夜霓虹燈閃爍，紙醉金迷，戰爭對上海來說，是個虛辭。王逢源左擁右抱，連納三個妾。日本舞女出身的妾，底下人管叫「日本太」，另有「無錫太」、「蘇州太」。大野威德是高雄元配所生長子，跟到上海念聖約翰人學理科，聖約翰全英文教學，英語流利自不在話下。有一天，王逢源聽聞軍部正要徵調會英語的人前往菲律賓戰場當翻譯官，趕緊找關係，藉口威德必須回台灣照顧病弱的母親，而安插他到三井物產高雄支店棲躲。

34

大野威德的第三彈還沒來，官廳已經發布鹽埕町居民必須「疎開」（日文，疏散）到鄉間，以免遭受空襲轟炸，愛雪便未再去三井物產了。

一九四五年的元旦來臨前，孫家僱了一部牛車，往東北方向疎開，目的地旗山，與鹽埕町直線距離三十幾公里。所有人都坐牛車上，一旁伴著書包、鍋碗瓢盆、棉被、兩個柳行李和一部腳踏車。

牛車一拐一拐，牛蹄一踏一踏，慢步前進。「哇～哇～哇～」，錦枝懷抱的女嬰突然哭得中氣十足，激昂的高音，一波一波，如藤條一抽一抽，催快牛車。

這時的孫家，已膨脹成十人之家，仁貴與錦枝共有兩男六女。二十一世紀的當今，台灣有一半的女性不想生育，一位女性平均生育不到一個半的小孩，如果出現一個十人的核心家庭，記者絕對上門採訪。但一九四〇年後的幾年，食糧物資配給，不是有錢就買得到食物及日常用品，戶內人數多，配給就多，孩童配給量又多過大人，生育率遂被刺激，戶下八個子女是個普通無奇的數字。

慢慢，牛車不變的慢調反過來馴服嬰幼兒，紛紛拉下眼簾，這時刻，孫家特有的長睫毛一覽無遺。

錦枝看著懷中的小女兒，「戰爭打到優良乳兒選獎會（日文，健康寶寶選拔賽）都沒辦了。可惜惠子了，長得比幸子好，幸子都獲選為健康寶寶，惠子一定也可以。」

「不知道下一分鐘，美國轟炸機會不會從頭頂飛過。為了躲空襲，還要離家，跑到鄉下去租房子，錦枝還能想出這些輕鬆愉快的話題來，真是樂觀呀！」仁貴邊說邊摸了摸惠子的小臉頰。

「哀也是一句，喜也是一句，那就找開心的事說吧！」

「嗯嗯，謝謝。」

錦枝對著熟睡的惠子說，「媽媽自己來做個健康寶寶的獎牌給你，好嗎？用山上的野花編個優勝花圈戴在頭頂上，好嗎？」

大小孩們看牛喘吁吁，都下車走路。

大嵩忍不住問，「還要多久到旗山啊？」

仁貴說，「先到鳥松過一夜，讓牛休息。」

疎開之路，路迢迢，兩天才到旗山。

傍晚薄暮，離北方旗山車站市街那邊還有四、五公里，牛車停下來了。終於到了，孫家人疎開到這個叫「溪洲」的村庄。

當晚，就有人來找。

手臂縫了紅十字布片的衛生兵，高而瘦，略略低頭，踏進租屋。

「請問，白石登美子桑在嗎？」衛生兵胸前有姓名布條「大西健五郎」。

「我就是。」愛雪上前應答。

「終於等到你了。」

衛生兵大西看起來二十幾歲，去旗山郡役所問了好多次，獲知孫家人要疎開到溪洲，老早等在那裡。「抱歉，有證照的看護婦已充分徵用，目前本地的衛戍病院極度缺乏看護人手，白石桑正好疎開來溪洲，可否過來幫忙？」

愛雪有點遲疑，「我現職三井物產高雄支店營業課員，仍支領三井薪水，還能再做其他工作嗎？」

大西衛生兵不耐，使用訓令口吻，「現值戰時，軍部命令為大，唯有服從。」稍停，語氣改緩，「薪資部分，醫院這邊會另付，這樣可以嗎？」

愛雪很為難，「我無法現在回覆，必須請示會社的小林支店長。」

除了身為部屬，理應請准之外，依令疎開之後，三井仍發薪水。愛雪也憂慮若讓別人知道領兩份薪水，被認為貪心，不知該有多丟臉。

當晚，醫院馬上連絡到支店長，小林在電話上告訴愛雪，「白石桑，非常時期，你既已無法到社出勤，就請好好在醫院幫忙。」

就這樣，愛雪意外成為軍隊醫院的小護士。

第一天，大西衛生兵來帶愛雪。一前一後，一直鑽小路，往山上走。沿路幾無人煙，只有零星的香蕉樹和低矮灌木欉。上到一個略平的黃土地，眼前是個山洞。坑洞的另一側有大大亮亮的光。洞身不長，沒有墜入黑洞的緊迫感。

通過時，一陣涼意，愛雪摸了一下手腕。

走到大亮光所在的地方，又看到另一個更高大的隧道。

隧道內，看來也是戰場，只是兵士們非臥即躺，濃濃的消毒水味混雜血臭味，撲鼻而來。

突然一片榕樹落葉直打愛雪的臉，嚇了她一跳，直覺揮拍。

大西衛生兵笑笑，「你來的時間很好，還好是冬天，不然，蛇現在會滑過你的脖子，飛蟲會像傘兵從天而降，烏秋更會鼓翅直衝啄頭，你會嚇死。」

愛雪不想被取笑，「我出生在海邊小村，敢去海底游泳，陸上的蟲蛇鳥獸，有哪個比浪濤可怕的?!」

大西被意外而來的女子氣勢震懾，連忙說，「失敬、失敬。」腦海浮起瀨戶內海家鄉的海岸，「同感、同感，太多平原與高山的孩子不敢跳進海浪裡了。」

不過，愛雪只是不想被看扁，該怕的，還是膽子不大。

過沒幾天，一個傷兵從高雄港下船，直送到溪洲。被繃帶綑住半邊身體，只露出右肩。

「我先幫你解開繃帶喔！一會兒軍醫再來檢查，決定下一步該怎麼醫療。」

「好，麻煩了。」

愛雪小心剪開、拆卸繃帶。

腐臭味飄出來。

夾起最後一面紗布，左肩以下到肩胛骨的傷口露出來，她發現自己打了一個冷顫，雙手也不受控制發抖起來。傷口有幾十隻蠕動的蛆蟲，肥肥白白，搶著飲血啃肉，扭成一團。

愛雪不敢跟士兵多講半句。趕快拿鋏子，手卻不聽使喚，弱如片葉，一靠近白蛆，就不自覺顫抖。

好不容易深呼吸定了神，把蛆一掐夾出，受傷的士兵哥竟爆聲哀叫。愛雪嚇得退倒一步，趕緊轉頭找救兵，「哪裡做錯了嗎？」衛生兵走過來只探了一眼就說，「你看到了嗎？白蛆連著一條小小的紅線，那一條就是神經線。傷口爛到蛆吃神經了！」

愛雪大皺眉，卻也愛莫能助，只能繼續夾蟲。傷兵也繼續哀到大聲小聲。

二瓶一鉄軍醫可沒有愛心、耐心去聽這些，「喊痛的，排到最後一個去！」山洞回音大，二瓶的威嚇仍在迴盪。

愛雪聽了也幫忙難過，這一等，恐怕又要多等幾個小時才輪得到，「兵隊桑，請你忍耐了，不然更麻煩。」

士兵痛苦眨眼，眼角留有殘淚。

愛雪再夾下一隻蛆，受傷士兵難耐，還是痛得尖叫，「いたたたい～～～（痛痛痛～～～）」，眼看二瓶軍醫轉頭要罵人了，士兵趕快在痛痛痛的後面大聲補上「くありません」。這樣在形容詞語尾顯示否定的日語講法，就能無縫接軌，秒把「痛」變「不痛」。

大約一個月後，大西衛生兵找到新任小護士替補拆繃帶的工作，愛雪換去負責打針。黃色藥劑裝進針筒，這個簡單，但扎針進人肉，愛雪光用想的，就有一股寒風吹來。等真的拿起針筒，努力穩穩對準了，針頭果然不受控抖起來。

二瓶軍醫重重的踏靴聲靠近來。

愛雪低頭，眼鼻皺在一起，張嘴咬牙，心想「這下糟了！」

二瓶邊走邊喊。

「想成是豆腐！」

「不要想成是人！」

「不需要想像會痛！」

三句喊完，二瓶醫生也已走到愛雪身旁。他大聲喝令，「針拿好，對準要打針的位置！」

愛雪把針頭對過去。

說時遲，那時快，二瓶一邊喊「豆腐、豆腐、豆腐」，一邊以掌心推愛雪的手臂，針扎進去了。

原來這就是打針。

幾次過後，愛雪也敢把傷兵的皮肉想成是豆腐，敢打針了。

她感覺自己變強起來。

35

溪洲的夜真是安靜。沒有空襲警報，沒有蹦蹦車聲，只有不知名的蟲鳴。

愛雪削好一枝鉛筆，湊到鼻子前，「有爸爸削鉛筆的味道嗎？」

仁貴只陪妻小疎開，安頓好又回市區，看守會社。離開時對愛雪說了一句，「代替爸爸好好照顧弟弟妹妹。」愛雪認真點了頭，但白天要去當護士，能代替爸爸什麼呢？她想到削鉛筆。念高女以前，爸爸總是會幫忙削好鉛筆，每一晚，他們去爸爸書房，筆芯寫短了的，放在爸爸書桌上，再從木盒子拿出爸爸削得尖銳、完美的鉛筆。

其實，弟弟妹妹好像得到一個無限期的春假，全不用上學，沒有作業，鉛筆用得少了。每天好像都是自然課，愛雪一回家，不是大嵩來說，「有一種樹葉，好像小魚乾，媽媽說是相思樹。樹枝可做成黑黑的火炭。」就是悠雲發表鳥巢觀察記，「姊姊，你知道為什麼綠繡眼的鳥巢又輕又小，風吹卻不會掉下來嗎？我們爬上樹去看了，綠繡眼搭巢時，會選樹梢岔枝，如有托盤，比較牢固，還會啣細枝，纏繞樹枝綁住，所以不容易掉下來。」大嵩也補充，「隔壁的阿彰伯公跟我們說，鳥巢只是拿來生蛋，孵育小鳥，小鳥飛走，巢就丟棄了。鳥巢不是拿來睡覺的，跟人的房子不一樣。」

轉眼，蟬聲從四面八方攻來。

空氣中，有燒香蕉葉當柴火的味道。

眼看，又要有個無期限的暑假。

七月，一直在下雨。

預期無限期的暑假最後被天皇名為玉音放送實為投降詔告的收音機播放錄音畫下句點。

隔天，愛雪依舊去山洞的醫院。

才到第一個小山洞口，就看見洞口底有大西衛生兵的人影。

「大西下士，怎麼在掃葉子？」

大西沒抬頭，也沒回答。一整天，像一顆陀螺，打掃不停，沒有一句話。

二瓶軍醫的嗓門明顯變小，吩咐、叮嚀也明顯簡短。

愛雪好像隔著玻璃，看著在真空管裡的兩個人。

36

戰爭結束，孫家搬回市區。

仁貴跟愛雪姊妹說，「鹽埕町被炸得面目全非，炸彈落在街道的，炸出大坑，下雨積水，三隻水牛可以一起下去泡。房子被炸到的，倒的倒，散的散，暫時無法住了。何況極東信託不是我們自己的房屋，就先搬到大港埔。」

大港埔即今美麗島站周邊，比鹽埕町更遠離高雄港。

戰爭結束，總督府和各州廳、市役所維持運行，但已如消了氣的皮球，只消極看守，僅準備交接給盟軍的事宜。

苓雅寮公學校的同事林媽勇找上仁貴，又號召了一群老師、老記者聚會。

林媽勇說，「日本投降才沒幾天，問學校的日籍校長事情怎麼做，他都是手掌翻向上，伸直直，請請請，請您們自己做主。這幾天，校長乾脆不進學校了。我看，高雄市孩童已失學一整年，必須盡快復學。」

大家又去找高雄商工會的士紳，共議推舉幾個國民學校的新校長。有個運送店何老闆說，「中國政府要來接管，將來讀中國書，講中國話。那就請會漢文的先生來當國民學校校長，才能跟中國官接得上線，說得了話。」有幾位應和，仁貴卻靜靜垂眼。何老闆接著說，「我店內有個文書，漢文很好，和中國那邊的行號連絡做生意，信都他起草、謄寫，毛筆字也漂亮，請他當校長最剛好了。」

何老闆講話的幾乎同時，另有一個老闆跟鄰座老闆交頭接耳，「那些日本話說得水噹噹的，看到中國官，全要變啞巴，沒路用、奧賽（台語音，沒用、廢了）了。」換鄰座老闆左肩靠過去，「嗯，風水輪流轉。」

林媽勇後來主持南濱國小。來孫家找仁貴復出任教，仁貴搖頭，「已多年未站在教室講台，何況，時代也不一樣了。」林媽勇說，「不然請令嫒來幫忙。她高雄高女的成績那麼好，又進過三井做事，當國校老師，能力綽綽有餘。」

日籍老師還是到校，但自己降格，不進教室上課，變身校工，在校園修剪花木、挖土埋掉防空洞、清理落葉。教員因而需求孔急，愛雪也就應聘當老師了。

不久，南濱國小來了一個女老師，姓姚。據說某個台南人被指派為高雄地區預備接收的專員，已先從重慶回台。姚老師就是他的太太，廣西人，國語課就歸她教。姚老師總是穿一襲深藍色陰丹士林布的旗袍到學校。這一身藍衣，立即產生類似告示牌的微妙作用。林媽勇校長有一天叫愛雪去，「下週五，高雄各界慶祝光復後第一屆國慶日紀念會，是否穿得正式一點？」

「正式一點？」愛雪一直穿著自己縫製的一件式連身洋裝或兩件式西洋衫裙，從未覺得不妥適。

「穿像半山老師那樣的『紺色』（日文，深藍色）的『長衫』（台語，日治時期意指旗袍），感覺比較正式。」

「半山老師？」

「有一群台灣人戰前去到中國，雖然不是百分之百的純正唐山人，但總喝過唐山的墨水、淋過那邊的雨水、航過那邊的河水，姑且算是一半的唐山人。姚老師的先生就是半山。」

「喔，有這樣的說法。了解了。」

錦枝趕緊陪愛雪到堀江町阿快姑的家，也是福生姑丈的裁縫店。

七、八年前，中日開戰，福生恐懼自己會因在台中國華僑的身分被抓，跑回福州。結果，沒一、兩年，日本就控制了廈門，連日本人都跑去廈門鑽營生意。一九四一年，日本攻佔福州，福生眼看此岸彼岸都是日本人的天下，就趕快回返高雄跟妻小團聚了。

店名換上中華味淡的「福生裁縫店」。

快走到店前，錦枝遠遠一望，「咦！福生的店名又改回『興富華』了。」紅漆字，洋溢中華風。

也難怪，這本來就是一個像煎魚的年代，一下子翻過來，一下子翻過去。

量好尺寸，錦枝問，「下週四以前就要取件，趕得來嗎？」

福生摸摸後脖子，「有點困難，最近一股風，女士們都趕著做長衫。」

錦枝追想，「十年前，台灣婦女穿長衫才摩登。五年前，穿長衫會被愛國婦人會的人糾正，日本警察看到，有時還會罵『非國民』。現在，又流行了。」

阿快一旁世故說，「無論如何，是我們家愛雪當老師要穿的，一定趕到好。」然後指著福生，「我負責逼他。你們免煩惱。哈哈哈！」

福生淡笑，繼續低頭，左手捏布，右手指捻針一上一下，如小魚游竄海底藍水與白珊瑚間。

愛雪望著出神，「姑丈在縫什麼？」

阿快幫著回答，「國民政府的大國旗，附近一個國校的主任注文（日文漢詞，被借用為台語，預訂之意）的。好像要放在大禮堂。不過，他說『國旗萬用』，許多場合情況都有用武之地。」

錦枝和愛雪準備離店，這時，門口有個穿白襯衫的年輕男士正在張望。

愛雪眼尖，馬上呼叫「剛基大哥！」

錦枝不敢相信，張大嘴巴，叫他的舊名，「阿河！」

簡阿河也看見她們了，萬分驚喜，快跑入店，輕擁錦枝，「好久不見！歐巴桑。」

錦枝被抱得有點驚訝。殊不知眼前這位仁貴苦心栽培的學生，已經是半個西洋人了。

錦枝如見兒子，「失聯兩年多，我們都好擔心。能再見你健康平安，真是太好了。」

「抱歉，讓您們擔心了。」

「你都怎麼過的？」

阿河失聯的背後，有一段不短的驚人故事。

37

原來，兩邊一直都有聯繫，阿河寄年賀狀（日文，賀年卡）來高雄，孫家寄照片去，宛如家人。

阿河在香港讀完中學，婉謝了仁貴和野鶴醫生多年的資助，打算先自立，再求轉機深造。野鶴委婉勸阿河，「馬拉松跑了一半，可惜囉！無論如何還是請一鼓作氣。」

「孫老師家的弟妹也需要栽培，受他資助，我心底常懷愧疚。我想先投入職場，儲蓄幾年，再找機會升學。」

「我無兒無女，也無父無母了，在海上漂蕩，心無所屬。仁貴和我都視你如同自己的孩子，在你的人生路上，能夠助你一臂的力氣，我們覺得很光榮的，心底請不要有負擔。」

阿河低下頭來，「不知道該怎麼對野鶴先生說感激。」

「這樣好了，將來你成了醫生，就開辦一家以野鶴為名的病院，哈哈哈。」

在野鶴好意的玩笑中，決定了阿河繼續攻讀大學。先在香港念了兩年，野鶴眼看日本一直往南打，香港恐不安靖，讓阿河轉入上海聖約翰大學醫科。學成還沒當半天正式醫生，就以軍醫職務被徵調赴昭南（一九四二年春，日本佔領新加坡後改稱昭南）。此時，孫家就與阿河斷了音訊。

真到了新加坡，阿河才知道另有任務，負責日本軍與自由印度臨時政府之間的翻譯。英國從十七世紀即殖民印度，二戰以前就有脫離英國的印度獨立運動。待英美同盟，與德日敵對，印度獨立派有一支便與德日合作，後來在新加坡建立臨時政府及印度國民軍。日治末期，國民軍的最高司令鮑斯（Subhash Chandra Bose）之名，以日本的同盟戰友之姿，頻繁出現在台灣的新聞影片，是當時人們對南方亞洲政治界最熟悉的一張臉孔。

鮑斯與日本軍之間的翻譯不只一二，但鮑斯的祕書知道阿河同為殖民地人民後，特別親近。腹痛、感冒，也喜歡找阿河諮商診療。祕書暱稱阿河「River」（英文，河川），阿河從祕書的英文secretary聯想，戲稱他「Secret」（英文，祕密）。

一九四五年八月十五日，昭和天皇宣布投降，新加坡的舊殖民主英國勢必重返，鮑斯眼看在劫難逃，於是轉眺蘇聯，準備前往滿洲國的大連，尋求蘇聯的協助，重建印度獨立之夢。鮑斯逃亡的飛機備好，前一晚，Secret來跟阿河辭行，沉重而簡單的別語中，有一句「途中應該會降落你的家鄉加油。」

「真想跟你上飛機，直接就回鄉了。」阿河跟每個戰場上的士兵一樣，歸心似箭。

隔天一早，Secret無預告地跑來抓了阿河就上飛機。

機上瀰漫著不知明天的氣味，十幾個男人，沒有人交頭接耳，全程只有引擎跟大氣扭打的轟轟聲。沒人在意誰是誰，多了誰，少了誰。

飛機降落松山的台北飛行場。

Secret馬上叫阿河，「走吧！那片白雲會記憶我們的友誼。」阿河用力擁抱了Secret。

Secret握著一個八釐米錄影機盒上方的把手，提在他們兩人胸膛之間。

機盒黑色真皮，長方體，八個角都堅硬尖銳。

「上次你幫我退燒，這是診療費，現在付清。」

說完，給了阿河機盒，就催阿河離開了。

阿河一時無方向，環顧台北盆地的群山，總督府高聳的尖塔那邊，想必市區。一邊朝著走，一邊頻頻回望。一段路後，機場邊的一棵茄冬樹下席地而坐，等待鮑斯的座機起飛。

飛機滑行加速了。

一飛離地。

阿河立起身，對著飛機揮舞雙臂。「再見了，Secret。」

阿河視線始終盯著飛機。大約飛上幾百公尺高，突然，機翼傾斜，直往下墜，無法停止，機頭無力拉起，機翼無法回正，最後，重重墜地，機身瞬間斷成兩截，陷入黑煙火海。

阿河呆望了幾秒，才回過神來，馬上拔腿飛奔。一手壓著後肩背包，一手按著斜揹在腹前的攝影機。帽子飛走，就管不了，不管了。

鮑斯嚴重灼傷，被送往台北衛戍病院急救，未撐過當晚。這位日後被尊為印度民族英雄的歷史人物殞落在台灣島上。醫院原本的敗戰低氣壓，又再探底。

Secret則傷勢較輕，仍有意識。阿河跟在醫院，因是醫生，翻譯更加流暢，一整天被醫生、護士呼來喚去。

當牆上時鐘的短針指著三，慌亂已隨夜深而落靜。

阿河踏出診療室，長廊外的庭院椰子樹下，剛才加入急救的年輕醫生正仰望著月亮。

「再過幾天就月圓了?!」像剛一起打過巷戰的隊友，阿河直接開口，沒有生澀。

「是啊！」年輕醫生也沒在陌生。

「可嘆鮑斯司令見不到台北細緻小巧的圓月。」

「咦？」

「新加坡的海上圓月看起來大很多。」

「抱歉，剛才忙亂，都未能請教大名。」

「簡剛基。」

「啊！是台灣人？」

「台灣人，高雄人。」

年輕醫生笑顏逐開，語言立刻換頻，「我也是台灣人，台南麻豆出身。我叫郭英吉。」

阿河也用福佬話，「你念哪裡的醫科？怎麼會在軍醫院？」

「我念久留米的九州醫專。實不相瞞，我跟台北衛戍病院沒有任何關係，今天出現在這裡，純屬意外。兩年前畢業，已在家鄉麻豆開業，前幾天一聽到投降，鄉下地方消息太封閉，就衝到台北來，想親眼看看大局變化。十七日晚上去找醫專的同學鳥羽，沒料到他極度消沉，完全失去在學校打橄欖球的豪邁。看他一直灌酒，我想他把自己麻醉一夜也好，免得胡想亂想去自殺。隔天，也就是今天，衛戍醫院的人緊急到宿舍找他回院因應墜機意外，完全叫不醒。我沒想太多，拿了他的名牌，穿上他的制服，就跑來病院了。」

「我出現在這裡，也可以說是意外。」阿河把意外被印度祕書拎上飛機、丟在台北的經過，說了一圈。

「你運氣也太好，搭機快速回鄉，還逃過一劫。」

「是齁，一切發生如小雀掠過眼前，實在太快，還沒時間沉澱到底是怎麼回事。」

「之後有什麼計畫？天一亮，我可能就要結束替身。要不要一起留在台北觀察大局變化？」

「郭桑這麼關注世局演變，為什麼選擇藏在小鄉當醫生?!」

「我念了醫科，老覺得人們有痛，解他們身體已發生的痛，有點消極。總想做點更積極宏大、走在前面、對未來有影響力的事。」比起正面回答為什麼，郭英吉此刻更急著說抱負。

「了解，了解。」

「怎麼樣，一起留下來看吧?!人生能遇見幾回改朝換代呀！」

「話說有理，不過，我有更緊急的私事想要盡快完成。」

「怕喜歡的女生被嫁掉喔?!」

聽到郭英吉脫口這一句，阿河故作鎮定，實則窘得接不下話。

事實上，郭英吉此話有所本。這幾年，很多父母親擔憂女兒被徵調去戰場當護士，急於談親事。郭英吉一個到滿洲國執業的學長，就是這樣娶得太太。

郭英吉看阿河無意透露，便切換話題，「在急救室裡，我聽你對醫療術語毫不遲疑，轉頭立即翻譯。」

「喔！或許是因為我念上海聖約翰大學的醫科。」

「難怪，難怪，我們兩人更有緣了。」

最後，兩人約定，回南部前，在台北再聚一回。

替身英吉果然隔天未再出現衛戍醫院。阿河則繼續留下來。鮑斯司令官之死，火化遺骨送往東京。阿河是否陪往東京，Secret勸阻了，「難得已回台灣，戰爭結束後，百廢待舉，好好為家鄉有一番作為吧！」

阿河無限感嘆，目送Secret跛著腳、拄著杖的背影離去。好似也送走自己與印度英雄的一段奇遇。

38

「鮑斯?!」

裁縫店裡，錦枝、愛雪母女聽到鮑斯的名字，驚得一齊出聲。

「快回家，不知道孫老師會有多高興。」錦枝拉了阿河的手臂。

「孫老師家搬到哪裡？我到鹽埕町舊家找，到處破垣殘壁，才找到裁縫店來的。」

「孫老師不讓小孩再回去舊家看，怕他們看了傷心。」

大港埔的新家裡，阿河和孫家人一起共進晚餐。

「當老師了，接下來有什麼想法？」阿河委婉問愛雪。

「現在當老師，也要當學生。」愛雪露出辛苦的表情。

「愛雪講的話，總是很有意思。怎麼說也要當學生？」

「現在新的朝代，要學講中國話，從頭學起，ㄅㄆㄇㄈ這樣念。我十八歲，在學校當老師，教十一歲的學生，卻跟我六、七歲的弟弟妹妹拿一樣的課本在學習，悔しいですよ！（真讓人不甘心、沮喪！）」

「辛苦了。那有考慮辭去教職嗎？」阿河繼續委婉趨近自己的核心疑問。

「當老師，有發揮所學，感覺自己有用，是不錯，但仍希望能夠再到日本念大學。高雄高女一畢業，本來已申請去東京入學了，航路危險，才打消計畫的。」

「沒結婚的念頭喔？」阿河假裝自己是家裡大哥，有意無意，釋出日常一般的關心。「結婚了，就不可能再念大學了。」

阿河有點失落，但故作輕鬆，轉向孫仁貴，「老師，你不催愛雪快結婚嗎？已經快當超齡新娘了。」

沒料到仁貴說，「全看愛雪自己的主張。十幾年前，歐洲國家的女性平均結婚年齡都二十五、六了。她現在還不到二十歲！」

此路似乎不通，阿河只好止住。

錦枝反倒關心起阿河，「阿河呢？老大不小，又已經學成，一個年輕醫生是名門望族千金的最愛。需要歐巴桑幫忙放消息或找對象嗎？」

阿河內心頓時哀嚎，為什麼連錦枝歐巴桑也無法透悉他的心意?!他開始懊惱自己一直誤認十歲時已經跟孫老師表白，老師知道他喜歡愛雪，並且答應只要他努力有成，就能娶愛雪。原來，一切都是他自己一廂情願。

39

不久，有一天，林媽勇校長握著一張紅紙，走進教師室。把紅紙舉高高，「諸位老師，市區街上空牆、電柱（日文，電線桿），到處貼這個告示，國民政府接收南台灣的軍隊即將從高雄上岸。剛好是日曜日（日文，星期日），大家一起來去迎接吧！」

台籍老師群情激昂，熱烈鼓掌。

幾位老師聚首討論，一位姓周的男老師說，「中國人以前把台灣人生一生，家境困難，就把台灣拋棄了，五十年沒養，現在，有能力了，就要來母子相認，會跟我們台灣人說一聲對不起，從此和好一起生活。」周老師把清末積弱，列強侵侮，甲午戰敗，割讓台灣，模擬為家庭悲劇，簡單易懂。愛雪坐在辦公室一角，這段話特別收進心裡。

另外一位戴老師讚嘆，「說日本軍隊多厲害，一路打贏，打七、八年，贏到新加坡、菲律賓去，最後卻向中國投降。中國軍實在太厲害了。」

歡迎國府接收軍隊的那一天，南濱國小的老師們早在港邊鵠立。愛雪穿著藍布旗袍，手拿著一面用紙畫的青天白日滿地紅旗。

灰色美國軍艦靠港，中國臉孔的人一一下船。歡迎的群眾中，有人用北京話高喊「萬歲」，其他人也跟著應聲呼喊「萬歲」。快滿十八歲的愛雪，也跟著搖旗喊萬歲。

之後所見，卻勾起她的疑問，不再像喊口號那麼不需經大腦的那麼理所當然了。

愛雪看見下船的人揹著大大的黑色炒鍋，還揹著捲起來的紅色毯子，中間還用草繩綁住。她暗自認定，「這些是要煮飯給阿兵哥吃飯的伙夫，真正的中國軍還沒下船來。」但，愛雪心底預先畫好草圖的正港中國兵始終沒有出現。

愛雪的世界，迎來的新，多半是疑惑、懊惱與撞擊，即將送走的舊，卻充滿不捨的回憶與淚水。

一個週日，愛雪去拜訪森老師。

等待老師拉開日式木門，愛雪仰望了一眼，門片上略顯空虛。往年此時，那裡總會有新年應景的稻草編「注連繩」。

「森老師，都好嗎？」

「該怎麼說呢？如遭海難，漂浮在漆黑的海上，除了雙手抱住的一片浮木，已一無所有。在高雄的房子土地，帶不走，家具書籍也帶不走。只能等待，等待引揚（日文，遣返）。」

「何時引揚？」

「不知道，大家都在問。既然一無所有已是無法逃避的事實，總希望那就早點回到日本，早點重新開始。老是停留在零，不能進一，也無法退一，令人窒息。」

「辛苦了，老師。」

「多少在台的九州人、四國人、東北（日本東北）人，在街上擺攤賣桌椅、賣書畫、賣陶瓷器，還聽說有當警察的跑去沿街叫賣豆腐。我有你們學生和家長幫忙，買下帶不回去的家當，暫時可以在這屋簷下喘息，還算好的。」

說到這裡，愛雪雙手捧出一件摺好的衣服，「森老師，回到家鄉佐賀，冬季不比高雄，請多添衣。這是我自己為您縫製的大衣。」

森老師雙手接過去，眼眶漲紅。

「合適嗎？不知道裁剪得好不好？」

森老師試穿起大衣。

「剛剛好，很漂亮。白石桑的洋裁課成績都拿優，怎麼可能不好。」

「在學校的時候，從二樓教室轉到一樓的樓梯旁，放置了玻璃櫃，裡頭跟裁縫店一樣，有半身的假人。我們交出洋裁課的作品，森老師週末評閱過後，就會挑幾件給假人穿上，並附上我們學生的名字，週一上學，每個人都會看見。過去在學校的種種，真是令人懷念。」

離去前，森老師握起愛雪的手，「只要想起白石桑，回到日本的冬天，不會寒冷的。」

很快，日本人引揚的船期紛紛排定，整個春天，彷彿都在港邊揮別渡過。

愛雪特別去女導師無敵家裡。無敵老師單身，愛雪陪她一起出發，走在載行李的拉車後頭。

「白石桑，還記得前幾年，我們高雄高女勇登新高山（日本時代對玉山的稱呼）嗎？」

「當然，無敵老師帶隊的。」

「行前在學校揹沙袋，鍛鍊體能時，我看白石桑人長得這麼秀氣，個子也不高壯，心裡老擔憂，『要爬上三千九百五十公尺高的山頂，比富士山還高呀，這個孩子行嗎？』但真的啟程後，白石桑沿路咬緊牙，沒哀怨半聲。反而是我氣喘吁吁，你還過來扶我。白石桑，真是謝謝！」

「無敵老師有訓勉大家，所謂登高山，不是由肌肉骨骼的強弱大小來決定，而是靠意志。」

「你還記得！」無敵呵笑得比在學校時溫柔許多。

「等登上頂峰的那一刻，我就在內心告訴自己，老師說得真對。」

「白石桑，將來再一起登新高山吧！」

「嗨！無敵老師。」

「而遠隔重洋的期間，我們有各自的新高山要爬，我們都不要被打敗了。」

「一言為定。」

「一言為定。」

不知不覺，已走到高雄碼頭的報到點。無敵老師揹起自己的兩個行李，走向檢查處。來台任教十七年，如此落魄離去，步履拖行，如上了腳鐐。愛雪望著老師的背影，行李外縫的白布，上以黑墨寫無敵老師的名字和日本原籍地。無敵回望一笑，揮了揮手，愛雪深深鞠躬。無敵再揮手、點頭。愛雪難以停止地揮手，最後與眼淚一起目送無敵老師走進待船的倉庫。

「還會再見嗎？」

「還有重逢的一天嗎？」

高雄港的兩端，她們兩人都在心裡喚問。

40

孫家孩子口中的胖叔叔吳桶最近常來，好像談正事，正事好像又受外頭的消息干擾，都不成形。

仁貴十一歲的長子大嶽又跳又飛進來，「おじさん、こんにちは！（叔叔，日安！）」全家人還是習慣用日文。

「神采飛揚，這麼高興?!」吳桶問。

「今天又去跟美國人學英文了！」大嶽答。

「這麼厲害！」吳桶摸大嶽的頭，表示嘉許。「咦?!高雄有美國人嗎？」

「高雄港外停泊的美國船，上面有美國阿兵哥。」

大嶽登上的是遣返日本官民回國的美國運輸船。從三月到四月，幾乎每天都有引揚船來到高雄。有時日本商船來載人，但美國一種習稱「自由輪」（Liberty ship）的貨輪來得更多。高雄港內卻因戰末被炸，沉船一百多艘，一度如死港，戰後復原負荷甚鉅，到這時，也只能容三百噸以下的小船入港。自由輪船體上萬噸，只能停在港外。

大嶽和一群男孩很快聞風來看稀奇的美國船。船首最早吸引住他們。船頭兩側都有圓孔。船若是魚，圓孔就像兩側的魚眼了。圓孔有粗鐵鏈抓住的錨，玩鬧般遮住整個魚眼。此錨是自由輪的特徵，形狀如注音符號的ㄩ，跟一般圓鍬型錨不一樣。

大嶽瞥見幾個金髮高鼻的美軍正在甲板抽菸，大喊，「米軍水兵さん、米軍水兵さん！（美國水手阿兵哥、美國水手阿兵哥！）」阿兵哥發現他，笑開了。垂下繩梯，手指著繩梯，示意大嶽可以爬上去。

也不知道美國兵是惡作劇、鬧著玩，還是真歡迎，反正大嶽二話不說，就跳進海裡了。他一邊游，美國水手一邊高呼加油。大嶽真的爬上船去，而且一待好久。這一天，他學會美式的打招呼「Hello」，也會念單字ship、sea、American。

之後，大嶽天天在家學寫英文字母，翻英文字典，也幾乎天天去港邊，不管有沒有上船，都跟他們狂講話，日文、英文、比手畫腳，三管齊下。

有一天，一個名叫保羅的棕髮阿兵哥送了大嶽一條厚厚的軍用巧克力，所以，他也學會了念chocolate bar。大嶽捧著包裝紙上只印著「HERSHEY'S Tropical CHOCOLATE」的巧克力，如捧鑽石，游回上岸，單手把巧克力舉高，唯恐浸濕。

仁貴告訴吳桶，「後來就聽說有小孩會游泳去美國船邊跟阿兵哥喊『chocolate、chocolate』，美軍就扔巧克力下來。」

吳桶感慨，「現在去要巧克力可能比去買米簡單喔！」

仁貴也忍不住嘆了有同感的氣。

吳桶問，「米價一直漲。到今天已經漲幾倍了？」

「四倍了，一斗兩百四十圓了。」

「鼿！總督府配給得好好的，一斗米本來不到六十圓。陳儀政府沒計沒畫，就放著自由買賣。自由買賣就自由買賣，漲價就漲價，那也算了。這個政府太可惡，竟然把米囤給軍隊，囤到市面買不到米。啊！我來想看看，國民政府來，有哪一件事做得很得民心的？嗯！沒有一件。真害！（真糟糕！）」吳桶又歪頭想了一下，「好啦！勉強算有做一件好事；日本時代，車走『倒』邊，國民政府來，改到『正』邊。」吳桶故意把倒和正講得音特別高長。台語稱左為「倒」、右為「正」。車子換個邊走，談不上是個作為，吳桶表面上褒獎，骨子裏還是諷刺。

仁貴陶侃，「你平常笑瞇瞇，現在笑不出來了。」

吳桶被一激，想到上週的事，「我隔壁鄰居阿洲兄生了一個女兒，一堆親友起鬨，乾脆取名『米貴』。阿洲兄想了想，用米字太直接，女生嘛，就取作『美貴』。哈哈哈！」講完，自己忍不住再加一句，「我笑中有淚啊！」

停沒三秒，又繼續抱怨，「現在遇到台灣人朋友，每個都搖頭、嘆氣，都從中國兵開始怨起。接收軍隊從軍港上陸時，日本人的國民動員課長帶著台灣人女學生去迎接。聽說課長嚇壞了。怎麼拿槍的，五個兵才一個?!怎麼有的戴奇怪的帽子，有的又不戴?!怎麼兩腳都穿鞋的兵這麼少，有的只穿一隻鞋，有的還赤腳?!怎麼用棍棒扛著鍋子、雨傘和被子?!這還能叫軍隊嗎？女學生也嚇呆，像木刻的羔羊，忘記要揮旗子，課長趕快催她們用北京話喊萬歲，才醒過來。」

「打贏日本的是美國，不是國民政府。中國軍不像個樣，可以想像。」仁貴對那些不堪的影像感到尷尬，自我解釋了一下。

「就是！丟原子彈到長崎、廣島的是美國，開轟炸機丟燒夷彈燒毀東京的也是美國，連你們鹽埕町被炸得跟工地一樣，炸沉高雄港內泊船也是美軍幹的。美國可以跨過太平洋這樣打，中國軍跨個長江都沒辦法。」

「去談生意，沒半撇（一點能力也沒有），躲在後面弱得像一隻病貓。但是，要收帳了，跑緊緊（趕快跑在前），變成一隻猛虎。眼前就是這款的國民政府來接收台灣，台灣人已經是人家砧板上的肉了。」難得仁貴幽幽幾句數落了新統治者。

「能怎麼辦呢？」吳桶正要陷入哀吟，又拉起心情，「說到怎麼辦，眼前的正經事怎麼辦？陳辛老闆的大眾企業公司，一直在問仁貴兄有準備投入嗎？」吳桶回到他來孫家的主要目的。

「陳辛先生重振旗鼓，把極東改成大眾，這些都沒變，我們這些極東的舊人理該繼續效勞。但是政府已經變了，我實在沒信心。上週，陳辛雖然被放了，但是，長官公署說抓人就抓人，隨便就關他個一個多月……唉！」仁貴頻頻搖頭。

「對未來，你有什麼打算？」

「眼前，高雄市區毀壞，需要重建，我在極東有貸放款和買賣土地的業務經驗，想找朋友投資建材業。不過，目前政府過渡期亂糟糟，構想也只是空氣中的碎紙片，浮來飄去而已。」

41

六月了，仁貴走在鹽埕町的街上。

有幾秒間，他陷入恍惚，這是哪裡？明明是熟悉的鹽埕町市場附近，店招怎麼跑出「樓外樓旅社」？到處「飯店」、「菜館」。以前那些「ホテル」、「カフェ」、「喫茶店」都不見了。

「日本人都走光了呀！」

「時代變了啊！」

想著想著，走到今晚台南師範同窗聚會的地點。門前招牌寫「茶室　銀河」。「茶室」，又一個中國風味的新名詞。仁貴推開門，一邊瞄到門口的手繪海報，「清爽的茶室 水果 西餐 喫茶 名曲」。

今天像是包場，只有台南師範校友十二人，兩兩對座，兩側各一人，圍成一方陣，別無其他客人。

宛如主席的黃萬，敲敲玻璃杯，然後站起來。「今晚且讓我們重返南師，重返旭寮

（日治時期南師的學生宿舍，名為旭寮），我們就是在桶盤淺（南師所在地，屬今台南市南區）的兄弟！」有人開始唱起寮歌，中年沙聲，硬把最後一句唱得格外嘹亮，「旭ケ丘の上　雄雄し我等が旭寮」。

歌聲歇，黃萬笑得收不攏的嘴，再掀高潮，「小弟在此先宣布，我們的黃祈徒先輩（日文，學長）即將走馬上任高雄市長。」

大家站起來舉臂三呼萬歲。

「能與市長學長同宗同姓，我實在三生有幸。如果有需要小弟效勞的地方，請儘管使喚，我願意做你的牛、做你的馬。」黃萬兩手擺到頭頂，屈膝做牛馬狀。

全場大笑。

大家都以為黃萬很耍寶，但旁觀的銀河老闆有不同見解，他轉頭跟太太咬耳朵，「這個傢伙很會，果然有去過中國，見過那邊的場面。」

換黃祈徒站起來，「多謝我同宗的黃萬兄介紹並安排今夜的同窗會。這次奉命接任市長，千頭萬緒，我不是高雄出身，又離開台灣快二十年，對高雄不免生疏。今天要拜託旭寮的兄弟們幫忙補習，讓我多了解高雄。今天關起門來，懇請大家知無不言，言無不盡。」

於是，有人細數高雄的幾個豪大家族的起落，高雄誰是軍統系的人，誰是三青團的人。也有人提醒，他聽鄰居一個高雄中學的學生說，浙江老師上國語課教念「我們都是中國人」，「是」念得像「西」，同學便故意嘲諷用台語把「都是」念成「賭西」的音，聽起來就像「戳死」的意思。

滿室話題很刺激，但是，以下黃萬說的，仁貴聽得最有感覺。

高雄開港時，港中其實有沙洲必須挖除。沙洲有主，地主叫洪知頭。日本政府要徵收沙洲，洪知頭不簽同意書，也拒領補償金。日本政府不管他，乾脆一直挖，挖到沙洲變大海。黃萬說，日本欺負台灣人，為所欲為，奪人財產，跟土匪沒兩樣。

洪知頭的事，高雄人很熟也很愛講。仁貴記得很清楚，黃萬以前也講過，但評論的方向完全相反。以前還是日治時代，黃萬罵說，洪知頭真是「鋤頭」（知頭的台語發音與鋤頭相同），知頭鋤頭，一顆頭硬梆梆，不識實務，而且自私自利，不思公益，結果，沙洲被剷光，一毛也沒拿到，活該，敬酒不吃吃罰酒。

不同的時代，竟然一樣的事情，可以有不同的評價。

仁貴盯著黃萬，驚駭他有兩張嘴。

大約一週後，一部黑頭車駛抵大港埔孫家門口。

司機單獨下車，用台語問，「孫老師在嗎？」

錦枝「嗨」的一聲相應。「阿電桑！有事嗎？紅圓好嗎？」

「忙三個小孩忙得團團轉。她常常像判官審案，問我『為什麼你的小孩這麼難帶，孫老師的小孩那麼好帶？』我就趕快跟她承認『草民有罪，失禮失禮，明天買炒鱔魚麵給判官吃，息怒息怒。』呵呵呵！」

「阿電真是溫柔體貼，紅圓嫁對人了。」

阿電笑了，但笑容不若幾年前憨稚，此時還會回應錦枝，「是我被紅圓教到乖乖的啦！」

「對了，孫老師在家嗎？」

「他愈老愈愛回苓雅寮，應該不久就會回來。找他有什麼事？」錦枝回頭看時鐘。

「我開市政府的公務車來的，被派來接孫老師去市府一趟。」

「え?!」（日文，表驚疑，近「蛤?!」）

「好像是新市長要找。」

到了市長室，仁貴坐在木椅等待，內心忐忑。黃祈徒開門請入內時，臉上沒有一條皺紋緊繃，讓他輕鬆不少。一落座，黃祈徒開門見山，「來當我的教育局長，好嗎？」

仁貴著著實實嚇了一跳，「教育局長?!」

「那天我看你看黃萬的眼神，就想找你來幫忙。」

「黃萬很會說話。」

「嘴水（會講話）的人，往往心沒實（不夠老實）。現在國民政府全心要建設台灣為三民主義模範省，我們不能找浮誇的政治工作者。你不要看我從中國回來，我也在日本念過大學，我了解受日本教育的人的性格，也懂得欣賞。」

仁貴不得不歡喜高雄新市長這番談話。

黃祈徒繼續說，「還記得台南師範的神藤教授很愛講近藤商會的新聞嗎？」

「記得，記得，他確實很愛講。」

安平有個英國人去台南市的近藤商會買了花瓷盤，不久又回店裡來。英國人告訴店員，「找錯錢囉，定價八圓的瓷盤，我付了一張十圓鈔票，應該找回兩張一圓的鈔票。但回家一看，怎麼變六圓，一張一圓和一張五圓鈔票。所以，我要還給貴店四圓。」近藤店員卻說，「不不不，沒有錯，沒有算錯。」堅持不收英國人的錢。英國人事後增補二十六圓，合共三十圓，捐給育幼院。

神藤教授總是下結論，「重義輕利，兩方都做得很好！」

但每次下課後，踏出教室，走廊下，每屆總有台灣學生嘟囔，「還是該尊重顧客，收下退款吧?!」、「如果我是店員，我會承認錯誤，收下四圓。」

孫仁貴與黃祈徒在神藤教授說的故事裡，似乎達到了心融神會。

不過，當不當教育局長，最終仁貴未給答案，只說考慮兩天再回覆。

回家的路上，仁貴沿著高雄川走。

川上這裡那裡，到處有三三兩兩的小船。大家都知道，現在船夫很有賺頭。戰爭一結束，法令管不了海岸，小船大搖大擺從對岸載私菸進來，在港內、在高雄川沿線，自有知情的小販去批貨。

海上的夕陽只剩一橫薄薄的橘，黑幕即將覆蓋大海。

仁貴探了一下頭，船夫正在一頁一頁撕書，準備當私菸的包裝紙。非常眼熟，那些都是日本時代的教科書。他深嘆一口氣，二、三十歲青壯歲月和他曾有的價值，彷彿跟著那一頁一頁的教科書一起被撕掉了。

回到家，仁貴跟錦枝說了教育局長人事案。

「黃市長強調國民學校最為根本，要找有高雄國校經驗的人擔任教育局長。」

「當局長可不是站在課堂講台教孩子書！」

「是啊，那是進官衙。」

「現在官衙的作風太橫暴了。那天，吳桶先生不是還說，蔡少將帶了三十幾個兵，拿了槍，開了脫拉庫（台語音，卡車）去霧峰，強逼農會開倉庫，把兩千包米都搶走了嗎?!」

「本來以為戰時才是亂世，沒想到，所謂『光復』，更亂世。」

「婉拒的話，會對黃市長失禮嗎？」

「不會吧！官位很多人搶著坐，不會找不到人而頭痛的。」

最後，仁貴以一個軟軟的理由婉辭教育局長，「現在長官公署熱烈推行國語教育，我連中國語的『可愛』和日本語的『怖い』（念音近似ko-wai）都分不清楚，不適格當教育局長。」

42

晚上，《中華日報》的記者突然登門。

「孫老師在嗎？」

「哪個孫老師？」八歲的大嵩活潑應門。

「這邊不姓孫嗎？」

「姓孫，但有不只一個的孫老師。」

「喔?!我找孫愛雪老師。」

愛雪從廚房探出頭來，仁貴也停下手邊的鉛筆和小刀，關上鉛筆盒。記者採訪，此事太新鮮，一家人全擠在客廳。只有仁貴和愛雪與記者隔桌對坐，弟妹們都圍在他們後方。

年輕的男記者快快拿出筆紙，十來雙眼睛屏息盯著他的每個動作。他猛一抬頭，笑了，「看得出來孫老師一家人彼此感情很好。」大家不約而同猛點頭。

隔天，報紙刊出來，所有人都知道愛雪的「光榮戰績」了。

大嶽忍不住興奮，報紙拿得高高闊闊的，一字一句念。新聞標題「五年生越級報考，一班九人上雄女」、「十九歲女導師的祕訣」，內文則有「導師孫愛雪表示，不斷為學生想辦法，如此而已。」

自從前一年林媽勇校長找去南濱國校，愛雪被分配到五年級女生班，她就常有點子。譬如，她馬上想辦法顛覆日本時代以來的老辦法。她約集同事，「一直以來，每個老師都擔任一個班的導師，什麼課都要教，什麼課都要準備，太辛苦了。大家要不要試試把牆壁打破？」

「打破牆壁?!」在場五年級老師你看我，我看你。

「我的意思說，每一位老師不用固守自己的教室。依個別老師的專攻，一人選一個科目，專精下去。到時候，例如顏老師專門教數學，每班數學都歸他教。如此一來，備課的負擔就會減輕，只要專心準備一科就可以了。」

「每個教室都去?!所以打破教室的牆壁?!」

「沒錯。」

愛雪動腦得出的辦法，成效如何，一開始猶未可知。但是，老師們倒是形同團隊，分配到的工作也比以往輕鬆，何樂不為。顏老師忍不住公開說，「孫老師頭腦真好，我就知道台灣人不比日本人差。」

一般學生學習成效總是良莠不齊，愛雪把學生分開指導，課後還留學生在校，這倒是日本時代的遺風。不過，愛雪看到雄女招考公告時，她又靈機一動，把九位成績較優的學生找來，「雖然你們還不是六年級生，但是，凡事都應該充分準備，並且提前演練。不妨今年就先報考，當作真正大考前的模擬。」

然後，愛雪又向學生分析，「六年級的學姊跟你們同一個起跑點開始學國語，她們佔不了太多便宜。你們可能落後的就只有數學科了。」於是，她每天課後留學生拚命練習數學題。

沒想到這一演練，考試成績一發布，九位學生全員登榜。

以下幾天，賀喜聲不斷。

很意外，有一封恭喜的信。

信維持日本格式，愛雪把信翻過來，看封底下方的寄信人名字，「王威德（大野）」，昔日在三井物產的同事大野威德。

「從報紙上，再次領受孫桑的魅力。孫桑無論身在何處，總如天邊的星星，永遠綻放光芒。而我依然是三井辦公室角落的我，遠遠地望著孫桑的背影，暗暗地懷抱敬慕的心。當我把報紙謹慎收摺，夾入我最愛的書中，不禁問自己，是否堪當一個有能力永遠守護孫桑的人？」

愛雪不覺得心蹦蹦跳，臉頰也微微脹熱起來。跟前次的三井經驗比起來，愛雪已長大快兩歲，這次她注意到王威德的日文寫得漂亮，鋼筆字端正穩重，也可以感覺筆畫走得緩慢，及其中蘊含的誠意。

愛雪在該回信或不需回信間，來回走了五天。最後放棄了。眼前還有教職，還想去日本念大學，不要分心了。

43

一班九位五年級學生上雄女的喜悅，如點燃的火柴，短暫亮過愛雪的心。暑假過後，新學期開始，十月，國民黨政府開始禁用日語，報紙的日文欄也廢掉。

幾年前，市役所（日文，市政府）日本籍官員來孫家調查，確認一家大小平時生活都說日語，符合「國語家庭」的標準，便在極東信託高雄支店的門沿上方掛牌。猶如官方認證的高等家庭，何等榮耀。幾年後，這個強勢的語言卻變得一文不值。

晚餐的桌上，愛雪說，「爸爸，我好像殘廢了。在外頭講中國話，說得零零落落，像個幼稚園生。在家又只有漢文報紙雜誌可看，新聞也只能半猜半推了。」

友竹也附和。

正在讀小學三年級的大嵩說，「我教你們！」

弟弟天真善良的一句，愛雪卻好像頭被壓到地上，自尊沉到海底三千尺。

仁貴開導愛雪姊妹，「你們面對困難不都是想辦法解決嗎？」

愛雪又抱怨說，「在街上看見有外省人把牙刷插在襯衫口袋，好不習慣。還有，來這邊的外省人，只要三個人連保，說他是念什麼學校畢業的，他就有學歷了，可以當老師或公務員。另外還聽同事私下說了很恐怖的事，他在台中的親戚租房子給外省人，這位房客去吃飯賒帳，擅自拿租來的房子抵帳，給了外省籍小吃店老闆。等屋主要討回房子時，老闆霸佔不還，堅稱他有權住永久。」

錦枝加入，「愛雪她們的痛苦，可能真的不是可以靠自己力氣解決的事。台南的堂哥之前跟我說，外省人和日本人真的不一樣。台南流行一個笑話。台南的官派市長接收糖業試驗所時，看見移交清冊有兩支『金鎚』，馬上下令兩支金槌直送他的官舍，殊不知日文的金鎚只是鐵鎚，不是黃金鎚。」

仁貴突然警覺起來，「這些話絕不能在外頭講。」

一九四七年的元旦，年開得無力，再沒有開心的事，空氣稀薄，幾乎要窒息。自從國府接收至今，米價已經漲了十倍。漲了一整年，完全沒有辦法壓制。

二月底的晚上，紅圓來到孫家門口附近，步子小，瞻前顧後，神色慌張，到了門前，又張望一下左右，才快快推門進去。門關得很慢很輕，好像唯恐吵醒打鼾的惡魔。

「還好，一樓只有先生（老師）。」紅圓自在孫家幫傭以來，多用日文稱呼錦枝「先生」。

錦枝驚望著黑暗中走過來的紅圓，「我想說現在才農曆二月初，還沒七月，哪來的冤魂。」

紅圓毫無心思去接錦枝的玩笑話。

錦枝一靠近，「怎麼這麼喘？」

紅圓試著深呼吸，讓自己可以說話。「阿電原來在市政府上班，後來被調到要塞司令部去支援，給什麼警總調查組的開車。今天，他奉命載一個軍官，軍官跑去茶室。回來後，一上車，一疊紙一把丟給阿電，叫他『去謄一遍，交給曹副』。阿電一聽就知道他醉了。」

「阿電還好嗎？」

「不是阿電，是孫老師……」紅圓說到這裡，終於哽咽。

「你慢慢說。」錦枝安撫紅圓的背。

「公文被丟得有點散開，阿電小心一張一張收好的時候，他瞄見孫老師的名字，孫仁貴！排在最後一個！他嚇死了！那是叛亂嫌疑分子的名單！孫老師的名字頂上還被用紅筆劃了三個×××！」紅圓講得嘴脣抽搐、雙手發抖。

「所以？」錦枝力圖鎮定，但聲音已稀薄。

「阿電說，很危險，請孫老師快逃，名單上的人通常都會被搜捕，被抓到的話，沒被折磨死，也會去掉半條命。」

「謝謝紅圓，代我們謝謝阿電。你先靜靜離開，我來跟孫老師講。」

二樓，孩子們慢慢都睡了。

初春，無蛙無蟬，夜裡屋內安靜，只有空氣危急顫抖。

仁貴聽錦枝說完，雙肘撐在書桌上，雙掌交握，頂著重垂的額頭。一枝還沒完全削整的鉛筆正在他的眼下。是誰檢舉？哪件事被畫上叛亂的等號？跟誰起過糾紛？在外講了什麼會被抓辮子的話嗎？不接任教育局長，觸怒當局嗎？極東信託曾擋到誰的利益？這些疑問霸佔他所有可以思考的神經迴路。

仁貴抹了一下額頭的冷汗，想站起來擴胸深呼吸、拋空腦子，卻驚訝自己的雙腳好像麻木，叫不動了。

錦枝劃破沉默，「怎麼辦？」

「怎麼辦？嗯，來想辦法。」仁貴有被釋放感，不用再被那些疑惑纏繞了。

「藏到哪裡好？」

「燕巢？」

「還是在高雄境內，不行。」

「屏東？」

「你那裡有認識的朋友嗎？」

仁貴遲疑了，「不好，會連累到親友。」

「既然要逃，是不是應該逃到警備總部捉不到的地方？」

「哪裡？」

「香港。去找阿河，他剛好去香港尋找野鶴福次郎的下落。等台灣安穩了再回來。」

「好吧！先去香港。」

「我現在馬上來去安排船。」錦枝不假思索，隨即出門了。

深夜三點，錦枝終於回家。

「找到旗後的學生的父親，他有漁船，明晚過後，你從苓雅寮天主堂旁的高雄川口上船，他載你出港。會有另一艘船接你到香港。」

像小舟流到斷崖，也只能飛縱而下，化為瀑布了。再死命搖槳、轉舵，都已徒勞。

仁貴一夜無眠，一整個白天都躲在書房，既盼白天快過，又希望夜晚不要來。每有汽車駛近，他就被迫猜想，「這個蹦蹦聲是兵仔的車？會停在我的屋前門口嗎？」而一整天，他沒有輕鬆放過任何一部車。

錦枝則是像被蜘蛛盯上的螞蟻，一整天焦急往前，不敢回一下頭或停一下腳步。她打開簞笥（日文，衣櫥之意，音近「湯宿」，台語借用此音），找出所有的黃金戒指、手環。然後，買糯米蒸甜粿，把金子藏進去。也裝了一大布袋的糖，糖到哪裡都可以變現。更裁一條細長的白布條，讓仁貴帶著。前幾年戰火讓海上航船變成冒險時，大家都知道要帶白布條，據說鯊魚畏懼體型超過自己的魚，人萬一落海，抓著漂浮的白布條，就可以偽裝成大魚，瞞過鯊魚，躲過攻擊。

夜來，仁貴先出門，跟小孩說，「去找一下朋友。」不久，錦枝帶著甜粿和糖也出門，一樣的理由，「去找一下朋友。」

川邊，仁貴面容凝重，欲言又止。

「應該不會太久吧！風頭很快會過，就可以回家了。」反而是錦枝說安慰的話。

仁貴點點頭。臨要轉身上船，又回頭交代，「提醒愛雪，我有給她的信，放在書齋抽屜。」從此，消失在夜色中。

「爸爸遠行，不知道何時才得返家。你是弟弟妹妹的大姊，請代爸爸照顧他們，幫爸爸為他們削鉛筆。如果有的時候感覺軟弱，就到書齋坐一坐，爸爸的心仍在那裡。」

44

孫仁貴逃離高雄的那一天，遠在台北的大稻埕太平町，晚上七點多，台北名律師陳逸松在家中坐，他的朋友劉明也如往常，熟門熟路進來喝茶聊天。劉明戰前就是煤商，去年很大器宣稱台灣人要辦自己的大學，找何義（永豐餘集團創辦人之一）捐款，共創了延平學院。延平教師有日後成大名的日本股市大亨邱永漢、總統李登輝等人。

突然，門外不遠有民眾喧囂聲。陳逸松在日本時代就當選過台北市會議員，插手公眾之事是本能，他和劉明立刻起身衝出去。原來，又是查緝私菸六人組。這一天，他們從卡車上扛著槍下來，抄走一位四十歲女性林江邁販賣的私菸盒，連她的錢也抄走。劉明阻止，「你們可以拿走香菸，但她的錢不該拿。」緝菸員一聽，更加故意似的，把錢丟進菸盒，當走私品的一部分，統統帶走。緝菸員轉身要走，林江邁不甘，從後面拉扯哀求，一個槍托猛然重擊她的頭，瞬時血流如注。接著一把短刀也要下切，劉明右臂往前一舉，企圖阻擋，食指指尖被斜削去一小塊皮肉。

緝菸卡車還是開走了，群眾呼嘯往北邊的第一劇場方向追跑。後來轉到鄰街的永樂町，緝菸兵開始掃射，大約在今永樂市場附近巷內，一個叫陳石溪的年輕人站在門口好奇觀看，無端挨彈身亡。

此事像點燃黑炸彈的引信，噴著小星火的彈芯快速燒盡，接下來就是轟天大爆炸了。

隔天二月二十八日，台灣的土地一年半來堆積的厚重怨憤，從台北往中南部一路炸開。

一九四七非閏年，二月沒有二十九日。二月二十八日直線跳接血腥的三月。燒車、佔領電台、佔領機場、侵入警局、大街上打外省人，南北都有。

三月三日，失控的民憤傳染到高雄，展開複製與變異。官方反擊，血染市政府、火車站前、高雄中學，與雄中相連的聚落「三塊厝」慘遭波及，兵仔逐戶搜人，不分老少男女，全數押到火車站前。婦孺之後被放走，剩下的男丁則被逮捕，鐵線反綁雙手。

高雄川邊，躺在血泊中的少男，以一種痛苦的表情告別今世。而且不只一個。沉入河底的，沒有人知道他們的最後面容，只有隨河漂流的紅血做最後的控訴。

在軍隊的槍口下，高雄從激狂抗暴，不到一週，迅速歸於死寂。此後，關於這個動亂，每個高雄人都被割了舌似的，沒人敢問起，也沒人敢再議論。

孫家所在的大港埔，距離北方的火車站、雄中、三塊厝，以及西邊的市政府，都在一公里內。對一週以來的悲劇幾乎沒有覺察。仁貴早幾天星夜逃離高雄，錦枝和愛雪母女驚惶度日，不敢多外出，外出也不敢多逗留。另一方面，學校暫時關閉，錦枝也病倒了，更讓一家困守在自己的房子，而不知這個城市正經歷不曾有的官民對抗。

一直到三月七日，恰逢月圓。大嶽即將小學畢業，不停長高，愛雪正在二樓踩縫紉機，為他做一件新長褲。縫紉機稍停的空檔，愛雪把布轉個方向時，悲泣的女聲隱約傳來。哭聲由遠而近，愈來愈清楚，而且一聲未完，一聲又疊過來。愛雪走向窗邊，俯窺大街。月光正照著那張滿是淚痕的臉，她扶著「犁阿尬」（台語音，借用自日文的リアカー，兩輪手拉貨車）的左側。拉車的是個老邁的男人，無法判斷他們的關係。拉車木板上露出兩隻腳，明顯躺了一個人，沒有穿鞋，似乎沾了血跡和泥土，月光下，灰藍色調的雙腳，更像是假人道具。一件長外套蓋住他的臉和胸。

愛雪驚嚇縮身，同時有點痛楚，「是一個母親死了兒子？還是一個太太死了丈夫？」哭聲漸遠，愛雪到隔壁媽媽的房間門口。錦枝靜靜坐在窗口的椅子，望向窗外的夜空。愛雪看著媽媽的側臉，也看到她正抹去臉頰上的淚。

很久很久以後，慢慢，她們才拼湊出一點二二八的高雄圖像。許多人橫屍街頭及河邊，「原來，那一晚，我們都聽到的女人哭聲，想必是帶死去的兒子或丈夫回家的。」

45

三月底的一個清晨，孫家全員還忙著準備上班、上學。幾個壯漢從卡車跳下來，三個兵仔肩扛著槍，其他還有警察模樣的人一個，另一個無法判別身分。一個兵仔走在最前，用槍托洩憤式地狂敲大門，門上的玻璃發出欲裂的顫音。門內的大大小小全愣住了。錦枝早有心理準備，「等一會兒，所有小孩都不要說話。被問任何問題都說『不知道』。」

錦枝一開門，五個男人像老手搶匪，有默契，有人到樓上，有人進房間，翻箱倒櫃搜了一頓。最後，一個非兵非警的人問錦枝，「孫仁貴不在？」

「不在。」

「一大早就不在家，去哪了？」以標準北京話來說，他講得怪腔怪調。

錦枝開始感覺困難，「聽不懂。」

他轉而指著愛雪，「孫仁貴是你的誰？」

「爸爸。」

「他去哪了？」

「不知道。」

「昨天他在哪裡？」

「不知道。」

「上週在哪裡？」

「不知道。」

「簡阿河，你認識嗎？」突然換方向問。

外省腔的「簡阿河」讓愛雪一下子反應不過來。那個人指著名冊上的名字。

「喔，認識。」愛雪直覺轉頭小聲告訴媽媽，「在問阿河兄。」

錦枝好似兩條電線連結通電了，內心暗地驚覺，「難道仁貴被列叛亂名單，就因為阿河?!」

男人繼續問愛雪，「聽說他常來你家？」

「很久以前的事了。」

「最近一、兩個月來過嗎？」

「沒有。」

「知道他現在哪裡嗎？」

「不知道。」

「知情不報，要坐牢的喔！」

「真的不知道。」愛雪感覺自己第一次說謊。雖然這些兵仔追不到香港，但她連「香港」都不想講。

他突然轉向，走到大嵩面前，「小夥子，幾歲了？」語氣平和得有詭。

「十一歲。」

「跟我兒子差不多，長得好秀氣。」他摸摸大嵩的頭，「我兒子在家鄉，跟她娘，沒來台灣，挺想念的。」他笑了。原來，並沒詭異企圖。離開前，還叮嚀大嵩，「吃多一點，長壯一點。」

五個男人離開之後，友竹說，「我一直在發抖。」

兩個小男生也說，「我也是。」

大嵩更說，「那個人摸我的頭時，我好害怕。」

扛槍的兵仔進家裡的恐懼種根在每個人心裡，除了四歲、六歲、八歲還在揉眼睛、打哈欠的三個妹妹。

46

「爸爸怎麼還沒回來？」孫家的弟弟妹妹天天問，問了一、兩個月。

每一問，愛雪的內心就有回音，「把弟弟妹妹照顧長大是我的責任了。」

錦枝心思更多。每天早晨撕日曆，她就在新一頁日曆左下角計數丈夫離家的日子。六月六日，她記上「100」，心想仁貴如果平安抵達香港，也該有點消息了。三個月過去，音訊全無。

接著「200」、「365」也過了。

錦枝可以往好想，也可以往壞想，她決定這樣想：「仁貴很平安，他只是在遠方。我現在是一家之主，要有一家之主的『覺悟』，挺起胸膛，做一家之主該做的事。」

兒女婚嫁就是一家之主的任務。在那個年代，也通常是父親的權力，兒女唯有聽從。錦枝想，愛雪已經虛歲二十，早該嫁了。當時的社會文化，二十歲是個女性適婚的截止期限，超過二十，就要承受鄉里或長長或短短的碎話。她的同學王燦燦在戰爭未結束前就嫁入台南新營的大地主家族了。仁貴被迫逃走，錦枝有所警覺，高雄人事關係牽扯多，被牽連受罪的可能性高，不該再讓愛雪嫁高雄人。錦枝又出身台南，便開始把目光鎖定在台南。

錦枝公學校時期的同窗當起媒人。這位同學嫁給一個叫陳喜獅的南北雜貨批發商，親友紛紛改口叫她喜獅嬸仔、喜獅嫂仔。好像這樣呼喚，就有好事進門。喜獅太太拿了愛雪的照片來到麻豆郭家。

喜獅太太先讚嘆郭家，「大家都知道的，郭家門埕是有插旗杆的。」郭老爺謙稱，「那是祖先中文舉，又中武舉，旗杆台是花崗岩刻的，不怕日曬風吹，千年不壞，恬恬（靜靜）站在那裡，讓我們後代子孫沾光了。」喜獅太太再講好話，「郭少爺去日本留學，回到我們麻豆當醫生，跟舉人祖先一樣厲害。」六十歲的郭老爺欣慰笑了。

暖場寒暄完畢，郭老爺切入正題，「這個是獨子，二十六、七歲了，還沒結婚。很挑對象。」

旁邊的郭太太加了一句，「這也搖頭，那也眉頭結結（緊緊）。人家拿來相親的照片都丟一邊，我們已經不知道他到底想娶什麼樣的小姐了。」

喜獅太太果然媒人，「緣分還沒到，緣分還沒到。不過，這位是高雄的孫家小姐，說不定有郭家的緣，您們請過目。」相片順勢呈上。

診所的晚間診療時間結束，年輕的郭醫生手握一本書進屋子深處。世界很小，他就是替代同學去急救印度英雄鮑斯因而認識了簡阿河的郭英吉。

「阿母還沒睡？」

「等你，要跟你說一件事。台南市三元商會的老闆娘今天來介紹高雄的孫小姐。聽說，她爸爸『跑』去香港。」

「哦?!」郭英吉這兩、三年觀察下來，會逃出台灣的人，都是他心理上的同志。

「孫小姐是長女，弟弟妹妹有七個，本來不要緊自己的婚事，想照顧弟弟妹妹到大，之後她就要去當修道女（日文，天主教的修女）。她阿媽開導說，你擋在前頭，會害妹妹們嫁不出去。」

聽媽媽這麼說，郭英吉油生好感，「這麼有責任心和奉獻心。」一邊拿起桌上的相片，深看了一眼，「我可以去高雄拜訪她厝內的人嗎？」

郭母笑得游出魚尾紋，「我來跟三元的喜獅嫂說。」

禮拜天，郭英吉到了高雄。

「我只有一個姊姊，大我兩歲，早就出嫁了。能夠有這麼多兄弟姊妹，真是開心啊！」他跟大嶽、大嵩一起動手揉貼報紙成棒球，跟小學生妹妹們一起唱歌，很快打成一片。

愛雪的弟妹管叫他「兄さん」（日文，哥哥），而不稱呼他「郭醫生」。

就像老朋友一樣，禮拜天一到，郭英吉就到高雄。有一次還帶大家去屏東的四重溪泡溫泉。弟妹們在榻榻米上下棋、打滾、喝紅豆湯，搶著叫「兄さん」、「兄さん」。

唯獨跟愛雪沒什麼私話。

但是，過了一個冬天，春天來時，郭家去孫家提親，一切都理所當然成形了。

47

在高雄，愛雪目光所及，只有海與市街，當了麻豆新娘，沒有海，只有綠綠的田和棕棕的土。看不見海的寂寞，倒侵不了愛雪，思鄉病毒完全忘了她。

愛雪其實大可輕鬆當個年輕的醫生娘，但她喜歡有事做，喜歡忙碌帶來的存在感。新婚第一件事，愛雪即辭掉洗衣婦，自己洗全家的衣服。六〇年代以前的台灣，家戶幾乎沒有洗衣機，富裕家庭會請專門幫人洗衣的歐巴桑，每天到家裡幫忙。一般家庭在坐月子期間，因產婦不能碰冷水，也會請洗衣婦到家洗「月內衫」（坐月子期間產婦與新生兒的衣服）。

「沒必要把洗衫歐巴桑辭退吧?!」英吉體貼。

「我若閒閒的，就沒路用了。」愛雪堅持。

除了洗衣，事情還是太少。英吉兼幾個小學的校醫，常要巡診。愛雪說，「我踈開去旗山時，軍醫教過我打針，處理傷口、包紮繃帶，也都會，我來去幫忙好嗎？」英吉說，「當然，太好了。」之後，愛雪順勢進駐診所，當起藥局生兼護士，包藥、打針，樣樣來，很快變成典型的診所醫生娘。

一個午後，蟬叫得滿街響，一個戴著斗笠的農人橫越豔陽的街道，走進診所，手抓著一個十來歲男孩的上臂。

「怎麼臉頰腫得這麼厲害?!」愛雪蹲膝再看，「咦？怎麼黑黑的？」

農人爸爸彎腰看了一下，「面沒洗乾淨啦！」男孩趕快輕搓發痛的臉頰。農人再說病由，「就生豬頭皮（台語，腮腺炎），帶去給乩童看。乩童拿毛筆沾墨，說是畫符仔，在他的面皮（台語，臉頰）寫一個字『虎』，外加一個圓圈，筆往中間一點，說老虎已經把豬吃掉了，隔天就會消腫。不過，已經兩天了，愈來愈腫，大家就說還是要來卡緊（台語音，趕快）給郭醫生看。」

愛雪不忍批評，嗯嗯點頭，「等一下給醫生檢查，看看到底是什麼問題。」

「咦？郭醫生不在？去往診（舊時醫生應請到府診療，台語稱「往診」）？」

愛雪未直接回答，簡單帶過，「醫生不久就會回來，請稍候。」

愛雪隱約知道郭英吉不時跟府城、麻豆的醫生、老師一起看書、闊論世界。但英吉不跟她談半點政治，她也很機敏，不去好奇。

這一、兩年，全台大自保，大家都學會不要講太多話，愈是菁英愈謹慎。「牽連」

兩字太無邊無際了，沒有人能下定義。做麵包的、修腳踏車的、賣麵的都被抓走。不用什麼具體犯行，只要被講到名字，就成「有罪的人」，軍警先抓再說。要能無罪，必須自己死命去證明。許多人因家屬抱了大把金錢去「證明無罪」，才撿回一條小命。郭英吉即使本性活潑健談，也克制自己不跟愛雪談論政經的事，她知道愈少，愈能隔絕「牽連」，愈是安全。

愛雪也全心在「郭太太」的角色，第二年春天，英吉和她的第一個孩子誕生。依照習俗，產婦坐月子期間不能碰冷水、不能洗澡，郭家就請住在總爺糖廠那邊的阿聘嫂來幫忙洗「月內衫」。第一天，阿聘到房間收尿布，很沒距離感地逗小嬰兒的小紅頰，一邊說，「今年牛年，生女兒好，明年招弟，讓媽媽生虎子，過兩年，再接著生龍子。」

第五天，阿聘嫂很親切，摘了家裡的幾顆楊桃，送給郭家。楊桃用廢報紙包著，放在餐廳牆邊的矮凳上。晚飯時，郭英吉瞄了一眼，故做無事，「那是什麼？」郭母說，「洗衫的歐巴桑送的楊桃。」英吉只「喔」了一聲。飯後，他又若無其事翻開舊報紙，報頭粗黑大字寫「天亮報」。他馬上把其他兩小包楊桃都打開，把六、七顆楊桃捧去廚房，聲稱「好想吃漬楊桃，把楊桃都拿來漬吧！」還捲起袖子，舀水要洗楊桃。郭母笑不止，

「麻豆要下雪了嗎？英吉從來都要別人削好，放到面前，才吃水果。」

楊桃洗好，英吉轉過身來，「阿母，剩下來要撒鹽和糖的，就麻煩了。」隨後馬上作勢收拾，把報紙一摺再摺，握在手上，又走去屋前的診療室。

坐定攤開一看，報紙刊名《天亮報》幾乎就是反國民黨的暗語。一九四六年，國共兩黨開始內戰，從東北往南，國民黨一路被壓著打，施政腐敗，民心背離，即使共產黨的口號空洞，仍帶給人民新希望。受國民黨控制的區域，民間就有「天快亮了」的溝通密語，意謂共產黨即將攻進來打退國民黨。

《天亮報》的刊頭右上角有曲線小框，印著口號「新民主主義是由工農大眾領導的全中國人民反帝反封建反官僚資本主義的建國方針」。郭英吉一看就知道《天亮報》是共產黨的宣傳刊物。「新民主主義」由共產黨首腦毛澤東一九四〇年提出，號稱新理論，以今日的眼光來看，不過是一些虛辭堆積的政治宣傳品。

國民黨害怕台灣也淪落共黨之手，稍有沾上共黨的邊，即被逮補，甚至槍斃。麻豆街一個四線叉路口，有一家三角形平房，梁阿旺開了雜貨店，店面向西。店前擺了兩張長椅條，夕陽斜照，阿旺就把帆布遮棚撐出來，每天總有幾個戴斗笠的農民，從農田忙完，赤著腳，泥痕還黏著小腿和腳踝，就來閒坐椅條，下石頭棋。前一陣子，雜貨店突然冷冷清清，因為阿旺老闆的兒子梁久木被槍斃了，鄉民傳聞就只是他把幾本共產思想的書藏到舅舅園裡的香蕉樹下。

郭英吉想起梁久木的悲遇，猜測梁久木為什麼即使風聲鶴唳，也不燒書滅跡？他覺得可惜？還可以再流傳？他想讓更多人讀到？郭英吉想著想著，把三張天亮報揉成三球紙團，直接到廚房，點燃火柴，丟進灶內。微小的火燒聲音速起快落。英吉很小心，最後還用柴棒把紙灰打得粉碎，確定沒有任何一個字不願瞑目而浮在灰片上。

郭老爺坐在古樸的藤椅上，逗著懷中四個月大的孫女，好像她聽得懂似的，「知道阿公為什麼為你取名郭玥嗎？玥是天神掌上的明珠，你看看，阿玥的兩蕊目珠（眼睛）又大又亮，是我們郭家的明珠。」英吉剛好走過來，卻沒有感染喜樂，眉心還皺出一豎深溝。他不尋常地坐下來，用力吸一口氣，再用力吐盡。

「有事要商量嗎？」郭老爺看懂兒子的表情。

「下午去往診，回程想說找一下江流討論衛生所處理『マラリア』（日文，瘧疾，音近似『馬拉里阿』）的問題，江流診所大門關緊緊，才聽說上午被抓走了。」

「江流是你南二中的同窗或後輩（日文，學弟）？」

「小一屆的後輩。」

「唉！邱產婆年輕守寡，苦心栽培兩個兒子，都送去日本念書，都很優秀，㟢所皆知。」

「江流的大哥隨後也被抓。兩個兒子都被兵仔抓走，邱產婆整個人癱軟昏倒。」

「唉！台灣真的不能住了。」郭老爺大嘆。

「感覺天上似有一張超大的黑網，愈來愈下降，速度愈來愈快，愈來愈迫近麻豆。」

「英吉，你還是聽深謀阿伯的苦勸，你們這些少年仔要幫台灣留一點元氣，人才留在台灣憨憨讓人家殺光光，不是出路！」

「我是孤子（獨子），不能放父母不管，自己跑出去……。」

「沒有父母願意和兒女分離。現時是亂世，逼人不得不骨肉分散。」

「還有太太和襁褓中的幼嬰……」英吉憐惜地望著小阿玥。

「我們會幫你照顧她們母女。」

英吉酸楚湧上胸口。

「就這樣，現在是保命第一！」郭父語氣轉堅硬。

「是，阿爸。」

「我快來和深謀兄商量，看有什麼辦法。一個多月前，已經戒嚴，出境台灣跟鳥仔要出鳥籠一樣困難了。」

48

李深謀是麻豆一個特別的士紳，他剛取得一個「美國通道」，正巧可以讓英吉安全離開台灣。

李深謀生於清治末期，與郭老爺年紀相仿，小時即結拜。兩人都有漢文底子，又遇上日本開始統治台灣，都學了日文。但郭老爺只在公學校教過幾年，深謀就不一樣了。他靠近日本人的權力圈，先當過台南州知事（州知事等同州長）辦公室的通譯，在台南師範任教多年。如此經過二十年，到一九四〇年代，李深謀已登高而成台南州州會議員。三十四、五個議員中，台籍僅七、八位。

一九四五年昭和天皇宣布投降的那一天，一個時代終了，不同的人在想不同的事。南洋叢林戰場的青年只想回家，台北城中菓子店的日本老闆在擔憂生意還能做嗎？醬油工場的台灣老闆想衝去糧倉搶大豆。定居東京的菁英想終於可以回鄉辦台灣人自己的大學。在麻豆五十八歲的李深謀則心急要找台北的畫商小芝虎四郎。

李深謀年輕當州知事通譯時認識了幾位在台的日本漢詩人，一起開詩會，寫詩相酬。這群日本人老派，都拿毛筆，跟明治維新以後當紅的洋畫派拿油彩筆的不對路，他們繼續崇慕著江戶時代的儒學，也欣賞著江戶時代的各派日本畫。李深謀受啟發，開始蒐藏日本畫。

李深謀踏進台北南門千歲町小芝虎四郎的古美術店「小古齋」。兩人相見，一陣感慨與安慰。

「小芝桑，國民政府接收台灣，態勢已經明確。在台日本人的前途難料，收藏的古書畫的命運是否也不樂觀？」

「李議員所言甚是。時代大亂局，人顛沛，美術品恐怕也要流離。」

「依小芝桑之見，台灣各處藏置的日本畫都帶不回日本，各收藏人該怎麼應對是好？」

「恐怕只有割捨拋售一途。」

「敢問，如果台灣人有意蒐購，該怎麼入手好？」

「當年山中定次郎翁趁滿清被推翻之際，踏入恭親王府，大手筆蒐購，山中一躍而為世界級古董商。對古董商來說，山中先生給後人啟示，戰亂正是利市呀！」小芝虎四郎回味著近代日本古董商最美好的一刻。

山中定次郎不愧是大阪商人，十九世紀末到美國紐約第五街開設山中商會。一九一二年，大清帝國垮台，恭親王溥偉圖謀復國。山中定次郎聞知恭王府有意願出售珍貴藏品，籌措軍餉，立刻摸到門路進府。王府內已無皇族，只剩總管。山中如入寶山，當機立斷，大手筆收購。隔年即在紐約、倫敦大拍賣，一炮而紅。

李深謀聽了小芝談山中定次郎的故事，已有心得及方向，「以前我入宿本町的朝陽號，『床の間』（日文，榻榻米和室的一角，做成L狀空間，牆上常掛畫軸，榻榻米上放插花，展示屋主品味）有円山応舉的山水圖，先從此開始吧！」

「好主意。最珍品拿得下，往後就坦途了。」

「拜託小芝桑了。」

當年十一月到隔年二月開始遣返的三、四個月間，李深謀備糖或米，並寫了無數封禮貌的毛筆信，讓小芝帶著遍訪台北城內的日式旅館、北投的溫泉旅宿，甚至名流宅邸。結果無往不利，受訪者多感動莫名。一來有台灣名紳能夠欣賞日本傳統繪畫，更者，只能帶一千圓現金返日，錢再多無用，反不及眼前的食糧真實，能夠溫暖肚子和心肝。

最後，在基隆港送別小芝虎四郎時，李深謀很滿足，「這一次承蒙小芝桑大力鼎助，蒐購近百件，真所謂精誠所至，金石為開。」小芝反而感嘆起來，「逃難在即，沒人在意附庸風雅，美術品淪為二束三文（日文，意指價格低，非常不值錢）。在台灣三十年，操此業這麼久，最後遭逢這樣的市況，淡然如我，都不得不發出深嘆啊！」

小芝回本鄉千葉後，機緣認識了美國佔領日本的最高總司令部（通稱GHQ）的軍官哈利。哈利如同小芝，也受芝加哥一個建築業富商委託，窮其所能蒐購日本畫，不論狩野派、琳派、円山派，也不論是畫軸或屏風。日本本土正灰頭土臉，自信跌到最低谷，沒有人當本國的古畫一回事。有名流派的作品，一樣是「二束三文」，至於默默無名的歷代畫家，畫作價值就更淒涼了。伊藤若沖的作品就是五〇年代被美國人買光，等日本人回頭肯認若沖的藝術成就，再拚命買回，已經是幾十年後的事了。

總之，哈利從小芝口中知道李深謀手上有一批「貨」，他找了擔任台北領事館副領事史密斯，此人念藝術，留學過日本，樂於幫忙把貨運去東京。郭英吉出去的跨海大橋就建起來了。那種時代，美國人一句話，勝過去鑽千百個外省官僚的關係。整個日本還在美國的統管之下，只需哈利軍官幫忙找一張證明，招請郭英吉到日本，便可合法入境了。

49

晚間，煮飯的佣人來請。郭老爺和太太步履緩慢，在圓桌前坐定。郭老爺左手扶桌沿，右手抓著拐杖，整個人呈四十五度打開，「叫醫生來呷飯了。」

診療室內，英吉叮嚀中學生病患，「青春是最美的，少年仔是台灣未來的希望，不要讓病痛綁住了。這次風邪好了以後，去海邊游泳，或去跑馬拉松，多曬太陽，身體就會勇起來，不會動不動就傷風了。」

候診室還有一個農夫模樣的男人。英吉暫撇下他，往屋內走。愛雪從藥局室轉出來，跟農人點了頭，「歹勢，醫生去吃飯一下。」愛雪跟進去飯廳。

飯桌上，郭母反常地舀了一大匙的「五柳枝羹」給英吉。黑黑的木耳、醬色的肉絲、白白的松茸、微黃的竹筍、綠綠的韭菜花，經過勾芡，這道充滿台南地味的靈魂菜餚在碗內溢流。

英吉未語，也未動筷子，只深點了兩、三個頭。

換郭老爺開口，「都準備好了？」

英吉又點點頭。

突然，英吉站起來，退到圓凳後面，雙膝一跪，直挺挺的，望著父母，淚滴滴流下。一拜、再拜、三拜。

英吉的媽媽手緊緊壓住嘴，雙眼滿是無聲的淚。

愛雪沒有淚，眼神硬而悍，如果此刻門外有六尺惡漢，她也可以推倒。

當晚，英吉就單身出發前往高雄了。李深謀連同日本畫，都在那邊等候。

夜間的火車上，英吉始終望著窗外，嘉南平原一片漆黑。

不斷飄逝的黑色窗風中，他咀嚼初次告訴愛雪即將逃到日本的那一晚的一切。

愛雪站在鏡台前梳理剛洗好的頭髮，他從背後緊緊擁著她，雙臂相疊貼在她的胸前。他親吻她右耳下微濕的白頸，然後，以她的肩為枕，頭安心躺臥。沒有話，像一個內向小男孩跟母親撒嬌。

愛雪淺淺地笑，靜靜摸著他的鬢髮和耳朵。

過一下子，英吉再把頭躺到左肩，從愛雪的脖子、臉頰吻到脣邊，又游回耳垂。一邊輕吮平滑的白頸，一邊問，「明天，我如果就離家，到遙遠的地方，三年、十年，不知道多久才能相見，愛雪會怎麼樣？」

「如果你是想要逼哭我，我是不會哭的。」

「為什麼？」

「我相信你，你一定有不得不的苦衷。既然你非離開不可，我哭也攔不了你，何必哭呢！」

「你不會哀怨被迫留下來一個人養育女兒、孝敬公婆？」

「這本來就是我該做的，跟主人（日文，丈夫）在不在家無關。」

「不會生氣我？」

「不會氣你，我會氣讓你必須走掉的人和事。」

英吉低迴，只是連吟了兩聲「嗯～～嗯～～」。

「考完了嗎？」愛雪坐下來。

英吉笑了，站到愛雪的面前，「剛剛只是模擬考，真正的考卷才正要發下去喔。」

「我考試向來輕騎過關。」

英吉的笑開始滲出苦味。他也拉了椅子坐下，把產婆兩個兒子被抓，恐怖氣氛籠罩麻豆講了一遍。

愛雪沒有驚訝之色，「我有長眼睛，有長耳朵，我看得懂，聽得出來，知道台灣愈來愈黑暗，只用嘴巴，白布也可以染成黑布。」

英吉又把李深謀幫忙逃出的經緯說了一遍。

愛雪也聽得鎮定，「我的丈夫是有能力的人，他離開台灣，在外面想辦法回來救台灣，我會完全支持他。」

英吉屈膝跪在愛雪前，把頭埋進她的懷裡，緊緊抱著。

愛雪撫摸他濃密的黑髮和厚實的背脊，「我會照顧好自己，還有阿玥和阿公阿嬤。你一個人在外，也請好好照顧自己。」

英吉望著窗外，嘉南平原的一片漆黑已過了，眼前的高雄，猶仍一片漆黑。

隔天一早，愛雪揹起阿玥，手腕掛著簡單的女士提包，搭巴士轉了兩次車，到高雄港哨船頭，已經過午。

登上哨船頭臨海的小山丘，小坡道被兩旁的民宅平房相夾，盡頭處，對岸山頂的旗後燈塔在望。左手邊港內直到高雄川口那邊，各色大小船，或泊或行。

「阿玥，爸爸在哪一艘船上呢？」愛雪把阿玥抱在胸前，喃喃自語，目尋港內，輕輕托起阿玥稚嫩的小手，「不知道搭哪一艘船，不過，沒關係，還是跟爸爸揮揮手，跟爸爸說莎悠娜拉（日文音，再見）。」愛雪把阿玥的小手掌立起來，向著大海，不流暢地揮呀揮。

這一秒，愛雪以為可以用理智擋住的悲傷，卻凶猛破門，即將如洪水滅進來。她立刻仰頭對著藍天用力說，「不能哭！哭，就輸了。」堅決不讓眼裡的淚流下。

愛雪帶著她自己都看不見的幽憤回麻豆。

50

診療室毫無更動，聽診器還放在檜木桌上，醫生面前給病患坐的皮革圓凳，在斜射的日光下等待。小木箱裡有十幾個藥水小瓶，瓶蓋供捏取的玻璃小珠，自顧自的裝可愛。

愛雪照樣打開診所大門，面瘦虛弱的農夫已經等在那裡。

「醫生不在家喔。」

「什麼時候回來？」

「出去一段時日才會回來喔。」

「我去年九月患了『馬拉里阿』（台語音，取自日文的マラリア，亦即瘧疾），吃郭醫生的藥有效，現在又一樣不舒服，一下發燒，一下畏寒。」

「我拿病歷看看，請稍等。」

愛雪指著病歷單，邊滑邊讀，「對，去年九月患『馬拉里阿』。我記得醫生叫你要燒起來之前半點鐘吃藥，身體就比較舒服。」

「對、對、對，就照上次這樣拿藥吃。」

愛雪包好藥，「要自己記一下每天發燒的時間喔，這樣吃藥才能讓你舒緩一點。」

「我知道，我知道，上次醫生有教過我了。」

最後，愛雪想了一下該怎麼算錢，「醫生不在，所以，半價就好。」病得沒體力的農夫睜出驚喜的大眼。

消息傳開，上門求藥的鄉民蜂擁而來。

有一天，一個叫水養仔的農人來，宛如愛雪的宣傳隊，在候診的長椅上跟鄰座病患說，「大家都說，我們麻豆十五間醫生館，有十四個半的醫生。」

當半個醫生還不夠打敗幽憤，愛雪又接了一個教職。

夏天過後，新學年開始，日本時代在麻豆的曾文家政女學校，幾番改名，現在更名為曾文初級家事職業學校（今國立曾文高級家事商業職業學校）。鄉下地方，師資極度缺乏，經李深謀介紹，校長請愛雪去教洋裁、繡花、家事。這些她在高雄高女都有打下基礎，站在講台也是家傳基因。

此時，英吉在美國官員的庇護之下，平安入境日本，已經八個月了。愛雪每早給祖先上香，總是會說一句，「請保佑英吉在日本平安。」

遙遠的距離與頻繁的郵信沖激，讓這對夫妻彷彿是國際合作廠商、事業共榮的夥伴。英吉知道愛雪成了家政老師，不斷寄《婦人之友》回來給她參考。日本家政雜誌、婦女雜誌又回到戰前榮景，正蓬勃發行。愛雪從《婦人之友》雜誌發現新機械，可以快速織毛衣，比起用針織木棒拐來拐去、抽來戳去，要有效率太多。家政學校有四個班，就請英吉買四台寄回麻豆，一個班配置一台。

第一天愛雪把機器提到教室。

「老師提這麼長的紙箱?!」

「你們猜，裡頭裝什麼？」

「古琴。」

「喔，你知道古琴，厲害喔。」愛雪稱讚林妙櫻同學知道這種類似古箏、比古箏略小的日本樂器。

「媽媽在彰化高女時，日本老師教過她彈古琴。」

「這樣啊！不過，不是古琴喔！」

愛雪打開紙盒，裡頭還有一個長方扁平的鐵箱，再打開，搬出來放在桌面，愛雪頓時激似樂團鍵盤手。學生全上前圍觀。該是鍵盤的位置，沒有黑白琴鍵，而像一個梳齒過密的大鋼梳。

學生一陣驚呼。

「日本現在剛出現這種機器，叫『家庭用編み機』，有人就簡單叫『家庭機』。右邊這個把手抓住，左刷過來，右刷過去，就織出一排，很神奇，織毛衣變得又快又簡單。」

學生聽了又一陣哇聲連連。

愛雪當時並不知道，家庭機後來逐年流行，到昭和三十年（一九五五年）達全盛期，躋身與裁縫車並列嫁妝必備品，有「花嫁（日文，新娘）道具」之稱。家庭機到昭和四〇年中期（一九六五年前後）達到巔峰，此後，成衣開始比訂做衣服便宜，家庭機便被擠出日本家庭。

「新機器怎麼操作，有說明書，老師還要摸索，也請同學們一起來研究吧！」

林妙櫻湊近看說明書，「我念ㄅㄆㄇ的，日文只會あいうえお，看不懂日文文章呀！」

「沒關係，老師來讀，再教你們。」

一部家庭機推開了愛雪的另一扇窗。

師生合作研究，不久她們已經會織有圖案變化的毛衣，一邊織，一邊畫圖構思花樣，沉醉其中。林妙櫻應屆畢業，也想購置一台家庭機，愛雪就請英吉代購寄回麻豆。

愛雪變得常跑台南市區，不做別事，只去火車站附近的一家賣裁縫用品的專門店。吳姓男老闆問，「歐桑（台語音，取自日文，對已婚婦女的尊稱）常來買，總是買各種毛線，量又大，有特別用途嗎？」

「我在曾文家職教裁縫。」

「老師呀！失敬失敬。」吳老闆大大一鞠躬。

「不敢當，不敢當。」

「用這麼多毛線，學生很多嗎？」

「不完全是。我從日本買了新機器，織毛衣飛快，一天就可以織出一件。學生拚命學，我也拚命開發，織出一些花樣漂亮的毛衣。」

「孫老師帶學生織出的毛衣拿來我這邊賣，怎麼樣？」老闆機敏，立刻提出生意合作。

「有趣喔！」愛雪想了三秒，「這樣好嗎？我們拿織好的成品來掛在老闆店裡，當見本（日文，樣品），客人喜歡，就請量好尺寸，我和學生再織好送來。」

不到三天，愛雪剛到店口，吳老闆就高喊，「賣出去了，有一件賣出去了！」

「不是要先預訂嗎？」

「歹勢，客人太喜歡，尺寸也很剛好，硬是拿走。」

「太好了！老闆和我們兩邊雙贏，不然做一堆，沒有銷售出去，放在你店裡或我家裡都是『鎮地』（台語音，多餘、浪費、佔空間），也太沒意思了。」

來到麻豆之後的愛雪難得笑得如此燦爛。

51

一個三月的週日，愛雪回高雄參加雄女同學會。距離昭和十九年（一九四四年）三月畢業，已整整十年，大家都期待十年後的初次聚會。

日本時代的高雄高女，台灣籍學生沒有多少人，每屆只十人上下，所以號稱雄女第十七屆同學會，到場僅僅八人。大家雖不同班，當年走廊擦身的同屆情誼，隨著日籍同學離去而濃度升高。

蕭文子嫁給後驛（火車站後面）的醫生，同學會就到診所二樓的住家開。大家懷起舊來，手指不時往南方雄女那邊點。

林綿綿說，「我外家（娘家）住橋頭糖廠那邊，每天要搭火車上學。規定很嚴，女學生要搭最後一節車廂，男學生搭最前面一節車廂。每天下車，走在月台，頭都不敢抬，很怕和男生眼神相接，男生好像比鬼還可怕，呵呵呵！」

蕭文子笑回，「我住鹽埕町，走路過個橋，就到學校，什麼『刺激』都沒有，真羨慕你們搭火車可以遇見『可怕』的事。」

林綿綿想起什麼似的，「說到可怕，你們還記得王燦燦嗎？」

愛雪說，「我們小學曾經同班。三、四歲時，也一起玩過。」

文子說，「她原來念淑德女學校，我們高女二年級時，她爸有勢（有地位、有權勢），硬把她塞進高雄高女，用轉學的，不像我們直接考上，所以跟大家都不太熟。」

林綿綿接續她要講的祕聞，「她是王景忠家族的人，王家有錢有勢，她高女一畢業，爸爸就把她嫁給台南新營的大地主，說要讓她好命。結果，他嫁的阿舍是繼承兩百甲的田地，本來好像在家翹腳收租就可以。誰知道，不知道被誰耍弄，聽人家說，手握死死田地沒路用，就賣地換成資金去上海投資。第一筆生意，有賺，真歡喜，第二筆，就被騙光光了。如此，虧掉一半田產。去年，政府強辦耕者有其田，一戶只能留三甲，阿舍就直接縮水變窮了。」

「那王燦燦呢？外家有出手幫忙嗎？」

「你聽我說下去。王燦燦未生一男半女，婆婆已經嫌她對他們劉家毫無奉獻，很愛派工作給她，呼來喚去，跟使喚佣人一樣。婆婆常掛在嘴上：『不然你認為你何德何能可以享受劉家的一切?!』劉家一窮下去，婆婆少幾個佣人伺候，更死命折磨王燦燦……」

林綿綿有點欲言又止，「我實在講不下去。」

「婆婆對她怎麼了啦？」

「每天梳婆婆的頭髮梳一、兩個小時，去婆婆的房間倒尿桶，這些燦燦都忍耐了，想說都是媳婦該做的。有一天，婆婆便後，開始逼她擦屁股。燦燦在家千金小姐，永遠都有人伺候，淪落到她要伺候別人，還是擦臭屁股，怎麼受得了。當場，燦燦臉漲紅，眼淚掉下來。婆婆眼沒怒開，脣沒激硬，嗓聲還放軟說：『我是給你機會做個好媳婦，去擁有好名聲。』聽說那天之後，王燦燦就整個瘋掉了。」

「然後呢？」

「燦燦精神崩潰，劉家顧面子，起初不願跟王家說。劉阿舍還妄想治療好她。」

「治療?!怎麼治療？」

「他能怎麼治療！燦燦愈失常，他愈暴怒，常常手臂舉高，一拳就揮下去，想打醒她。」

「這麼淒慘，王家的人都不知道嗎？」

「高雄與新營是兩個世界，離得那麼遠……」

林綿綿話還沒說完全，蕭文子又急著追問，「王燦燦現在呢？」

「現在身體好壞不知道，但是王家看過年初二怎麼沒回娘家，派人去探問，才知道事態嚴重。她爸爸硬把人接回高雄療養。」

「唉！」所有同學一起沉入深深的悲哀。

同學會後，愛雪順道回娘家看望。跟媽媽坐在餐桌呈L關係，一起剝乾花生殼。從媽媽那裡，愛雪又聽到王家各房的命運劇烈起落。

二十幾年前，王景忠老爺屬意三房的兒子和源接續事業大擔，和源車禍急逝，由其幼年獨子繼承。問題就出在和源太太涼子是日本人，又是商家之女。多年來，涼子的大哥操盤，或陸續增資稀釋股權，或直接賣股給自家親友及日本人頭，王家事業大者，多淪為日資會社。

當涼子家族舉杯歡慶豐收，誰預料得到，沒幾年好風景，即因日本敗戰投降，日資私人企業全遭沒收充公，進了國民政府的庫房。

一切彷彿冬天站在葡萄牙納扎雷（Nazare）的紅頂燈塔旁，觀看腳底海岬與汪洋的大戲；雄如銅牆鐵壁的百尺巨浪，弱如啤酒碎泡的浪花，捲起與墜下，兩者交錯，不過三秒。

而當年失寵的王家二房之子，特別是抱恨最深的王逢源，氣走上海，卻透過三井財閥做關東軍的生意，大賺其錢。戰爭一結束，轉了一圈回來，王逢源口袋飽飽，又是有中國經驗的「半山」，靠這兩個利器，以「出借」為名，送了六座庭院宅和十間市區樓房給各路人馬使用。高雄地區的國民黨，雖有軍統、三青團、黨部等等不同勢力，各撕一塊肉、各佔一座山頭，但王逢源走到哪個面前，哪個都用力握手又臂圍肩膀，樂於拉攏他。近幾年，有誰被捕，有誰被密告通匪，常會摸線找到王逢源。請得動王逢源，他願意去關說，人常常就救得出來。

「去年清明，幾乎可以說，王家二房已經鬥垮三房了。」媽媽錦枝慢慢講到故事結尾前的高點。

「怎麼說？」

「二房竟然阻擋三房清明去祭拜王景忠的墓園。」

「怎麼可以阻擋?!」

「就是啊！都是兒子，都有祭祖的權利和義務。偏偏二房看三房，有奪夫奪父之恨，宛如仇人。聽說王逢源叫一個軍官帶兩個兵仔拿著槍去告知三房，『司令要去視察墓園周邊，三年內，不可靠近。』這樣，只有二房能拜老父，『正統』就搶回來了，也順便幫他自己的媽媽和大房元配出一口怨氣。」

「王逢源這麼有勢?!」

「前一陣子，他還讓大兒子威德舍娶國民黨中央的一個外省籍主任的女兒。」

「威德舍？」

「威德少爺！王威德。」

愛雪內心大驚，但很謹慎問媽媽，「日人尾（台語，日治末期），王家有改姓嗎？」

「當然有啊！改『大野』。循發音來改。」

愛雪一聽就懂媽媽的意思，因為「王」的日語念「おう」，「大野」念「おおの」，聽起來就像是「王的」意思。當然，更重要是愛雪終於知道三井物產會社舊同僚大野威德的來歷了。

愛雪不想話題停留在王威德這個名字上，「燦燦屬於三房？」

「是啊，三房清源的女兒。」

「媽媽知道她的現況嗎？」

「聽旗後清源母親那邊的親戚說，清源把燦燦接回苓雅寮養病，但她精神異常，會亂跑，他們家的高牆圍不住她。燦燦曾經跑去天主堂，不知道怎麼爬的，竟然爬上教堂的屋頂塔邊，差點摔下來。也曾跑去高雄川口，坐地上，對著海嚎啕大哭，好多人看到了。清源顏面掛不住，只好整天把燦燦鎖在房間裡。」

52

麻豆的家裡，郭老爺對著阿玥說，「今天要吟什麼呢？吟個女史的詞好了。她也是阿公的詩友喔！」

「山因緣」

「山因緣」

「水因緣」

「水因緣」

郭老爺念一句，五歲的阿玥就跟一句。

日本時代，嘉義女詩人張李德和填了一闋詞送給環遊台灣的早川軍醫。以福佬話念起來，同韻相連，宛如繞圈，似飲醇醪。

「山因緣，水因緣，領略東寧大自然，地行仙。

老當益壯堪欽仰，精神爽，樂得逍遙養性天，想遐年。」

「阿玥聲音純真，念起來很好聽，跟唱歌一樣。把這一闋背起來，下一次再跟阿公去詩社，吟給詩友聽，好嗎？」

「好！」阿玥沒有大聲激昂，微微的害羞中含著優雅。

「詩友都有年歲了，聽阿玥吟『老當益壯堪欽仰，精神爽』，精神一定為之一振。呵呵呵！」

「我再吟一遍。」阿玥點點頭。

「真乖，真乖。」

愛雪的婆婆走過來，一樣穿著舊式衫褲，摸阿玥的頭，「你爸爸小時候，阿公也教他吟詩誦詞，但他都背不起來，不會吟。」

隔著牆，愛雪在露天的中庭聽到也暗暗笑了。回想六年前新婚，她教英吉唱歌。沒料到英吉竟然是音痴，連日語兒歌〈紅蜻蜓〉（赤とんぼ）都學不起來。

「剛聽到你們念『精神爽』，才想到愛雪最近面色不太好，也會四處抓癢。」

愛雪正在中庭看盆花，一手拿著鉛筆素描，畫出繡花的參考圖案，一聽到婆婆的話，內心暗叫，「糟糕，被發現了！」

愛雪不敢說，一直躲躲藏藏。大約一年前，有一天傍晚，她突然「起清納」（台語音，音近ki-chin-na，發蕁麻疹），從關節的柔嫩部位開始起紅疹塊，先膝蓋後方、腋下、脖子，慢慢擴及全身，好像紅疹塊彼此通電一樣，電流到哪裡，那裡就發作。持續到半夜，仍然不退，癢到無法入睡。太陽升起，紅疹塊關了電，消了風，愛雪才能喘口氣。但是，隨著太陽西斜，紅色的魔鬼又會再度甦醒。

那時候，沒有人認識「過敏」兩字，沒有病識感，不認定是個病，不過就像長瘡或長癬而已，不覺得該上醫院解決，一般診所醫生也沒有這方面的治療辦法。

家人相距遙遠，歷來傾向報喜不報憂。本來愛雪也沒打算告訴英吉紅疹的困擾，只因寫信說了被婆婆發現的事，英吉寄了幾回藥給愛雪，還買過美國藥，都不見起色，最後他信裡問，「要不要來日本徹底檢查治療？」

「雖然對生活極端困擾，卻也不是什麼致命的病，竟要遠行到日本，對父母親大人開不了口。」

「我來跟他們說。」

信來信去，大約兩個月後，郭母把愛雪找去，「到日本找醫生吧！身體要緊。英吉在日本已經平安穩定，一個人在那邊終究不是長久之計，你們夫妻、父女也該團圓了。阿玥還不認識爸爸呢！」

「有相片，不會不認識。」

「沒有日夜生活相處，哪談得上認識。」

婆媳兩人互相努力體貼對方。

「我去日本治療，身體好了，就馬上回來。」

雙方終於找到婉轉和諧的句點。

53

元宵過後一週的星期一出發，週日，郭老爺與郭母牽著阿玥，愛雪拉著行李箱，先到台北住宿一晚，等待隔天的班機。

台北市區到處嘈雜，車聲人聲。郭母說，「四處都聽到外省人講話，南腔北調，跟麻豆好不一樣。」郭老爺說，「聽起來好像到處都在吵架。」他再嘆，「以前日本時代的亭仔腳乾乾淨淨，現在都被攤販和貨物佔滿，亂糟糟的。」

一九五五年，台北到東京，可搭飛美國的西北航空。泰國航空從印度飛曼谷、香港，也會經台北，再轉赴東京。但愛雪和阿玥搭台灣本地的「民航空運隊」（CAT），直飛東京。

他們先到青島西路的民航空運隊處理票務。已靠近台北火車站，他們便在台北城內隨意逛逛，最後吃了重慶南路巷子裡的日本料理。走到中華路，電影招牌又大又豔麗，洋片《殉情記》正在播送羅密歐與茱麗葉的故事，《亂世佳人》已近尾聲。尤敏的《好女兒》正熱映中，報紙熱烈宣傳「狂滿一〇六場」。《一鳴驚人》的女主角李麗華則號稱銀幕情人。

愛雪抬頭，一眼就撇開，那些穿高跟鞋、緊身旗袍，柳枝搖曳，捲著深深舌音的外省女星，對愛雪來說，跟《亂世佳人》的郝思嘉一樣，都是外國人。她也無意去弄清楚這些女星是香港玉女或台灣佳麗。

隔天，台北飛行站的大廳，除了洋臉孔的人，講外省話、台語的都像是家族旅行一樣，一、二十個人一團一團的。但其實，送行的親友遠多過有機票的乘客。就像愛雪要去日本，除了麻豆的公婆，娘家的媽媽和弟妹全員都來送，童年照顧她的紅圓和丈夫沈電也在機場。與麻豆郭家住家背對背的世伯李深謀剛好公務到台北多日，也堅持來送行。

李深謀握了一份《全民日報、民族報、經濟日報聯合版》（今《聯合報》前身）在手上，穿著寬肩的西裝，寬闊的西裝長褲，深藍色的領帶，外罩毛料黑色大衣。台北的二月對台南人來說，不只冷，還是凍的。

其他送行親友也都盛裝。台北飛行站是台灣五〇年代的維也納歌劇院、奧斯卡頒獎會場，沒有人到這裡不穿上衣櫃裡最高尚的衣服。出國如此不易，機場便是勝地。

李深謀轉頭跟郭老爺閒講，「現在要出台灣真嘸簡單，我們年輕時，買一張船票，褲子『朗』（台語音，上拉穿起）起來，就去日本、廈門了。」

「不過，話說回來，台灣人不能自由出去觀光，現在日本人也一樣。」

確實如郭老爺所說，日本戰後一直到一九六四年才開放海外自由觀光。台灣則是一九七九年。在此之前，只有商務、探親、留學才能旅外，商務又須有公司經理、董事等身分。農人、勞工、店頭小老闆都沒有外國旅行的自由。

李深謀想到旅外的困難，壓低聲音，「去年，善化街仔的開運的兒子要去美國留學，手續都辦不出來，警總一直說不准。我去了解，才知道是念台大時，外省同學是共產黨。我出面俱保，出境證才發下來。」

即便留學，也還有審查一關。

出國不易的還有票價障礙。台北、東京來回票，兩千五百零四元。當年的小學教員月薪不過四百上下，學校護士兩百六十元左右，飛一趟東京需要八、九個月薪俸，跟現在搭郵輪環遊世界三個月差不多等級的豪奢。

雖不知此去東京多久，但愛雪還是買了來回票，讓公婆安心。

登機鐵梯被挪開了。梯上鐵板漆了CAT三個大字母，筆畫還跑出三撇橫線，彷彿雄風已吹起，預告即將翱翔天際。

掛載四個引擎的機翼，轟隆隆震動。

四個大風扇快轉到不見葉片。
人造大鳥展翅起飛。
別了，台灣。
別了，南方的親友。
手扶著窗，滿窗快飛的白雲，愛雪思忖著，白雲的另一端，等待她的是一個什麼樣的世界。

54

東京，至少是全家團圓的世界。

五年後的機場重逢，阿玥一看見揮手的英吉，馬上跑過去，英吉雙手一把舉起她。愛雪笑瞇了眼，「阿玥終於盼到被爸爸舉高高的一天了。」

阿玥羞怯地張開左掌，一顆小小的紅蘋果捧在她的小手心，「爸爸，蘋果送給你。」愛雪正要解釋機上送的珍貴蘋果，阿玥如何捨不得吃，如何小心保護，一路說要送給爸爸云云。沒想到話還沒出口，英吉搶在前，「日本到處有蘋果，都比這個大顆，爸爸已經買了放在家要給阿玥囉！」說完連忙放下阿玥，托起行李，轉身就走。

阿玥的小手收回，把小蘋果緊緊握著。爸爸走在前，老看到他的背影，她拉著媽媽的手，老追不上。

五年不見，大約就是這幾步的距離。

考慮一、兩年後，阿玥即要上小學。英吉找了大田區田園調布的房子。在這裡，學區好，社區一流，有許多庭院大宅。但是，他們買不起，只能租藤田先生庭院裡日文稱為「離れ」的和式小房。狀似獨立的門戶，卻又像寄在藤田家的籬下。

很快春天四月開學，阿玥順利進入幼稚園。愛雪也開始求醫之路。

國立東京第二病院的內科診間外，卻有很多好像該去外科的病患。多是男性病患，有人跛腳，有人撐著松葉杖，有人露出扭曲變形的手腕，有人的左邊長褲空蕩蕩垂在椅子下。

愛雪一進診間，年近六十的醫生投以詫異的眼神，馬上又埋首。等愛雪坐定，醫生看著病歷表。

「中華民國人？」

「從台灣來的。」

「該怎麼稱呼您？郭孫桑？」日本舊時的女性結婚後，必然丟棄娘家姓，改為夫姓。台灣不同，女性婚後保留本家姓名，再冠上夫姓。

「我姓孫，先生姓郭。」

「啊～是，郭太太?!」

「是。」

「什麼問題嗎？」

「每天一到傍晚，身體手腳軟處開始發紅疹塊，癢得難耐。已經兩年了。」

「每次一發作，持續多長時間？」

「一直到夜裡，因此無法安眠。」

「睡得不好而已?!」

「醒時癢得坐立難安。」

「平時生活還能維持正常嗎？」

「還可以做家事，沒問題。」

「這樣似乎還不到生病的程度。」

「是這樣嗎？」

「你看外面那些肢體殘缺的男人，從戰場帶回來的腐爛傷口、皮膚感染細菌，那才是真正的病。」

愛雪被醫生一訓，難以招架，她確實也沒斷手斷腳，只得卑問，「該怎麼辦可以緩解？」

「不要吃雞蛋看看。」

過了一個月，發疹狀況毫無改善。再到醫院，這一次醫生叮囑，「不要吃蝦蟹看看。」

一個月後，不知名的病因躲在愛雪的體內，如聽得滿山蟬聲，卻不見一絲蟬影。

愛雪忍不住問，「需要做什麼身體檢查嗎？」

醫生埋頭寫病歷，「這次不吃大豆製品看看。」

愛雪採丟棄法，醫生說不要吃的，她就不吃了。每次丟一種，大半年過去，她能吃的東西愈來愈少，飲食愈來愈單調。體重直線下降，從四十七公斤，下降到三十八公斤。醫生最後發現了，「呀呀呀！你也太老實了。」

「我特地從台灣來治療，當然要對醫生『盡忠』，老老實實聽話。」

一切猶如用功的學生讀錯考試範圍。

「不行，不行。郭太太現在有孕，要注意營養。蛋不誘發你發疹，就可以吃蛋。」

隔年秋天，愛雪和英吉迎接了他們的兒子。此前此後，愛雪沒有停止求醫，幾個國立的大藏病院、橫濱病院都看過，都以無效告終。

很快，兩年快滾而過，愛雪依然無名紅疹漫身，醫生卻已看到疲乏。更且，這兩年，她也更深入了解英吉。

在田園調布的庭院、在家裡的角落，英吉終於盡情訴說了他自己和胸懷的夢想。

「我本來沒打算結婚的。

「我跟父母推拖了很多年，推遲到二十八、九歲，你不覺得有點晚婚嗎？

「我在台南二中時，就已經立志要把自己奉獻給勞苦的農民、受壓迫的被殖民階級，投身反殖民的革命。革命者已把生命置之度外，怎能再有家庭?!」

愛雪未墜入自憐的深淵，反而回問，「如果革命家的太太是能夠協助丈夫的呢？」

英吉一時語塞。在他的革命思想裡，婦女都是待解救的弱者，妻子這樣的存在因而只會是心理負擔，從未出現過「太太是革命家協力者」的可擇選項。

英吉在家總是在讀書、看報紙雜誌，更長的時間是不在家，他總是往九州福岡跑，好就近前往琉球、香港。總的來說，他到日本不及半年就已經不當醫生了，當醫生的人生框架相形狹窄，無法在革命事業的框架裡合套。他發覺，革命需要金錢。革命的理想遂如遠方的蜜，吸引他不惜橫越全然不熟悉的、酷熱致命的商場沙漠。為此，英吉已經在日本做了六、七年生意。

此刻的愛雪想得到可以提供給丈夫的「協力」，只有安靜，不要拿茶米油鹽，以及紅疹，去吵擾他追求理想，也該回麻豆孝敬公婆，帶兒女回去承歡膝下了。

55

機票訂在八月回台灣，八歲的阿玥可以銜接小學開學。七月初的一個週日，愛雪提前去跟鄰居片山辭行。片山太太聽到愛雪的病症，「要不要去給竹內醫生看看試試？他的治療很特別，我伯父嚴重的肝病在那裡醫治，大有起色。」

頑疾病人總是不斷落入買彩劵的心理，這次或許會中，這次的醫生或許有神之手。愛雪沒有對片山太太搖頭，還約好時間去看竹內醫生。

新宿一棟舊洋樓的二樓，門外沒有任何招牌，鑲毛玻璃的木門推進去，也沒有一點診所的模樣，只有空氣中的藥水味願意慵懶出面，證明這裡確實有醫療行為。

愛雪坐下來，眼前坐在醫生椅的人，果然如片山太太所說「不像醫生」。不僅不像，還像江戶時代劇裡武士被免職脫藩而淪落的浪人。開胯的坐姿，露出一隻穿木屐的腳。滿腮的大鬍子，後腦勺的頭髮還綁起來。上身和服簡單交叉，下袴如裙，腰間布繩環繞，最終綁結在肚腹。腰際兩側裸空，上衣沒遮得住，以致白色內褲微露。七月乍來的猛暑，逼出竹內一身汗，微微發出臭味。

日本敗戰，散布在海外的六百萬軍人、官僚、平民，分批、分年、分地區回返日本，一直到愛雪踏入竹內診所的一九五七年，都還有被拘留在西伯利亞的日本兵在返國的路上。沒有人初回日本是光鮮亮麗的，街頭到處可見無家可歸、髒髒臭臭的人。竹內這等模樣，不算太離奇。離奇的是，醫生不該這樣裝束自己。

診椅背後的牆上，掛了厚生大臣發下的醫生執照，而且還是昭和二十九年（一九五四年）發下的，對比竹內年逾五十的面容，有些蹊蹺。五十來歲才拿到醫生執照的話，此人的來路已瀕「不明」的邊緣。

一位志工般的中年婦女過來幫忙，愛雪趴在白布鐵床上。

「抱歉，跟您說明一下，會先麻醉下肢，然後打針。」竹內說明時，措辭行語倒是體面有禮。

麻醉發效，竹內拿起填滿糊糊黏黏液體的針筒，針粗如小指頭，從右臀注射進去。最後又交代，「回家兩週請不要洗浴，也不能抓癢。」

愛雪從診所出來，片山太太說，「很像來看無照密醫吧?!」愛雪笑笑點頭。

從新宿到渋谷，再從渋谷轉搭東急東橫線電車回家的路上，右側車窗，夕陽整片壓逼著列車，愛雪也在暗自等待今天紅疹惡魔的猛然突襲。從田園調布車站出來，五條輻射狀街道，高密濃綠的銀杏樹，站前半圓形小公園的板凳已在薄暮中，唯獨圍住公園的小柵欄，以頑強的白漆力抗黑夜。愛雪低頭看了一下手錶，「太晚了！」顧不得麻醉退後的痛，仍半跑半走回家。煮飯時，才訝然發現，兩歲的兒子泰一沒跑過來。先前，泰一看她邊煮飯邊抓小腿的癢，懂她的痛苦似的，總會跪坐在她腳邊，用小手抓撫她的小腿肚。今天，沒有紅疹，不會忍不住抓癢了。一下子，愛雪不敢飛舞張揚，怕高調會把惡魔吵醒。

果然不能高興太早，隔天，全身又慢慢癢起來。三週後，依竹內醫生的囑咐，再去打左臂一針。

「可以完全斷根嗎？」

「應可樂觀以待。」

「那要多久？」

「視情況而定，通常要打十次以上。」

打到第三針的時候，跟懷孕滿四個月一樣，發展軌跡穩定，便可敲鑼打鼓、昭告天下了。有一晚，英吉剛從九州回來。

「你今晚來看看，我整天都不發紅疹、不癢了！」

「是我很久沒回來，你才說一些話讓我開心的嗎？」英吉不怎當真。

半夜，愛雪搖醒英吉，「真的沒再發作了。」

「你是吃什麼好的？」英吉揉揉眼睛，半睡半醒，話也講得癱軟軟的。

「不是吃的。」

「那是抹了什麼嗎？」英吉還閉著眼。

「沒那麼簡單。而且，我又不是要當美人或去應徵資生堂小姐，抹什麼抹。」

日本資生堂化妝品公司於一九三四年，初設了「ミス・シセイドウ（資生堂小姐）」，傳授顧客美妝術。戰時一度中止，一九四八年重啟再設，吸引了一千三百人應徵，最終只錄取十五人。

英吉終於翻身起來，把燈打開，醫生魂回復，仔細幫愛雪檢查。一邊看，一邊忍不住搖頭，「不可思議，不可思議！」一邊又不信邪，到處翻找。

「請問這位醫生，皮膚出紅疹這種東西，能藏在哪裡?!藏在碗櫃？還是米缸？」愛雪高興得幽默感都來了。

「到底怎麼好的？」英吉閃過幽默，急著問。

愛雪把竹內醫生治療法快說一頓。

「我要認識他！」英吉興致高昂。

56

郭家的榻榻米上，電風扇嗡嗡轉，矮方桌擺滿台灣式料理，愛雪退到廚房，維持台灣和日本舊時共同的做法，女眷不上客席。

「竹內醫生，內人受頑疾困擾多年，幸蒙先生妙手回春，無上感謝。」英吉正座（日文，挺身跪坐），先深深伏地致謝。

「聽說郭先生也是醫生。」

「是啊！慚愧之至，竟然對內人之疾束手無策。」

「請千萬不要這麼說，人間病症待解之謎比田園調布的綠草還多。」

「竹內醫生為我開脫了。」

「郭先生出身哪個醫學校？」

「久留米的九州醫專，戰中畢業的。」

「太巧了，我目前受聘的久留米大學醫學部正由九州醫專蛻變。」

「我跟竹內教授太有緣了。」

兩人舉起啤酒，為此豪快乾杯。

英吉逐一介紹菜餚，紅蟳米糕、竹筍排骨湯、炸肉捲、扁魚白菜，還有這一項要特別推薦。英吉指著五柳枝羹，「這是我家鄉菜，想家時，五柳枝羹最能撫慰心靈。」

竹內頻頻舉箸，「好吃，好吃，久違的美味。」

美味最搭配聊天。

「戰前在久留米期間，是我太不用功了嗎？為什麼在學校沒有遇見竹內教授？」

「不不，我出身長崎的對馬島，與朝鮮半島近，父母移居朝鮮，我年少就到滿洲了。念滿洲醫科大學前身的南滿醫學堂，也在該校擔任教授，直到敗戰。郭君呢？怎麼從久留米到東京的？」

「在教授恩人面前，不敢相瞞。我曾回台灣南部的家鄉開設診所，但遇上國民黨接收，施政不當，濫捕濫殺，恐怖統治，不得不避難逃來日本。」

「了解，了解。戰後之初，我在中國也接觸過國民黨。」

「竹內教授以專技人員被留在中國，而未被引揚嗎？」

「郭君知道留用的事?!」竹內顯得驚訝。

「在台的日本教授、電氣化工等技術人員留用者也不少，多待了台灣好幾年。」

「是，是。原來如此。」

「竹內教授的國民黨經驗為何？」

「終戰以前，我關在醫學院象牙塔，心思很單純，始終相信日本是強國，沒有一秒閃過敗戰的念頭。聽到天皇宣告投降，我內心的不敗帝國竟然未如誓言戰到最後一兵一卒，帝國崩潰，我也精神錯亂了，有幾個月不知所以，如遊魂漂盪。我離開日本本土已久，因疏離而躊躇，不做回國之想。這時，國共兩黨都在搶醫學人材。國民黨的人來找時，拿了幾十萬法幣給我的祕書，還說，『還有很多中國姑娘』，如此誘惑我。」

「哦?!共產黨呢？」

「共產黨的人卻很真摯，先抱歉無法提供錦衣玉食，但他們非常需要我，希望可以請我先過去看看，再做決定。我就去共產黨那邊了。」

「我來日本以後，去香港買到一本美國合眾社的中國籍記者寫的《竹幕八月記》，談一九四九年他在南京八個月的見聞，確實如竹內教授的經驗，當時大家對共產黨印象遠遠好過國民黨。這位記者說，南京的共軍士兵會說『請』、『對不起』。勸路邊攤販，『對不起，請把攤子搬進去一點，這樣你們安全，汽車來往也方便。』國民黨的憲兵不僅不會說請和對不起，還會一腳踢倒攤子。」

「我在離北京三百多公里的太行山和共產黨的年輕學生一起待了七、八年，感覺他們確實純潔、簡樸、有理想。」

「國民黨在推翻滿清之初，那些年輕人也心純志潔，為國為民，連生命都願意犧牲。想當初，誰知後來的國民黨竟敗壞到遭人民唾棄。所有的壞蛋都曾經是無邪的嬰兒，共產黨如何維持長遠不腐化呢？」

竹內教授默然。

英吉沒有接住竹內沉默的真意，繼續發表，「毛澤東講『人民民主專政』，說是政治權力操在人民手裡，所以民主，但權力不會給不是人民的人，所以稱為專政。乍聽，耳朵很痛快，問題是誰來決定誰是人民、誰不是人民？」

竹內又沉默，無意接話。英吉這才警覺，急拉煞車。

竹內也警覺了，在日本高談共產黨並不妥當。

竹內想起在中國一起的夥伴津澤醫生，苦心治療共產黨八路軍的知名攝影師沙飛的肺結核病，豈料沙飛精神失常，誤認津澤要害死他，瘋狂舉槍，殺了津澤。津澤的悲劇不僅如此，遺孀和子女帶著骨灰返鄉，津澤的父親認為兒子幫助共黨，還反被共黨人殺害，是家族恥辱，拒絕讓他歸葬家墓。

愛雪機警從廚房走出來，打破尷尬，「對不起，岔斷談話。竹內醫生，請試試這一道煎菜頭粿（蘿蔔糕）。」

竹內在食物面前放鬆了，咀嚼滿是白蘿蔔絲的米粿，「我吃過，我在台灣吃過。」

「教授去過台灣？」

「去過去過，南滿醫學堂畢業後，到台灣總督府醫學校拜訪過幾位教授。」

話題又被帶回到醫學。

「教授既在久留米大學任教，為什麼又遠來東京行醫？」

竹內飲了一口啤酒，低頭笑笑說，「我本來不喜歡當醫生。」

他開始回憶學生時期，有個暑假，回朝鮮省親，臨時有個醫院拜託他去幫忙打預防針。有一天，一個傷患被用門板抬來，才到玄關，日本籍醫院院長問，「喂，你有帶錢來嗎？」傷患說，「事出緊急，沒帶錢，之後會來付清。」院長竟揮手趕人，「我不會給沒帶錢來的傢伙看診。」開業醫生的冷血與拜金，竹內深深厭惡，心意遂往研究傾倒，後來一路在滿洲醫科大學研究病理學。

「前幾年回國後，到久留米大學還是繼續研究。聽聞蘇聯的學者研究胎盤的療效，我得到啟發，想深入探索。但戰後各方面都很艱困，大學研究經費不足，就在校外自立研究所。看診可以累積實證案例，就申辦了醫生執照。」

「原來如此，原來如此。所以，內人接受的是跟胎盤有關的治療？」

「是，胎盤漿。」

「是呀！是呀！台灣民間也會把胎盤曬乾磨粉，服用補身體。」

「日本也一樣，把母胎之物視為珍寶。從前的產婆會把臍帶剪下保存在神龕，未來生大病的時候，可以熬煮臍帶讓小孩喝。」

「竹內教授，我對您的研究充滿敬意，是否也讓我參與？資金上若有需求，或許我可以奉獻一點力量。」

「太好了。」竹內又揚起一股被了解的溫暖。終戰以來，他在中國的太行山獲得尊敬與了解，卻在祖國日本不斷被投以深不可測的懷疑。

愛雪最後端出紅湯圓，台灣宴席慣常如此甘甜收尾。

「湯圓代表圓滿，祝福竹內醫生一切圓滿。」英吉雙手再捧啤酒。

「圓滿，圓滿，大家一起圓滿。」竹內也舉起酒杯，快飲而盡。

57

「我也想做生意！」

當愛雪高昂宣告這一句不見於日常的對話，英吉挑眉一笑，「身體好了，就開始想東想西囉？」

「我講得很認真。」

「雖然最近投資了四年的速食麵工場終歸失敗，但是，尼龍襪、鳳梨罐頭生意都賺錢，我們家裡的經濟沒問題，不用擔心。」

「我知道，不是擔心，是看你們男人生龍活虎嘗試各種可能，就覺得女人在家煮飯洗衣有點……」愛雪穿過廚房的窗玻璃，看向院子，搜尋自己的心情。

「有點？」

「有點像雨後庭院裡的一個小凹坑，蓄了一點水，然後，水就不動了。」愛雪用了一個具象且率直的非感性比喻。

「水不動，不也代表安穩嗎？」

「死寂，我感覺死寂。水可以從峰頂奔流下山，切過山谷，走過原野，撫過花草，衝過日光，陪過蜻蜓，遊過大街，最後飛跳入海，化為波浪。水可以這麼有活力過一輩子，為什麼要安守一個庭院小坑?!」

「有理！我的愛雪果然不是普通女性。」

「還好你這麼說，不然，我會很頭痛。」

「做生意是要動頭腦的喔！很多人看別人賺錢，就跟著屁股後面做，我就不會學朝鮮人去開柏青哥店，我會去讀法令，發掘我們台灣人在日本有什麼獨特空間，是別人站不進來的，那裡就是生意的切入點。」

英吉講得口沫橫飛。

「我們來比賽！」愛雪冷不防地出劍。

「蛤？比賽？」

「比賽做生意！看誰比較厲害。」

「男子漢大丈夫，這個時候沒有說不的餘地，只有迎戰了！」

至此，英吉還存幾分玩鬧，殊不知愛雪已經完全「沒頭」（日文，全心專注），投入戰局了。

事實上，愛雪敢想做生意，也是因為麻豆的公公來信，要她「不需要回麻豆，不用擔心我和你婆婆，好好待在日本照顧家庭，讓阿玥、泰一姊弟受良好教育才是更重要的事。」她有擔子卸下的受寵之感，也有要挑起擔子的責任之心。愛雪像填飽煤炭、加足水的蒸汽火車頭，力氣飽足，猛一拉嗚笛，立即全速出發。

第一件事，去買了佳能一九五七年款的L1照相機和兩本教照相寫真術的書。該如何安慰公婆思念兒孫的心，愛雪想到拍照，拍小孩日常照片，每週寄回去台灣，公婆就能跟緊孫子成長的印跡。黑白照片洗出來，背景豐富多采。田園調布附近有個「多摩川園」，設施繁多，六、七十公尺長的「大山すべり（大山溜滑梯）」最受兩個孩子喜愛，滑到終點，必然笑得如贏得百米競速。另一張相片，兒子泰一穿著小泳褲，雙腿跨開，架勢十足，站在神奈川的片瀨海水浴場，圓圓的臉，被陽光逼得瞇瞇的眼睛。麻豆阿公阿媽把這一張放在臥房櫃子上，每天晚上都能跟可愛小孫子互道晚安。另一張照片，愛雪在背後註記，「這張是皇太子。」我意外撞見拍得。他正在輕井澤與傳聞中的太子妃人選美智子一起打網球約會。」麻豆阿公就藏在相簿裡，不敢輕易示人了。

沒有後顧公婆之憂，接下來就是要決定做什麼生意呢？

找了一些朋友商量，高雄高女的同學吉井靜子跟愛雪說，「有沒有興趣賣衣服？日本橋馬喰町有許多成衣批發商，我爸爸合夥入股其中一家。」

「做生意，我都有興趣。我畢業後第一份工作在三井物產高雄支店，知道國際貿易是怎麼回事，或許，我可以把日本衣服賣回去台灣。」

戰敗把日本人過去保有的尊嚴、身分、地位秩序打亂，靜子不再是高雄百貨豪商的二代嬌嬌女，離鄉的愛雪也不再是醫生娘。來到東京，她變成賣衣服的小販，卻毫不回首顧影自憐。

那一天，走出銀座的咖啡店，走著走著，愛雪看見興建中的東京電波塔（即東京鐵塔），報紙剛報導已建超過一百公尺高，向最終的塔頂三百三十三公尺繼續邁進。愛雪對自己呼喊，「跟東京電波塔一起踏出第一步，一起奮鬥！」

愛雪到日本後的生意第一彈就在夏天發射。

看準了入秋前的換季拍賣，全部半價的衣服，銷往台灣和香港，應該有獲利空間。台港天氣還熱，一路熱到十月，夏季衣服肯定仍有銷路。愛雪大膽入手。果然台灣人對「日本製」三個字無法忘情，迴響巨大。

之後，愛雪常常要跑靜子的父親投資的批發百貨店。他們會先把店門關起來，裡頭燈火通明，店員把衣服整理成一堆一堆，擺在地面木板上。然後，店門重開，買家被分開不同時段進場掃貨，同時入場總不只一人。愛雪採眼明手快原則，只要一眼望去，一堆衣服裡，有兩、三件具備賣相，她就會毫不猶疑抱起來買走。

愛雪累積了賣衣服的利潤，有資本在手，念頭就更多了。她想開一家實體店，那樣才更像是個事業。她翻開筆記本，望著窗外，藍天白雲，有看沒有到。全神都在腦子。一邊思索，一邊拿鉛筆寫，「商賣的事，不外生活的衣食住行，衣者，在台南試過賣毛衣，在東京做過批發貿易。食者，在日本能賣什麼跟別人不一樣的料理嗎？」如此一想，愛雪決定要在東京開餐館，專賣台灣料理。

58

「媽媽，媽媽，感冒不舒服嗎？」小學三年級的阿玥焦急俯看側躺在榻榻米上的愛雪。書包、水壺都還沒卸下來。

「啊！阿玥回來了。我竟然就這樣睡著了。」

「從來沒看過媽媽這樣。」

「最近太忙了。」

「媽媽在忙準備開餐館的事？」

「是啊！太多要忙的。」

「像什麼？今天忙什麼？」

愛雪坐起來，兩腿併攏往後四十五度彎曲，一邊輕捶小腿，「今天一直在渋谷找店面，道玄坂、美竹通，到處都是坡坂，上坡下坡，走得好累。」

「為什麼不在我們田園調布找，就不用跑到渋谷？」

童言讓愛雪不禁笑了，「離家近，固然輕鬆，但這邊都是媽媽們自己在家煮飯，少人會上餐廳，我的客人就會很少，就沒生意做囉。」

「渋谷跟田園調布不一樣？」

「大大不一樣。那裡是人潮匯聚的商業娛樂區，田園調布多是住宅。」

「以後我放學回家，會看得見媽媽嗎？」

「對不起，媽媽必須做生意，幫助爸爸一點。全靠爸爸，他會太辛苦。阿玥已經是大孩子，可能要麻煩你幫媽媽照顧弟弟喔。」

「我會的。」

租到渋谷道玄坂的店面之後，擬定菜單、裝潢、挑選食器，每一樣都不過他人之手，愛雪更加沒時間陪伴孩子、整理家務了。一步一步，終於走到開張的十一月；乘著年末的熱騰買氣，盼望能夠一舉扶搖飛上天。

結果，卻老在地上打轉。

愛雪與掌廚的日本師傅像鐵和水，無法相融。

愛雪要用豬骨熬煮高湯，難波師傅嫌不及昆布、鰹節熬出的高湯甘甜。台式料理中，以乾蝦仁爆香，難波嫌臭。雞肝、豬肝等內臟，難波聲稱關東以北，沒有日本人要吃。台式料理的「炒」，不是日本傳統料理法。難波對大火快炒，表現得很頭痛。香腸甜甜又鹹鹹，跟日本甜歸甜、鹹歸鹹的舌尖有根本衝突。

兩人不時針鋒相對。

「我是賣台灣料理！」

「要填飽肚子的顧客是日本人！」

「乾蝦仁油爆過香，包進魚漿內，炸出來的蝦捲才好吃！」

「那樣味道很奇怪！」

「快炒動作一定要到位，料理才會入味。」

「我可以不做那個動作，也能有風味。」

「我是老闆，由我發號施令。」

「老闆管前場，廚房是廚師的堡壘、師傅的陣地。」

愛雪不堪痛苦，新年過後，籌思更換師傅，打掉重煉。要在一個沒有台灣料理餐廳的涉谷拓荒，聘用難波這樣老資格的廚師反而自設障礙。愛雪另闢路徑，完全反過來走，大膽徵募料理學校畢業的四位女學生。利用週日，帶她們在家學習做愛雪自己的菜單。每個人負責學做五道菜。一個月後，她們共學會二十道菜。愛雪就跟難波說，「長此以往，您和兩位助手恐怕要被我的店耽誤了，請另謀高就。」說完，再把助手叫來，拿出三個薪水袋，分給三人，「連同下個月的薪給，都在裡面了。謝謝，辛苦了。」

重新起步的食堂，很快成為排隊店。

愛雪拿菜單給排隊的男士們，「你們雖然互不認識，但還是可以四個人一起叫菜，都點不同，這樣就可以一次吃到四種風味的台菜。如果自己只點一樣，看隔壁別人的菜，會老覺得他的菜比較好吃。」眾人對此大表贊同，開始對愛雪講甜話，「老闆娘人漂亮，頭腦也聰明。台灣人都像你這樣嗎？」愛雪回得巧，「我不知道台灣人是不是都漂亮又聰明，但台灣人差不多都像我這樣。」

59

有一天週日，華燈初上，天空還有微薄的晚霞，四歲的泰一又從餐廳跑出去，往隔壁五、六間店外的電影院去，愛雪追出來叮嚀，「早點回來！」泰一邊跑邊喊「好」。

食堂所在的道玄坂二丁目地區，習稱「百軒店」，小巷小道交錯，擠了無數小店，圍拱著電影院，兩相哄抬，在電視未普及的年代，日夜熱鬧滾滾。一九六〇年當時，東京都二十三區共有五百六十間電影院，幾乎轉個街口就會撞見戲院。愛雪的餐館附近，就有テアトル影院集團（東京テアトル株式會社，Tokyo Theatre Company）的三家影院，分佔在一個T字型路口的三邊。週日愛雪把泰一帶到百軒店，他一整天跑進跑出電影院也不知道多少回，跑到戲院的職員都認識，隨他出入了。

看著泰一跑走的小背影，一個年輕小姐反方向走近，模樣一如五〇年代東京普通可見的女性，穿著一種稱為「落下傘」風格的寶藍色澎澎裙，搭配白色短袖襯衫和高跟鞋。她仰望店招「芩雅台灣料理」，愛雪便招呼，「歡迎光臨！請慢慢看。」而後緩緩轉身進店。這位小姐點頭回應後，瀏覽立牌的海報，「四人共食真享受！」、「本日強推：炒米粉、蝦捲、炸肉丸」，便推門入內。

選了角落的位子，點了炒米粉。愛雪送上，女客頷首笑迎。白磁圓盤裡米粉散落有致。她捏起筷子，兩掌相貼，虎口夾著筷子，向前一鞠躬，小聲自語，「いただきます」（拜領、領受之意，因是飯前必用語，中文常譯做「開動了」）。

才吃一口，清淚從眼角汩汩淌下。

愛雪窺見了拭淚的一幕，不好多語。反倒是趁著愛雪在店內來去而靠近之際，這位小姐開口了，「對不起，請問……」，愛雪心有準備似的，定住腳步。

「請問，貴店店名苓雅台灣料理，苓雅可是與高雄有關？」

「是啊是啊，我出生在高雄川口的苓雅寮。」

「因為家父轉職，從台北到高雄，我童年也在高雄度過，住在鼓山那邊。」

「這樣子呀！我在鼓山讀過小學校，或許我們曾經在街上擦身而過。」

兩人開始比對時間。

「爸爸在三井物產高雄支店任職。」

「我的第一個工作就在那裡呀！」

「世界好小啊！」陌生小姐驚嘆之餘，趕緊自我介紹，「我是樋口，娘家姓鷲尾，家父曾任三井物產高雄支店長的課長。」

愛雪的驚訝已經無法再升高了，反有一股恐慌襲心，「我曾在鷲尾課長麾下。戰爭末期他被徵調後，便失去聯絡了。」愛雪語尾輕緩，留下一個隱形的疑問。日本人向來知道那個刻意不白目直探的疑問是什麼。

「家父已為國犧牲。」樋口太太鎮定回答。

「真是讓人難過的訊息。」愛雪低下頭。

「家父應召上戰場前，我們一家還去台灣料理店吃了炒米粉，這是他的最愛。在那之前，我們還住台北時，常去『來來軒』吃道地的台灣炒米粉。我閉上眼睛，都還可以清楚看見爸爸吃炒米粉的滿足笑容。」樋口說著說著，眼淚又湧出來。

樋口離去前，兩人互留了聯絡地址。

「謝謝孫桑，讓我能夠在東京，再次回味父親喜愛的台灣炒米粉。」

「謝謝深緣把你帶來我的食堂，是鷲尾課長在天上指引的吧！」

鷲尾課長之女來店，後來成了開餐館的記憶中唯一的好事。

愛雪的食堂運行順暢，特別每兩個月，愛雪就會讓女廚師們交換學習新的五道料理，如此半年後，四位廚師已能熟練料理出店內每一道菜。人手調配，如齒輪上了油，業績收入也趨穩定。但是，正當愛雪開始擴大加賣肉包，好讓上班族下班時可以順手買回家時，第一位廚師來說要相親，準備結婚，辭職了。第二位廚師來說，年邁的父母親要她回家鄉。沒幾天，第三個廚師來辭職時，愛雪沒再追問理由。第四位廚師後來跟她透露，「別家店看苓雅食堂生意好，以高薪挖走我們的廚師，想要如法炮製。」

愛雪有心血盡付東流的沮喪，也有被自己培養的師傅背叛、手藝功夫被別人公然捧走的憤怒，心揪到好像要瘀血，她當下立斷，不做了。

食堂關閉，愛雪只帶走一座電冰箱，離開道玄坂，愛雪頭也不回，自此討厭百軒店，一輩子不願再面對這個地方，不曾回來過。

60

有一天，愛雪跟英吉說，「聽說台灣正在瘋香港舶來貨，那裡有歐美名牌時裝，我也想去香港，看看有什麼生意可做，順便找找爸爸。」

「還沒有死心？」這些年，英吉每去香港，不斷探聽未曾謀面的岳父的消息，卻毫無線索。

「這種事情沒有死心的餘地！為人子女，在世一天，都想知道爸爸的下落，不論生死。我們連他為誰所害，被誰誣指亂告，都不確定。」

「或許他根本未到香港。」

「一切都只能猜測。」

等待赴港的羽田機場，英吉指了報攤的一本雜誌，封面有總理大臣池田勇人的頭像，「首相不久前發表國民所得倍增計畫，預計十年，也就是一九七〇年，日本國民的所得要增加一倍。如果順利成真，現在投入任何買賣，應該都不錯。」

「我是不敢想有好景氣吹著就能飛起來，若自己不流血流汗，日做暝做（白天做晚上做），我不敢盼望得到成功。」

「是是是！」英吉苦笑。愛雪總有自己的一番見解，不輕易附和他。「池田首相三十歲也生過難治的皮膚怪病，長水疱，五年後，也是奇蹟式治癒了。」英吉藉此鼓勵，「之後的池田，官僚生涯順遂。我有預感，愛雪以後也會很順利。」

愛雪又有主張，「我是希望自己事業順利，更希望如此才能幫助你的理想。做一個太太，最終只靠先生、吃先生的，實在枉費一生。」

入夜抵達香港，一管一管的霓虹燈宛如一隻一隻活生生的彩龍，抖著肌肉，擺著壯尾，爭奇鬥豔搶鏡頭，搶成一條條俗艷眩目的大街。愛雪穿著素雅，躲在計程車內，各色彩光輪番打在她身上，「那是元寶圖案嗎？下面有一個大大的『押』字，那是什麼店？」英吉伸歪身體，仰望了一下，「啊～當舖。」

進了九龍彌敦道（Nathan Road）的旅館住房，才暫時洗卸滿身逼人的港式繁華。

愛雪一直在觀察香港市井的商況，最後，一個樸素的小東西吸走她的目光。香港濕熱，第二天，衣服就必須送洗。等旅館ＢＯＹ送回來時，愛雪發見襯衫領裡的名牌另用別針別了一片白色紙標籤，印有號碼「５８６１」。詢問之下，才知道衣服下水洗或乾洗之前，每件衣服都別上號碼籤，大量混洗也不會弄錯。紙簽不會洗爛掉，此事讓愛雪大感驚奇。一時興起，她跑去洗衣間參觀，看到新奇的自動滾筒洗衣機，水槽門竟然開在前方。一九六〇年，日本的三洋公司剛發賣兩槽式洗衣機，還停留在上掀式。

「我要回東京開洗衣店！」愛雪找到生意新標的。

田園調布車站出來，右側有相連的商店，一家叫「相和」的店前，一群小學生像被車燈直照的小鹿，一動也不動，嘴唇呆揚，眼也呆開。他們盯著兩台洗衣機，圓形機門在前，如站在船艙內，透過玻璃圓窗，看著船外的驚濤駭浪。浪濤激起白花，和一件印花上衣扭打成團，沒有半秒停歇，宛如拳王連續左右鉤拳，再三秒，魯蛇即將倒地。但突然勢又逆轉，滿臉血跡的魯蛇巧技拉倒拳王，不禁振臂高呼。拳王認輸嗎？還是奮起再戰？

「哇！跟看鐵人28號漫畫一樣過癮！」

「對呀！」

說著鬧著，兩個男孩模擬鐵人28號打鬥起來。

過一下子，機內的白花浪濤突然洩去，小男生再度靜下來。突然，洗衣機又動了，不斷加速，沒意思要停，愈來愈快，最終，拳擊手全沒入龍捲風的狂暴中。

「跟我們家的洗衣機不一樣！」

「我家的洗衣機要用桿子轉！」

「下次叫我媽媽來看！」

小男生一邊走遠，愛雪還可以聽到他們互相搶著說的話。她一邊低頭撥算盤，一邊噗嗤笑了。

店內的師傅清水清三郎額頭冒著汗，燙畢一件襯衫，正把熨斗歇好，也觀聽了一段，「我入這一行三十多年，洗衣服的器械，從木板、木桶看到電氣洗衣機，要不是老闆娘您買的美國洗衣機，我還真沒料到可以從透明窗看自動水洗衣服！」

「那太好了！雖然是從事一個古老的生意，千年不變的洗衣，卻能多販賣一個『新奇』，推社會往前進一步，實在很不錯。」

注入洗衣業新意的還有一樣。愛雪念念不忘香港的號碼小紙籤，帶回來東京找紙商檢視，原來一點也不複雜，紙漿原料纖維長的就可耐水洗，日本廠商做得出來。愛雪訂製了七個顏色的小紙籤。但要用何種方式貼附在送洗的衣服呢？愛雪從阿玥的書桌上得到靈感。

愛雪走過阿玥的小書桌，瞄見一個像鋼夾的東西，不到三寸長，發出不鏽鋼的銳光，兩端夾口像黏上一片厚厚的綠色指甲貼，方便手指按壓施力。

「這是什麼？」愛雪指著陌生的鋼夾。

「媽媽忘記了嗎？」

「咦？」

「我同學湯淺的爸爸在釘書機公司上班，他帶到學校，大家發現便利好用，紛紛爭著搶購。我跟媽媽問過，得到ＯＫ的回答，就買了。」

「啊！我真的忙到忘了。」

「有同學數學練習簿子散了，釘兩下，便很牢固。」

愛雪拿起來試了一下，靈光便從天而降。

現今日本最大釘書機品牌ＭＡＸ於一九五二年首推小釘書機，指頭輕押就可以釘合紙張，價格兩百円又不算太貴，被關注度遂從辦公室擴散到學生與家庭，釘書機於是入列文具組合的基本團員。一九六一年的此時，售價腰斬更親民，僅僅一百円；喝個咖啡六十円，理個髮都一百六十円了。

愛雪靈光一閃，用釘書機來固定小紙籤，效果奇佳。

做買賣的樂趣不只在於金錢掉入口袋，對愛雪來說，想辦法、改善問題、去除麻煩，更是活力來源。她開洗衣店後，不知道忍不住跟英吉講過多少次，「做生意真『心適』（台語音，意指有趣）！」

在每天每天跟客人的互動中，愛雪也慢慢理出具有台灣人特色的經營術。

有一個午後，年輕的阿部太太進來取衣服，愛雪依傳單號碼入內找出，是一件白色男士襯衫。愛雪看傳單上記載「袖口有兩滴醬油漬」，便攤平襯衫，示意過目檢查，「袖口的醬油漬已經清除了。」阿部太太很開心，「啊！乾乾淨淨了！太棒了！」付帳時，愛雪只收洗白襯衫的錢。年輕顧客嚇一跳，「去除污漬不加費用嗎？」愛雪說，「醬油污漬，不難處理，就不用算錢了。」阿部太太更開心了，「送去白洋舍（創於一九〇六年的東京老牌連鎖洗衣店），不可能會遇到這種好事的。謝謝。」

難怪阿部太太要吃驚。不要說大型洗衣店，一切按制度走，店員不可能擅自減收價金，即使一般自營的洗衣店，日本人也一板一眼，習慣照定價表辦事。

「您不嫌棄，信賴敝店的處理，我才要衷心感謝，歡迎下次再度光臨。」

阿部太太從此成為愛雪洗衣店的常客。

「好像遇到順風的帆，洗衣店生意太好，我站一整天，沒有半分鐘可以好好坐一下。」

愛雪關了店，回到家，扶著一杯水喝，一邊拉開餐桌椅子。

「辛苦了。」英吉邊看書邊制式應答。

「不會辛苦，我還想再開一家！」愛雪整個人往椅子一放，坐下來，好像插入打氣針，力氣馬上又灌飽了。

英吉聽到這一句，把書放下來，連呼三聲「吼吼吼」，眼珠子帶著讚嘆的光芒。

「我沒有空離開店裡，可以幫忙去找合宜的店面嗎？」

「沒問題！我正在努力研究不動產業。」英吉一口答應，興致勃勃。

隔天，英吉就買了一個計數器，握在手上，像藏了一顆小雞蛋一樣。從田園調布出發，搭東急東橫線到隔壁的自由之丘站下車。傍晚下班時間，選了一個人多的路口，站在二十公尺外的店前，眺望路口的行人，手不斷在按計數器，發出細小的「七洽七洽」的鍵聲。穿著襯衫、西裝的上班族，就按下去，學生的話就略過。

英吉總是抿著嘴，左側嘴角微微上揚，腦筋好像一刻都沒放空過，永遠有一隻老鷹在腦海盤旋一般。搭配上他的玳瑁眼鏡，絕大多數的人可能會猜測他是附近大學的中年教授。

又隔一天，繼續到自由之丘，但起了一個大早。換個路口站，一樣不停按著計數器。

大約一個月後，英吉逛遍東京市南邊郊區，找出最佳的幾個洗衣店分店地點。最後再找上不動產仲介，看了快一百間店面。像慢火精燉熬煮的雞湯，濃郁噴香的夢幻店面終於浮出。

銀行貸款就更順利了。銀行課長對著承辦員說，「看老闆娘的存款累積速度，就知道洗衣店生意的好況（日文，興盛）了。」

英吉耐心看房，店面往往可以壓低價格買到，貸款額往往可以高過買價。於是，多出的金額，加上洗衣店日日不斷湧進的現金流，英吉又再投入下一個不動產，愛雪又可再開下一個分店。如滾雪球，第十年，愛雪已有十五家洗衣店，遍布南東京。

61

一個午後，一組兩人的推銷員來拜訪，「社長，冒昧打擾，可否找一天，容許我們來跟您介紹最新的機械？五分鐘就可以。」講話的人說完，不自覺望了不遠處正在燙衣服的師傅。

愛雪正皺眉思索該用哪一種化學劑來處理一件義大利外套的麻煩。外套外層紅色毛料，紅得帥氣又高尚。但解開卡其色的鈕扣，內層細緻又厚實的卡其布，卻惹了一身枯葉色斑點。

「最新的機械？」

「是！」

「不用另約一天，就現在！」

愛雪引領他們進店內最深處的辦公室。

推銷員先攤一疊A4影印紙，猶如紙上簡報。

翻開第一張，是一張照片，早晨的月台，時鐘兩針指著8和12，某個東京電車車廂門，擠滿了人，車內伸出兩隻分屬不同人的手，緊抓上門沿。此刻如果關上門，肯定手會被夾傷。根本再塞不進半個人了，但有個穿制服的年輕工讀生，以在坑道推運煤車的姿勢及力道，推一個西裝男人的後背，好讓他擠進車廂。

「社長，您看，東京從昭和三十二年（一九五七年）就需要這種『押し屋』來幫忙推人進電車。每天通勤的會社員多到這種程度，需要送洗整燙的白襯衫不可計數。」

「嗯嗯！」

推銷員翻到第二頁，一些數字。「%」的百分比符號緊貼阿拉伯數字之後，粗黑又異類，愛雪不禁深瞄了一眼。

「請先看看東京都區部（意指東京都核心的二十三區）過去二十年的人口增減統計，最前五年，人口以近百分之三十成長，增加一百七十幾萬人。近五年增長已經趨緩，只剩百分之五，增加五十幾萬人而已。」

影印紙又被翻一張，只有一個等式，「人口減少＝營業額下降」。

下一張，「抵抗營業額降低的辦法是？」

再下一張，「燙衣機械化，可縮減成本。」

順著簡報的邏輯，推銷員拿出廣告圖錄，逐一解釋機械燙衣服的方式。

「燙衣要靠手藝，我們的師傅燙得很好。」

「是，是。師傅手藝俐落，確實令人讚嘆。但機械應該也可以追上師傅的水準。」

「這個機械也要人去操作呀！」愛雪持疑。

「是，是。厲害的師傅一小時可以燙十件白襯衫，但是，聘用打工的學生來操作新機器，只需簡單踩一下、按一下的動作，一個鐘頭可以燙好一百件。」

「喔～！」愛雪不禁拉高音調。

「如果可能，是否懇請撥空移駕到敝社，實地操作讓社長了解？」

愛雪實際看過機械後，了解趨勢不可逆，決定大變革，迎戰一九七〇年代。設中央工場，集中處理洗衣、燙衣；各店面任務單純化，只收件，不設洗衣機，師傅也不駐分店。原本十五位師傅資遣十三個，只留兩人擔任工場長、副工場長。

問題來了，此時法規有變，要開設洗衣工場，必須通過國家考試，取得「クリーニング師」（洗衣師）的執照。年過四十的愛雪無難色，「那就來考！老闆若沒有執照，要借員工的牌來開工場，怎麼管理底下的人！」

筆試現場，舉目望去，全是男性。愛雪是唯一的女性。這情景似曾相識，十幾年前，初來日本，當時英吉已有一部美國雪佛蘭的二手車，每要出門，卻必須約好司機來開，愛雪大覺不可思議。

「為什麼不自己開？」

「沒有駕照。」

「為什麼不考駕照？」

「麻煩，不需要。」

「蛤？」

「僱司機，不需要費多少錢。」

英吉終究少爺根性。英吉結婚前，每天出門前，母親都會檢視他的口袋皮夾，確認他有足夠的零用錢，不足兩百元，就會自動填滿。愛雪新婚之初，目睹此事，也是一陣不可思議。

有車不自己開，還浪費錢聘司機，愛雪拚命搖頭，「我來去考駕照！」考照時，她也是考場唯一的女性。

接著實地考試，有五種布料材質要辨識，還要用熨斗燙衣服。

愛雪用口水沾手指，碰一下熨斗，發出「七」的一聲。就像用舌尖感覺紅酒，她張開耳朵，用力一聽，這個「七」音輕軟而拖拉，熱度不夠，手握的熨斗還不能降下去貼衣服。

前面的一位男評審，雙脣緊閉下彎，如一把銳利的鐮刀，但還好這時候，他點了點頭。

過了一下，愛雪再用口水沾手，碰一下熨斗，「七」音很乾淨，強而短，熨斗夠熱了，愛雪舉起熨斗，一把燙下衣服。

耐心考完，也通過試驗。愛雪卻沒好氣，一句話憋在心裡。離去前，她忍不住跟門口的承辦官員抱怨，「為了這個實地考試，我找熨斗找得要命。現在已經沒有人在用舊式熨斗，也幾乎買不到了。貴單位卻指定使用舊式熨斗，還必須用口水碰一下熨斗來考驗師傅能否掌握燙衣服的時機，這實在是十八世紀的辦法。現在一般民家的熨斗都已經可以設定溫度了。」

考取洗衣師的證照，愛雪理所當然以己之名，申設工場，並趁此時機，連同住家一起搬到渋谷。買下一棟新大樓的一樓，作為工場，同樓另買房自住。一九七〇年的愛雪，人生進入另一個階段。

從田園調布搬到渋谷新屋的第一個晚餐，廚房裡，阿玥跟愛雪說，「媽媽，我們好久沒有全家團在一起吃晚飯了！」

「御免ね（抱歉）。以後各分店業務單純，只負責收衣，我就不用再每天巡視分店了。」

愛雪喘一口氣，「也不需要穿梭各地鐵站小跑步了。」

「為什麼要小跑步？」

「不然阿玥以為一天有幾個鐘點？不跑，怎麼來得及把事情做完?!」

「媽媽辛苦了。」

「話說回來，也是我自己性子急。多跑幾步，也快不到幾分鐘。」

「對了，住家和工場同在一處，媽媽比較有空了，可否每天找兩小時，讓我訪談五次，我要做個報告，想談爸爸媽媽移民到日本的故事。」阿玥正就讀名校上智大學的文學部，專研歷史。

「不是移民，我們沒有想老死在日本，我們也沒有歸化日本籍。」

「不是移民，那是什麼？」

「避難，逃到日本，將來有一天一定要回故鄉。」

「無論如何，還是想知道爸爸媽媽離鄉到日本的動機種種。」

「沒空沒空，工場新運轉，我必須坐鎮，許多狀況需要了解，才能調整。有突發麻煩，也必須判斷、下決策解決。去找爸爸聊吧，他看起來很閒，每天跟留學生、跟台灣來的朋友談天論地。」

阿玥聽到兩個連續的「沒空」，不覺回想起十四歲那一年的那一幕。一個暴雨的傍晚，弟弟泰一在郵便局的屋簷下等待，等她拿傘過去。灰黑一片的雨幕中，她看見七歲瘦小的身影在郵便局的孤燈下，她眼眶頓時紅熱，快跑過去，抱住泰一。別家的媽媽總是陪著小孩，接送小孩，在家煮飯等著小孩，我們家的媽媽早出晚歸，總是在店裡。而爸爸總說，「媽媽累倒了，對我們有什麼好處嗎？不要去吵媽媽。」

有幾次一大早，爸爸把泰一的餐費攔截，「明天再交！」泰一年紀小，並不知道爸爸把餐費先拿給台灣來的留學生去印雜誌，他只能在教室羞怯面對老師，「老師，抱歉，爸爸說明天再交。」像做錯事地道歉，卻又不知實情而無法坦承原因。

更早更早以前的一幕也跳出來。當媽媽還未到澁谷開店以前，媽媽熱衷參與爸爸的事業。不論是爸爸從台灣的雞絲麵得到靈感，夢想研發快速泡麵，或者想把台灣的油飯裝進罐頭，變成商品，爸爸的研發室都在媽媽的廚房。記憶裡，小學放學回家，總是看見媽媽的背影，捏起湯匙或筷子，試吃著她研發中的麵條或油飯。

阿玥不順暢地搖了兩下頭，把剛剛冒出來的記憶泡泡甩掉。

「那媽媽大概也沒空一起去大阪看萬國博覽會了?!」

「沒玩樂的心情。你跟同學去，更好玩吧！」

「はい。」阿玥的「好」回得很無奈。

62

英吉整天高談闊論，貌似「很閒」，其實不然，他的心很忙。

英吉空出大樓裡的一間房子，供台灣來的鄉親、政治人物、留學生停留住宿。有一天，東京大學博士生張書文初次來拜見，就在那個房子相談。

張書文聊到自己主修歷史，「一九六三年離台，去高雄港搭招商局的船。」

「晚我十三年，我也從高雄搭上香蕉船離開台灣到日本。」

「在高雄海關就被攔下來，官員翻了我幾箱書，發現有歷代中國人口資料，官員指稱是國家機密，不能出關。」

「會不會是索賄的暗示？」

「有理！難怪一直被刁難。當時我二十幾歲，沒能察覺。」

「後來呢？」郭英吉對外人，不論老少，會講、會聽也會問，很會聊天，不會讓人聊到撞冰牆或掉下懸崖。

「我堅持人口統計不是什麼機密，都從中央研究院抄來的，台大教授交代將來可以研究日本戰後的家庭計畫，才抄起來當參照資料。官員理都不理，還恐嚇我：『將來還想回國嗎?!』搞了兩、三個小時，我還無法登船。結果，一個來送行同學的父親在港務局上班，打個電話，就放行了。」

「台灣還是人治的地方。」

「唉！」

在嘆氣中，兩人相談投契，又聊到年初台大政治系主任彭明敏逃出台灣，他們一起再次振奮。四月，台灣留學生在紐約暗殺獨裁者蔣介石的兒子蔣經國，則讓他們隱隱感覺到一股推翻獨裁政權的可能力量。

張書文是日本台獨聯盟的成員，主要負責編輯《台灣青年》，宣揚民主與台獨思想，也傳遞台灣內部的政治訊息。此行主要目的是要來勸募捐款，扶持雜誌繼續發行。張書文順著氣氛，直率邀請英吉加入獨盟。

過了幾天，深夜的餐桌邊，英吉跟愛雪說，「今年是我離開台灣第二十年，是投入行動的時候了。」

語氣聽起來，與宣告較近，離徵求同意較遠。

愛雪屏息，凝視英吉。

「愛雪的連鎖洗衣店天天收入現金，近十年下來，我們已積累可觀的存款和不動產。

與竹內教授及多位博士共同投資研發的胎盤漿製劑，早已取得官方認證可治療肝硬化，可以製造販賣，準備多年，今年也終於要成立製藥會社了。以洗衣店所得去投資藥廠，將來事業絕對可以再擴大。」

愛雪繼續安靜傾聽。

「逃到海外的台灣人，不論是學者、留學生，人數豐沛，大家無一不抱著犧牲的心，扔掉中華民國的護照，不讓獨裁政權以護照簽證掐住脖子。建立海外革命基地的時候到了！現在，革命有人，革命卻沒錢。這些年少的革命者為辦一份雜誌，宣傳理念，這裡找一點錢，那裡募一點款，太消耗能量了。我們的資金夠，就我們來吧！」英吉握著拳頭一口氣說完。

「這是好代誌。你想怎麼樣好，就去做！」愛雪下了結語，沒有但書。

63

匆匆四年過去。

賞櫻的季節，愛雪不為櫻花出門。這一天，是妹妹悠雲的大日子，她放下工作，前往神戶。

神戶市區的西南方海岸，三菱重工的神戶造船所今天有一艘散裝船要下水。進水式會場被紅白直條紋相間的布幔包圍，展演日本式的喜氣。

愛雪與百來位貴賓坐在中間座椅區，高聳的船首像個挺腰、抬下巴的驕傲海將，理所當然地等待眾人的致敬禮。不過，船首的尖錐模樣讓愛雪想起台灣的楊桃。她不習慣切成星狀，星星中間的籽很干擾痛嚼楊桃。她總是一瓣一瓣削，楊桃就化身為一個一個厚實的三角錐體。眼前這艘散裝船根本就是翻過來放的巨大楊桃瓣。

隨著儀式推進，最後來到擲瓶。

一條紅布索從船頭以四十五度斜向貴賓區的致詞台，只見站在台前的悠雲揮起小斧頭一砍，紅索剎那斷裂，前端綁著的一瓶清酒瞬間疾風般擺向船首，「吭」的一聲，瓶碎酒濺，現場揚起一陣歡呼與掌聲。巨大的貨物船應聲緩緩遠離來賓，滑入海水。愛雪用力鼓掌。船身的「雲榮輪」三個字，取自悠雲和丈夫榮堂的船名，讓她更加欣慰。

想二十多年前，悠雲參加朋友婚禮，一個男士頻頻來給她倒汽水。男士的朋友見狀，湊過來說，「不紹介（日文，介紹）一下嗎？」這位主動積極的朋友就是榮堂。之後，他天天晚上去悠雲租屋門口站崗，有一天，在昏暗的門口，無前奏地吻了悠雲的嘴。那時候民風保守，悠雲內心警鈴大作，既然已被偷親，就不得不嫁了。

榮堂原為外事警察，派在基隆港警所。有個姓謝的船員涉嫌走私被留置在港警所，榮堂送便當送到相熟，船員後來入股中百海運，中百倒閉後，自己出來創辦海運公司，需要英語人才，便找榮堂過去。二十年後，榮堂擁有了自己的第一艘散裝船。

榮堂崛起，也靠悠雲不少。悠雲雄女一畢業，曾到彰銀上班，有理財觀念。婚後，跟會之外，還在警務局宿舍的院子養雞。加上跟愛雪合作，進口日本衣服，自己賺了兩棟房子。等榮堂要和謝先生合夥做海運時，悠雲賣掉一棟，得兩百萬元，榮堂才有投資散裝船的本錢。

下水典禮結束，悠雲和愛雪一起搭新幹線回東京，要住渋谷幾天。

途中，悠雲說，「從小就喜歡大姊，大姊好溫柔。二姊凶巴巴，小時候我個子小，走路慢，一起上學時，她一直推我的後腦勺。」

「是喔?!」

回到涉谷，以下幾天，愛雪一樣在工場清洗衣服污漬，悠雲就跟在旁邊繞來繞去，把姊妹多年沒見而少掉的話都講回來。

一個入夜黃昏。

「大姊，你工場很多少年郎？」

「是啊！都是台灣留學生。每個都苦讀，來做工讀生賺學費、生活費。」

「他們都怎麼來的？」

「一個介紹一個。也有從英吉那邊來的，像跟著他編刊物的詹清溪，就去分店做店員，負責收衣，工作很輕鬆，他可以一邊念書。你不要看這些工讀生，每個都是東大、早稻田的。」

「姊夫在編什麼刊物？」

「我不大去問，反正跟台灣政治有關。英吉來說需要多少錢，我就應付他多少錢。」

「不問一下用途？」

「問了做什麼?!我不問。」

「辛辛苦苦賺的錢，拿出來給別人用，大姊你不會心揪一下嗎？不會捨不得喔？」

「我有長眼睛，看都什麼樣的人跟英吉在一起，就知道他不是拿錢去做壞事。」

「今天，我看見有一個男士走進店裡，打完招呼，坐了好一下，後來你又拿錢給他，就是跟政治有關的人嗎？」

「那是一位學者，每個月都來，我們固定捐錢給他們去做政治活動。」

「固定來拿，都沒寫個借條？」

「又不是借的。」

「那起碼也要寫個簽收條。」

「沒想那麼多。」

悠雲以一個海運公司老闆娘的思維，這下更不解了，「我頭殼開始打結了！這樣辛辛苦苦一件衣裳一件衣裳洗，賺給別人用喔?!」

愛雪忙著找架上適合消除鋼筆滲水漬的化學洗劑。

悠雲不死心，加碼認真勸說，「我聽榮堂說，和辜家的人一起打高爾夫球，他們球技好，喜歡起哄說要玩賭。若贏了球，會故意不收賭金，然後開玩笑叫朋友寫欠條當紀念。這一招厲害，有留欠款證明，以後可以拿來討人情。阿姐，你不跟人家拿借條，至少也要寫個簽收條。不然，捐了多少錢都不知道。而且，錢一過手，人家一出你家的門，人情也順便丟在地上了。」

愛雪不耐煩，「哎呀，別說這些了。」

悠雲覺得有點掃興，修個話題方向，「我沒看過這種怪老闆，連鎖洗衣店已經大到這個規模，還自己整天窩在店裡洗衣服的啦！大姊，不用把自己弄得那麼累啦！」

「我就是那種奇怪的老闆」，愛雪笑了，「很愛洗！洗不累！把髒掉的衣服，變成乾乾淨淨的，真心適（很有趣）。愈洗愈有氣力！」

悠雲說不過愛雪，再轉回來質疑愛雪的金錢觀，「大姊那麼愛賺錢，錢賺了卻又給別人拿去用，你到底是怎麼看待錢的？」

「我沒多想什麼錢不錢。我只是愛做生意，生意做得起來，就覺得自己沒有浪費才能。」愛雪終於停下雙手，轉頭問悠雲，「你念雄女的時候，日本老師沒講訓這些嗎？」

「沒有，我考上，已經疎開了。」

「我們年紀才差幾年，就有差了?!」

「對呀！我現在和三個妹妹都不知道怎麼聊，她們都讀國民黨的書，不說日語，想法作法都不太一樣。」

「話說回來，我也知道學者、留學生來時，臉都笑笑，只是為了拿錢。不過，他們終究做對台灣有益的事，我不會去奢想他們衷心的尊敬或感謝。」

「有些讀書人和有些男人一樣，永遠不仰頭看女人，一付『偉そう』（日文，驕傲、很跩）。如果你講的合他們意，他頂多笑笑點頭，好像你還可以，勉強六十分及格。如果你講的看法，跟他的主張不同，他就看你是個笨蛋。」悠雲把她陪榮堂應酬的心得順便一吐。

「我們又不是為他們而活，管他們怎麼看！最要緊還是我們自己怎麼看自己。如果你看自己是有路用的人，那人生就有價值了。」

「大姊，我小時候看你是一個很溫柔的姊姊，怎麼現在變得好像拳頭硬邦邦的強人？」

「是喔?!」回憶不是愛雪的日常，她幾乎沒想過自己今昔的不同。

「你看！」悠雲伸手摸了愛雪的頭髮，「頭髮都剪得短短的，耳朵都露出來。還自己對著鏡子剪，捨不得去美容院花錢。」

「去美容院?!太浪費時間了。」

「還好姐姐遺傳爸爸的捲髮，自己剪，還像是燙過。」

「感謝爸爸。」

愛雪邊笑邊呼喚工讀生，「陳桑，拜託囉！」

一籃的乾洗衣服初步處置完了，推到一旁，又拉來新的一籃。

64

「碰！」

兩大紙袋被用力摔在櫃檯上，發出巨響。

愛雪轉頭一看，又是美吾。美吾也升高脖子和眼瞼，無視面前受付（日文，接待、受理）的店員，尋向店內深處的愛雪，「大姊，麻煩囉！」隨即轉頭走人，愛雪連用一秒回個「嗨」的縫隙都沒有。

愛雪沒好氣，用掌心把袋子裡的幾件女裝盤出來。當她攤開一件黑色絲質高級長禮服，脫口而出，「果然！」在維也納的時候，她就閃過念頭，美吾又會理所當然把這件長禮服丟來洗衣店，然後，不開單、免付費。

回想在維也納的小旅館，大家圍坐在櫃檯前古樸的沙發小圓桌。詹清溪低頭翻著幾個月前的《ＴＩＭＥ》雜誌，封面的美國總統尼克森側臉看起來麻煩大了。

英吉張望了左右，「咦，美吾呢？怎麼不見美吾？」

詹清溪抬頭，「喔，我剛才看到她先飛出去了，說今晚不跟大家的行程了。」

英吉擔憂，「大家出國在異地，她一個人安全嗎？」

愛雪想起出發前，美吾的丈夫關秀也特地打電話來，「愛雪姊，這次讓你們破費，美吾才有機會到歐洲、到世界轉一圈，非常感謝。」

「秀也桑，你跟我弟弟是最好的同學，就像我的弟弟，請不要見外。何況這一次是為全世界台灣人能夠團結而奔波，也是要讓美吾辛苦了。」

「美吾是一匹野馬，如果跑到柵欄外，請不要客氣，當成自己的妹妹管教她。」

夜深，終於美吾現身了。大嘴笑得天真，一襲黑色長禮服，兩彎特地畫得清楚的細黑長眉，精瘦無贅肉的身軀，完全看不出已有三個兒子，假若出現在紐約上流的慈善募款餐會，大約最多賓客會猜測她是某日本商社社長的夫人。

眾人還沒發問，她一飛進旅館，就得意昭告，「今晚我去聽歌劇了。來到維也納，怎可不進一回歌劇院?!」

四位男士似乎只在意美吾安全歸來，隨即各自歸房。明天還要飛往巴黎，沒人有體力去追究她擅自離隊，也沒心思去研究維也納歌劇的美好。此事立刻如空中飛行的彩泡自破，現場不留痕跡。倒是愛雪，丟進心裡磨了好一下子。

美吾小她十來歲，雖說也是台灣女性，祖父卻是清末就從上海到台北經商，所以有個不太台的姓「唐」。前幾年，當英吉糾人組織日本台灣人同鄉會時，美吾和丈夫熱烈入會。很快，大家就發現她別具魅力，口齒敏捷銳利。

不知道是誰先發現的，「美吾桑，你有六張嘴巴，難怪雄辯不輸人。」

「什麼意思？」另一個留學生摸不著邊。

「美吾的吾就有五個口了，再加上唐字一口，不就六張嘴了嗎？」

「不對，不對，沒算到她臉上的那一口，唐美吾總共有七個嘴才對。」

「是齁，難怪她永遠有話說，永遠講不累，原來有七張嘴可以輪流上陣。」

大家八嘴九舌之後，唐美吾就有了個綽號，叫「七嘴鳥」。

愛雪此次也確實目睹七嘴鳥美吾的七彩光芒。她在男人環峙中，毫無畏色，代表台獨派站上講台，敢與支持國民黨、支持中共的兩派抗衡，讓愛雪打從心底佩服。但，美吾的光芒又有點像鈦金屬板的反射光，讓她不禁舉手遮眼，無法直視。愛雪心裡放不掉忿忿，「這次大家繞世界一周是為了什麼?!竟然還有錢有閒去看歌劇！」想著想著，也幫美吾的丈夫難過起來，「美吾身為太太，不能幫丈夫分擔，已經夠糟糕了，竟然還放下丈夫，讓他一個男人去照顧三個還念小學的兒子」、「女性有自己的事業，很好。自己有能力表現，很好。但不該追求自我事業，而棄良妻賢母的責任於不顧。」

愛雪在心裡用了「良妻賢母」這個日本詞彙。

戰前台灣女性不僅在用詞的表面層次，內在價值也深受日本教育的影響。日本時代出生的台灣女性，終於踏出家門、閨房去學校，開始接受現代知識的教育，卻也深受日本明治以來女子教育思想的影響，女性受教育的目的仍停留在養成「良妻賢母」的階段。個人在不知不覺中承受、蒙受時代的淘洗與浸染，很難自絕於時代，愛雪亦然。

愛雪也是以賢妻的精神整備自己，照顧英吉起居，陪伴他在世界跑三個月。這一次跑遍歐亞美三大洲，籌組「世界台灣人同鄉會」，只要有台灣人留學生的地方，英吉他們就去拜訪。如果當地已有同鄉會之類的組織，便希望能加入世界同鄉會，讓台灣人力量更聚攏壯大。

以往，若英吉在東京家裡跟留學生開會，或者和台灣來的政治人士會面，愛雪都是把茶泡好，壽司準備好，就去洗衣店忙了，不上桌「插手」丈夫的外務。這一次，她分秒跟在身旁，彷彿上了三個月密集班的政治課。

英吉一次又一次跟各地留學生說的話，愛雪都會背了。

「自日本時代以來，台灣人始終『放尿攪沙不團結』，『一盤魚脯仔，全全頭』（台語，字面意思是一盤小魚乾，全都是頭。意指無法凝聚，各有意見）。近一、二十年來，愈來愈多台灣遊子跑到海外，看到別的國家如此民主自由與繁榮，回頭看自己的家鄉，卻宛如一個火燒島。島內的人都被當成政治嫌疑犯，關押在獨裁的大牢裡，沒有基本人權，被壓制而無力反抗。我們出國，本來是要念書求知識的，卻不得不個個變成夢想家、理想家、革命家，熱望台灣能成為一個民主自由的獨立國家。一九七四年的這一次，就讓我們跨越太平洋、大西洋，把手牽起來，組織世界台灣人同鄉會，向故鄉的父老家親、兄弟姊妹證明，我們可以團結，可以一起奮鬥，終有一天，可以一起打倒國民黨！」

愛雪也貼身見習英吉如何把金錢投入革命理想。

英吉總是五百、八百等金額不等的美金鈔票放進信封。一九七四年，正值戰後日幣換美金史上第三貴的一年，美金很大，三百日円才換一美金，若以五百美金等於十五萬日幣計算，日本平均洗一件白襯衫要一百零三円，愛雪必須洗快一千五百件，才賺得到這五百美金。

英吉已經年過五十，到哪個台灣同鄉會，都如父如兄。每次把美金信封捐贈出去時，他都忍不住長者叨叨叮嚀，「這個拿給你們當本錢，要讓它會生。你們可以自己想辦法，拿這些錢做資本去做生意。賣什麼都好，賣給誰都好，不要自我設限在台灣人的圈子。

沒有人圈住你，誰都可以賣。革命要活跳跳（台語，鮮活、充滿生命力），一直拚下去，錢也要乎伊（台語音，「讓它」的意思）活跳跳……」

英吉講得煞有介事，一旁的愛雪卻靜靜地看到許多人在皺八字眉。畢竟他們絕大多數都是書生、知識分子。

此後幾年，當英吉不斷出國，跟愛雪要這筆錢、那項款的時候，她便能了然，更不會過問了。

65

二十幾年，差不多以同一個色調過去。

在一個下雪的清晨，愛雪靠在英吉的耳際，像平日聊天一樣，「如果你存心要我痛哭流涕，我是不會順從的。我不會哭，我知道你已經過得很滿足。」英吉並沒有如往常聞之開口笑，他已在通往另一個世界的路上。

七十七歲的英吉在東京順天堂醫院病逝。

等待醫院處置移靈時，三、五親友在病房圍坐。七十歲的愛雪頭髮剪得比以前更短，看來幹練依舊，鬢間幾絲白髮更增添幾分威嚴。此刻，她卻以懊惱來填補沒有氧氣的時間，「回去台灣之前，我已經安排好何時去按摩、去哪個診所洗腎，但他人一回去台灣，跟著人家輔選的車隊跑，站在車上跟群眾揮手，沒一餐正常。早上只喝牛奶，午餐忘記，晚餐就用大碗公吃。他也不好意思跟那些少年朋友說自己身體有問題。結果硬撐半個月，一回到東京，人就垮了。」

沒有英吉的房子裡，愛雪照舊一早起來做味噌湯。明明看著金茸，但其實眼睛都藏到心裡去了。刀子一切下去，滑過左手食指尖，血一碰觸金茸表面的薄水，立刻竄開，連染好幾株金茸細柄，愛雪仍無知覺。

阿玥從書房抱出一本大筆記本，幾乎遮去她半個人。「媽媽，要不要一起來看看爸爸有關的新聞剪報？」愛雪指頭包著紗布，終於停下腳步。她們在客廳一側的辦公長桌坐下來，阿玥開始翻開筆記本，剪報仍新，沒有泛黃之色。

四年半前的夏天，英吉離鄉數十載後的初次返台，台灣相關新聞報導一大疊。全部中文，沒有半個日本假名，愛雪母女都只短暫學過中文，似懂非懂地讀著。

「浦島太郎！」阿玥指著一則報導的標題。標題旁有脖子戴滿花環的英吉頭像。四年半前返鄉時，受到的熱烈接機、旗海歡迎，全部縮時縮影到這張照片了。

「爸爸四十幾年不得返鄉，一回去，親人、知人都白髮蒼蒼了，多像浦島太郎。」

愛雪幫忙註解。

「孟嘗君！記者也稱爸爸是『孟嘗君』。」

「那是什麼？」愛雪不知孟嘗君何意。

「中國戰國時代的人物，家有龐大資產，很慷慨，有人投靠，都會接濟，史書說他家有三千食客。」阿玥不愧是歷史專攻，念過司馬遷的《史記》。

愛雪幽幽發了一個苦笑。

剪報中，還可以讀到民進黨的立法委員推崇英吉「台灣革命之父」，國大代表尊呼「反對運動的導師」。

阿玥一頁一頁慢慢翻著讀著，愛雪瞥見一張新聞照片，英吉和幾位男女在日式料亭。愛雪追憶，那一個晚宴，料亭女侍可能判斷是台灣賓客，滿臉笑容跪在桌邊，獻上一面青天白日滿地紅旗，英吉很紳士地婉謝，「台灣不是中國，也不是中華民國。」女侍大驚惶，正不知所措。英吉又說，「台灣人還未建立自己的國家，所以沒有國旗。請你稍待，我們會加快努力，再獻上全新的國旗。」

愛雪指著照片，「坐在爸爸身邊，這一位頭髮捲捲蓬蓬的女性，她春天來東京見過爸爸，冬天就因為美麗島事件被抓了！」

愛雪母女同嘆一口長長的無聲的氣。

「媽媽，這一篇報導，爸爸好像說他擁有九州的藥廠、東京的連鎖洗衣店、紐約的銀行?!」

「同為家人，就自然當成自己的。」愛雪未覺不妥。

「紐約的銀行是健豐和我自己白手創立的事業。」阿玥語調委屈地護衛自己和丈夫的尊嚴。

「銀行創立之初，爸爸沒有出資嗎？」愛雪向來不過問英吉的資金運用，也不記錄。

「沒有。最初要在紐約開設律師事務所，健豐就已經婉謝爸爸的好意，我們想憑靠自己的手，後來也真的咬緊牙根，把自己撐起來了。」

「真是抱歉，我都不知道。你們能夠這樣很棒。」

「爸爸有跟你要錢去紐約投資嗎？」

「隱隱約約好像有這個印象。」

後來整理英吉遺留文件，才發現他在紐澤西州買了大片土地。

「先不說把女婿的事業納為自己的成就，爸爸把媽媽日日辛苦洗衣積累的事業，挪來佔為己有，在美國是無法想像的事。女人的獨立性都沒有了。」

愛雪聽了，回阿玥一句日本諺語，「縁の下の力持ち」。

傳統日式房子室內的地板架高，離地約一尺高，可通風防潮。地板放榻榻米，坐在上面，看不到下頭的空間，這個板下、地上構成的空間就叫「縁の下」。「力持ち」意指有力量。

愛雪說，「我所受的教育，女人要做良妻賢母，要當先生『縁の下の力持ち』，隱身在看不見的地方，使出力氣，扶贊丈夫。」

「媽媽，您們那個觀念是明治、大正長出來的。現在，歷經六十二年的昭和又都已結束，進入平成新時代了。」念歷史的阿玥對時代很敏感。

愛雪不理會，直接略過，反教阿玥，「你也一樣，要和健豐同心協力，不要發聲張揚，不要居功，要讓男人站在前頭，讓他有面子。」

「唉呦，媽媽，你當你的時代的女性，我當我自己時代的女性，好嗎？」

「是有那麼大差別喔?!」

「話說回來，過去，媽媽成功扮演了賢妻良母的角色；現在，媽媽一個人了，不妨走出『縁の下』，以自己為名，做一下自己。今生，您想如何過、想當一個什麼樣的人，明天起，就那樣做。」

愛雪不接話了。

阿玥繼續翻剪報。

愛雪突然破石迸出一句，「爸爸應該知道自己沒贏過我。」

一起和阿玥看剪報的當晚，愛雪又充滿自信，決定了人生的下一步。

她把跟隨洗衣店二十幾年的老員工荻原找來，「荻原桑，你守在新宿分店已經超過二十年了吧？」

「二十二年了。」

「新宿店一直很安穩，荻原桑付出大大的努力，非常感謝。」

「感謝社長一直的照顧。」荻原開始忐忑，辦公室瀰漫「被請退」的氣氛。

「新宿店的顧客都熟了？」

「是啊！是啊！好多都像朋友了。」

「荻原桑在社內這麼久，有想過獨當一面，擁有自己的洗衣店嗎？」

「咦?!」

「我考慮關閉洗衣店，專心經營主人（日文，丈夫）留下的製藥會社。如果你有意願，可以接手某一個店面。」

荻原驚得不知怎麼接話，這時，「叩、叩、叩」，門外有人敲門，隨之慢慢推開個縫。半彎腰的中年女性，武藏小山分店的店長，「啊！抱歉！」愛雪說，「請稍候。」女店長一聲「嗨」，又慢慢低著頭，把門合上。

愛雪陸續安排接見洗衣店的每一位員工，了解個別的狀況，做結束洗衣店的準備。

一個東陽斜射卻冷冽的十一月早晨，愛雪推開陽台落地門，看了一下室外溫度計，攝氏十二度。隨即握了一個不鏽鋼水壺，放進小提袋，踏出家門。

沒五分鐘光景，走到代代木公園外的十字路口，舉目望去，銀杏正黃，樹形俐落整齊，街道彷彿有一個又一個戴著三角黃頭盔的銀杏哨兵，列隊歡迎所有的過客。

想當初，英吉很興奮跟愛雪說，「每到初冬，田園調布滿是黃澄澄的銀杏，葉子長長的細梗，搖動嫩葉，充滿生命力，不覺人在冬裡。落葉墜地不死，堅持本色，前仆後繼，鋪成黃葉道路。所以，我選擇住在田園調布。」後來，要設集中洗衣工場，愛雪會選擇代代木，此地到處有英吉喜歡的銀杏，銀杏樹載著他們的夢，也是原因之一。

愛雪轉進公園內，有點茫然，其實，她從沒這麼深入園區。看了一下揭示板的地圖，確認直走就會抵達中央的噴水湖。當一面平整的湖心乍現，愛雪內心一呼，「就是這裡！」天氣好時，英吉總是帶著水壺，坐在湖邊的公園椅上，眺望噴水，悠哉打開書本。今天，愛雪也找一張椅子坐下來，「英吉可能就坐在這個位子吧?!」

公園空曠清冷，只有一、兩個穿西裝的上班族提著皮包，紅著凍頰，快步走過。未被攪擾的愛雪望著天空，在心裡跟英吉說話，「今天，我就要正式接任製藥會社的社長，我會一如以往努力，為你守住夢想，希望將來到了天上，你會笑著迎接我。」

66

晚上九點，阿玥從紐約打越洋電話到東京，「媽媽，三個月後，就是您的喜壽，要不要大大慶祝？媽媽身手還很矯健，要不要我帶您搭郵輪遊地中海？」

日本特別注目雙七、雙八、雙九的生日，都有專稱。八十八，筆畫加起來正好是「米」字，因此稱為米壽。一百少一為九十九，「百」字少一橫即為「白」，因此稱為白壽。「喜」的草書，正好是「七十七」三個字的組合，七十七歲生日便稱喜壽。

「不用了，三十年前就和爸爸一起跑世界一圈，我很滿足了。」

「不然，我們在東京辦個慶生會，把親友都請過來？」

「不用，不用了。勞師動眾，耗費大家的心神。」

「媽媽有想完成的事嗎？我陪你一起，或者，我可以幫你做。」

「每天上班看報表、撥算盤，就很開心了。」

「就是媽媽會講的話。」

「再來的大事，就是明年三月要回台灣投票選總統。到時候，你陪我回去，好嗎？」

「好啊！」

喜壽靜靜過去，愛雪更登上一個了無懸念的年歲。那些關於人生可以探問的事，已有了答案。那些無法探問的事，也知道只是撞牆而已，多問無益了。

然而，就在這個時候，愛雪追問超過五十年、如墨一般黑、看不透的疑團，似乎要解開了。

年末，各處紛紛寄來賀年狀（日文，賀年明信片），台灣的政治人士儼然成大宗，比日本人還多了。過去三十年來，來東京郭家募過選舉款的、借住過房舍的、吃過早餐的，或者在洗衣店打過工的，現在有建設公司董事長、電台總經理，也有大學教授，出任內閣部長、政務官者更不只一、二。愛雪捏起老花眼鏡，一張一張翻正翻倒看著，再一張一張小心相疊整齊。

日本人這邊，非公務的賀年狀少了，反顯情分彌堅。三井物產高雄支店鷲尾課長的女兒信子四十年前偶然光臨愛雪在渋谷的食堂，此後年年寄賀年狀。今年也不例外，不過，賀年狀放在信封內，另附了一封邀請函。

「三井物產株式會社戰前分散在海外的同僚，戰後仍互相聯繫與關懷，有所謂『三井台灣會』的組織。前些時候，有成員提到，當年高雄支店的同事逐漸凋零，希望單獨舉辦『三井高雄會』。孫桑可能是其中最年輕的三井高雄人，任職當時據說僅僅十六歲。他們從我這裡獲知有孫桑的聯絡地址，非常興奮。希望無論如何，可以再見，歡聚一堂。」

愛雪始終認為，三井物產高雄支店的經歷是她事業的原點。在三井，她知道了何謂商販，並咀嚼到買賣的趣味。

三井高雄會地點選在東京都皇居旁麴町的一個花園別邸，超過一個人高的石牆，被層層高高矮矮的綠樹強壓失色。含苞的櫻花木，粉白點點，別出心裁，又技壓各樹。站在門口，猶如重返大正末、昭和初。單看花草圖案的鑄鐵大門，就放送濃濃懷舊風情。門口石柱，有葉形雕飾，柱頂綴洋燈。東京市中心寸土寸金，還能留這般派頭的庭園洋樓豪邸，猜測若非舊公卿華族，便是外國使館的官邸了。

中年管家引領進屋內，愛雪覺得自己好像置身在玩具屋內。而這個玩具組叫維多利亞時代的宴會廳。到處都是稀貴的木質家具，往二樓滑升上去的樓梯扶手，就是桃花心木。直覺主人該是金色捲髮、穿席地蓬蓬裙的公主，或至少也該是胸前別整排動章及斜彩帶的藍眼伯爵。

結果，走過來迎接的主人竟然握著拐杖，步履穩重卻艱辛的老紳士。他慢慢走過來。銀白的髮絲不濃不稀，梳得條理分明。鏡框上沿瑁玳，下沿金邊，莊嚴又高貴。「歡迎，歡迎，孫桑，好久不見。」深凹的眼裡，專注得發出亮光，「我是大野威德。」

他自然伸出手，與愛雪紳士微笑一握。歲月洗練，威德已不復二十歲時的靦腆與生澀了。

愛雪雖穿了有跟的鞋，仍必須抬頭。威德雖老，仍保六尺之軀。

「大野桑，謝謝贈書。一直未能回信致謝，抱歉。」

「你還記得！」威德又驚又喜。

「不是很容易忘記。」畢竟是人生唯一一次被偷偷送書。

「我本姓王，也出身苓雅寮。」

「是，我知道了。大野桑在高雄很知名，我後來聽家人談起過。」

「都是拜祖先之賜，不足掛齒。」

「宅邸好氣派。」

「一位伯爵家族的舊邸。」

戰後美國佔領日本，很快實施高稅率的財產稅法，華族家產多的，稅率甚至到八成、九成，幾乎等同被沒收。華族迫於現實，逼得紛紛釋出私邸。威德的父親王逢源當時便出手承購。

威德沒講這麼長的歷史背景，只撿趣味的說，「伯爵的姓很少見，四個字，『香宗我部』。」

「喔！確實，不曾聽過。」

寒暄開場，共度午宴，十來個人的聚會很快就過了。一個人高的古老立鐘不偏不倚時針指著四。眾人在洋館前，合拍紀念照後，仍依依不捨，三三兩兩話別。

王威德移步過來，「孫桑，明、後兩日是否可以到您的辦公室拜訪？」

「辦公室?!不敢勞駕。」

「應該的。」

「有事嗎？」

「確實有事要奉告。」

看王威德態度很慎重，愛雪也就不再客氣推辭。

67

隔一天，上午十點，王威德的黑色座車駛抵會社門口，穿白襯衫的社長祕書七草彎腰恭迎，導引上樓。如果是往昔，看到七草身掛的名牌，王威德大半會客氣寒暄，「七草，很稀有的姓呀?!請問出身哪裡？」今天的威德卻異常冷肅。升降梯裡，樓層數字顧自一個一個翻大。他一路低頭，無言望著自己雙手疊握在紫檀木杖的大彎曲上。

進了辦公室，愛雪如接待海外客戶一般，介紹威德眺望都心，指向紅色尖塔，「我剛到日本時，東京鐵塔都還沒蓋！」

「而今，孫桑挺立在此高樓，如東京鐵塔一樣！」威德看向遠方的青天，「許多台灣人在日本賺錢的，非醫即商。做生意，若非開舞廳、旅館，就是開柏青哥、開貿易公司。能在日本製造業的旱地，強悍墾土播種，種出花朵的，屈指可數。」說完，轉頭深望著愛雪，「而且，還是製藥廠！不愧是孫桑！孫桑不管到哪裡，總是散放光芒。」

「借用您昨日之語，藥廠是外子奠定了基礎，不足掛齒。」

「也是要有輝煌的連鎖洗衣店事業，才有藥廠。」

愛雪一驚，「大野桑知道我經營洗衣店?!」

「呵呵，怎麼說呢……？」威德在欲言與莫言之間琢磨。

事實上，對王威德來說，愛雪從來不曾離開，不曾離開他的心。

這麼多年來，父親王逢源在兩蔣掌權時代極其得意，擁有高雄商工開發信託，王威德的岳丈應昌蒲又官場風光，任過國民黨副祕書長、國防研究院副院長。特別在國防研究院時期，負責調訓高層幹部，人脈廣布。應昌蒲只有一個女兒，威德遂如子，帶進帶出，官場的世面、關係的潛規，調教甚深。岳父過世後，四十好幾的王威德悠遊穿梭政商兩界，閣揆有意培植，曾徵詢他是否有意入閣，還擘畫一條頗有長度的仕途，說是先從財政部次長起步。

掌握孫家人的動態，一點也不困難。王威德幾十年一直對愛雪知之甚詳。只不過，黑暗中繫著他的心的那一條絲線，沒有任何人看得見。

在欲言與莫言之間相磨，最後，王威德選擇不言，轉切今天的主題。

「孫桑，今天來，主要有事奉告。」

「請說。」

威德轉用台語，滑順如珠玉滾絹布，臉色自然，實則刻意避免門外的七草祕書聽到耳朵裡去。

「近幾年我連續動了手術，膽割除，心臟也開過刀，謝幕已在眼前一尺了。」

愛雪大驚但未接話。

「我生在富貴家，方方面面看都很好命，人生了無遺憾。唯一一事還重重壓在心頭，就是欠孫桑一個道歉。所以，一直在內心催告自己，絕對要把握最後的時刻，親自登門來跟孫桑謝罪。」

「謝罪?!」愛雪再驚一回。

以下，愛雪聽到的故事，自己的名字一直穿插其間，情節卻完全陌生，怪誕得如聽虛構主角的小說。

68

時間回到太平洋戰爭的最後一個冬天。

高雄港邊的三井物產高雄支店，愛雪聰明配布，獲得支店長的讚賞，在看不見的角落，她的身影擄走了王威德的心。他一整天都放不掉，下一秒還鎖眉煩躁，下一刻又不自覺嘴角上翹，看著報表，從鼻子噴出笑氣。過沒幾天，他就跟母親說，「我想結婚了！」

母親竟然先苦惱，「戰時，萬項衣裝食料都缺，婚禮不好辦。」

「不好辦，就簡單辦。屏東的呂家三少爺還不是辦了。」

「你爸爸人在上海，婚禮該在哪裡辦？」

「我們去上海也可以。曹博士的千金嫁林家的少爺，新人分在海峽兩岸，新郎不在台灣，婚禮照樣在台北進行。」

「現在戰爭這麼恐怖，去上海哪這麼簡單！」王母笑了，「怎麼突然這麼急著結婚？」

威德不知道怎麼接話。

「看上哪家的小姐了？」這話講得好像王家看上誰，誰就是新娘了，沒有「被婉拒」這三個字。

「對方意下如何，我還不知道。所以想請母親大人先遣人去說媒。」

「高雄哪有人家不愛嫁我們王家的！不過，你還是自己先寫信跟爸爸請准，我再來找媒人。」

「是，我馬上來寫。」

台灣海峽兩岸都在日本勢力控制之下，本來是安全的海上通道。而且海淺，美軍潛艦不易藏到深處，日軍也容易丟深水炸彈反擊，比太平洋海上安全。但是，不久前，威猛聞名的刺尾魚號潛艦（USS Tang）冒險潛入台灣海峽。日本一個驅逐艦護送的商貨船隊，被刺尾魚號的魚雷炸得海上朵朵紅火黑煙。最後，雖然刺尾魚號射出最後一枚魚雷，因瑕疵而一百八十度轉回來炸毀自己，日本方面仍有東運丸、若竹丸等五艘船艦被擊沉。

海峽船難行，要寄信到上海，再等回信，漫長的等待與不確定，威德單用想的心都焦了。他硬著頭皮去找軍部幫忙，兩個月後，父親王逢源回函寄到，威德急急剪開，信上的幾個字卻大大重挫他的心，「孫家做為結秦晉之緣的對象，並不適當。」

那時，愛雪疎開到旗山了。

威德自己也在戰爭的灰色邊緣殘喘。

等戰爭結束，逢源返台，威德又認真提出願望，「我想娶孫家的小姐，我不在意門戶觀瞻。」

逢源發現腳邊有個三歲的小孩還在鬧沒完，「還沒死心喔?!」

「孫小姐是高雄高女畢業的才媛，如同台北第三高女畢業的淑女是名門媳婦首選。何況，孫小姐外表優雅高貴。孫仁貴先生與夫人都是老師出身，孫家門第潔白清高。」

「門第潔白清高，不是你年輕人表面看的那樣。」

「孫家有什麼不良紀錄嗎？」

逢源開始不耐煩了，「你是老師在出題?!還是檢察官在拷問我?!」

「不敢」兩字依循舊習慣已到威德舌尖，衝出口的卻是「即使有問題，也是我自己選擇的岳家，如有污名，也由我自己承擔！」

「你用什麼去承擔？有地有業嗎？你所以是少爺，是因為我王家的招牌。別像幼稚園幼兒講三歲的話。」

那天，父子兩人漲紅臉結束談話。

威德去找母親詢問癥結何在，母親不知道，反倒質問，「全台灣的女孩子那麼多，為什麼偏偏非要一個爸爸不喜歡的人家？」

「爸爸為什麼非要我放棄全世界唯一一個我喜歡的人不可？」

「為人子，都是要服從父親的嘛！爸爸生你養你，難道不值得你一個聽話?!」

「我現在了解為什麼有戀人要去跳河、撞火車殉情了。」

「不要講這種懊喪的話，不要嚇阿母啦！事緩則圓，事緩則圓！再過一段時日，或許爸爸態度就會軟化了。」

半年後，愛雪受報紙採訪，威德趕緊多買一份報紙，雙手恭敬呈給父親。「就是這位小姐！她很聰明能幹，教一個五年級的班，就有九個學生越級考上雄女。」

「這麼厲害的女生，更不能娶。男人娶妻，是要她來做好後勤，生養聰明的小孩。這種已經在外獨當一面的職業女性，恐怕騎到丈夫頭上。」

「她絕不是這種人！我在三井物產同事過，了解她的性格、人品。」

「夠了！不要再談了！」

威德拳頭緊握，走出逢源在高雄川邊的新樓房。

走到門外，一股熱衝上胸口，他馬上又轉身，提著不死的心，再次踏入門內，「如果父親不答應，我沒有別的出路，只好自己去結婚了。」

「這麼猛?!將來就不要再回來跟我伸手要一分一釐。」

「是，那是當然。」

只見威德一鞠躬，馬上就要走。這下換逢源一把火直接燒進腦門。

「混帳！」

逢源一聲大吼，心肝直衝咽喉。

威德背對著父親，雙腳已不聽使喚。

逢源怒指威德的背，「你仔細聽好！高雄要塞、警總、軍統，每天來問我哪個是好人、哪個是壞人，我打三個圓圈，那人的命就保了，可以放回家。如果我打三個叉，那人就去掉半條命。我現在就告訴你，我絕對打孫仁貴三個大叉。」

「爸爸，這太瘋狂了！」威德猛轉身。

「我保證讓你成為孫家的仇人之子！你的父親害慘她的父親，你還敢去娶人家嗎?!死了這條心吧！」逢源如洩洪般，怒水無法斷。

哀視父親，威德淌下兩行眼淚。

逢源的盛怒餘波，正隨著大喘息，激烈起伏。

兩人僵硬站立。

站成一個僵局。

這時候，鐘聲敲起，剛好整點。

金色鐘錘擺過來，又擺過去。鐘響一聲又一聲。

鐘擺未停，威德已如游魂一樣，拖著沒有知覺的腳步離去。

69

明治神宮傳來報時聲。

「當年，我才二十初頭，走出爸爸的房子，其實已經屈服，我的恐懼遠遠多過憤怒與傷心，我害怕自己若再堅持，將成為劊子手、共犯。」

聽到這裡，愛雪心情混亂，無法發怒或興悲。

「在那之前，我給你寫信，不見回音。我安慰自己，這樣也好，就讓自己生的波，自己滅吧！」威德握著拐杖的手，在沙發墊沿不規律微微抖動。「我沉默了，每天感覺心像被放逐到海上孤島，身體被綁，扔在島上叢林。等我醒來，二二八已經爆發，也聽說孫先生已經逃離高雄……，顯然，父親還是做了可怕的事。」

威德放掉拐杖，十指併攏，平放在膝蓋，「孫桑，我不知道該如何跟你說抱歉……」，「我以為自己已向父親示弱，他不會濫告孫先生……」，「因我任性，鑄下大錯，傷害了貴家庭所有的人，失去丈夫、失去父親……」，「今天來，就是希望死前能夠當面向孫桑謝罪……」，王威德說得斷斷續續。最後，深吸口氣，挺起老軀，兩膝稍收，鄭重緩緩俯身低頭，停在雙膝之間。

愛雪趕緊站起來，彎身在威德側邊，雙掌向上，「請照顧自己的身體，莫要做這麼大的動作。」並連說兩句，「錯不在大野桑，錯不在大野桑。」

威德眼眶滿是激動的紅，眼角也含老淚。「這件事，我日日不能忘，也天天懷著歉疚……」，說到這裡，頭又垂下。

威德此話是真的。王父突然腦溢血，昏迷十三天，不敵而逝。最後時日的一個深夜，只有威德一人守在病榻，他忍不住緊抓父親的臂膀，緊抓最後唯一的機會，淚問，「當年為什麼禁止我娶孫家的愛雪小姐？到底仇在哪裡？」

彷彿對著墜崖中的人狂呼。

闔眼的逢源已經無法給答案了。

「孫桑……不恨我嗎？」

「我不知道年輕當時的自己會不會恨。但現在的我……」愛雪搖頭，「該恨的不是你，甚至不是你的父親，而是背後那個無法無天的政權，不是嗎？」

威德埋首，雙手遮面。

「大野桑，你已心苦一輩子了。若有重石壓著你的胸膛，無論如何，請用力搬開它吧！」

70

當隔年一月下旬，舊曆除夕前一個星期五，愛雪依例請日本員工吃尾牙，過台灣年。大會議室裡，長方桌上擺滿了食物，她親手做的白蘿蔔薄片夾烏魚子放在麻豆郭家家傳的藍瓷大盤上。

「社長，我剛才遠看，感覺煞似金魚游在藍海上，好舒朗啊！」神足課長講場面話的神情自然，難窺虛假。

「神足，金魚是夏天的風物詩，你這是在暗示我的季節感不對嗎？」愛雪故意逗像兒子般的神足。

神足反應神速，「不是，不是。不過，話說最近異常氣象，東京飆二十六度高溫，跟夏天一樣，社長手做的金魚般的烏魚子搭配得正好。」

安樂部長及時過來讚一句，「搭配得正好，搭配得正好。」

愛雪含笑往前方走，大家知道社長要講話了，紛紛落靜。

「烏魚從日本九州出發南下，那時還瘦瘦的，等游到了台灣南部沿海，正好產卵。

所以，台灣有最肥美的烏魚子，也該感謝日本。我從南台灣來，同樣受日本的照顧，特別是諸位同仁同心協力，才有這番事業。在此舉杯，衷心感謝。來年也請大家一起繼續並肩打拚。」

正當室內一片歡欣，七草祕書來告，「高雄家裡來電。」

「有說急事嗎？」

「沒說，但有交代請您可能的話盡早回覆。」

愛雪離場，回到社長辦公室。原來是弟弟大嵩來電。

「大姊，今天收到怪異但又令人期待的信，跟爸爸有關的。」

「爸爸都快一百歲了。」

「有陌生人來信，說有爸爸當年被密告的舊文件，問我們是否有興趣？」

「有興趣是什麼意思？要我們拿錢去買？」

「應該是。」

「亂世盡養出一群居中鑽營的人。幾年前，也有人來開價新台幣一千五百萬，聲稱可以讓我會社的藥劑在台灣獲准上市。我回他，雖然不解為何日本可以販賣的藥劑，台灣不准，但是，我絕不做這種拿錢打通關節的事！做了這種事，以後去天上會沒臉見主人（日文，丈夫）。」

「所以，大姊的意思是……不要理會這封信？」

愛雪沉默。她的腦海出現王威德來辦公室掩面的身影，心想「關於誰密告了爸爸，難道還有別的答案？」

大嵩平和說，「爸爸逃走消失，我十幾歲的記憶，常常就是脣緊咬，要自己不能哭、不能哭，我是男兒，眼淚要忍住……」，大嵩清咳兩下，「大姊，我愈老愈想知道當時到底發生了什麼事，不然，一輩子就這樣模模糊糊過了，太不……太不甘願。」

「嗯嗯。」

「還是讓我先連絡看看，視情況再定？」

「好吧！」愛雪也生疑起來，心底泛起點點波，事實難道還有王威德以外的版本？

71

旗津最古老的媽祖廟「天后宮」，跨進龍門，有個長長的矮石椅，大嵩早早依約坐在那裡，等待陌生電話客。手不自覺幾次都擺在褲間口袋，裡頭備著五萬元，對摺以後，有點厚度。大嵩心裡已經設定來者是神祕賣家，將有一場金錢交易。

「孫先生！」來者招呼打得很篤定，像是功課做足的諜報員。但看上去，根本是日本演員兼作家又吉直樹，及肩的燙髮和身材有夠像。圓圓的兩朵眼鏡片和古古的大甲帽，才讓他從又吉直樹的神似中，稍微脫離出來。短袖暗紅T恤、土黃卡其布褲、深藍色帆布鞋，上上下下統統加起來，多彩得讓他不像一般六十歲人。對大嵩來說，見到這般廬山真面目，謎更深了。

「應該怎麼稱呼？」

「阿才，大家都叫我阿才。」故意不講真實姓名。

大嵩聽其音，以為是「阿財」。

「阿財從台北來嗎？」

「嘿！孫先生怎麼知道?!」

「一月，高雄人都穿外套。能穿短袖的，大概從北部下來的。」

「哈！說得也是。不過，我也是高雄市出生的人。」

「喔，你有我父親被密告的資料，跟出身高雄有關？」大嵩顯然急著找通往正題的入口。

「我們找個店坐下來再談吧！」

一路烤魷魚的香味不斷，他們卻選了暗黑平房的肉粽店，而且還是最深的角落。兩碗淋上醬油的肉粽，像是道具，兩人都沒動筷。

阿才終於甘願破題了，從扁型方包拿出一個資料夾，「就是這份公文！」

大嵩一看，像是某種幼稚園的紙勞作。透明的資料夾下，一張白色的影印紙，被挖了幾個四方洞，露出下方的古黃色紙和藍色鋼筆字跡，其中一處還可以窺見十行紙的紅色邊線。

阿才手指在幾個方塊移來移去，一邊自己念起來，「代電」、「簡阿河」、「35, 12, 3發」。資料夾翻過來，還有類似的一張，阿才又指著念來念去，「孫仁貴」、「鹽埕町」、「共黨」。

「共黨?!」大嵩大疑。

「把白紙拉掉，就真相大白了。」阿才沒有邊講邊拉，反而把資料夾再翻回來擺正。

「這文件怎麼來的？」

「台北一個清潔隊員去清理一個日式舊宿舍時發現的。」阿才隨意塞個台北古物商慣用的故事模型。

「日本舊宿舍原來住了什麼人？」

「只聽說是保密局特務的。」阿才繼續敷衍帶過。能一句話說完的，絕不說第二句。

「然後，清潔隊員賣給你？」

「他們發現一大箱舊公文，也搞不懂，拿去福和橋下找賣舊貨的老闆兜售。」

「你就是在賣舊貨的老闆？」

「不是。我有朋友的朋友在賣舊貨。」

「還沒請教你的職業？」

「我已經退休了。」又故意空洞，不直接回答，不講職業。

「這麼年輕就退休，看起來還不到六十啊！」

阿才乾笑兩聲。

「打算怎麼賣給我？」大嵩也慢慢感覺，如果公文是真的，多探來源無益，公文顯示的內容才是重點。

「你知道野史大師金鑫吧?!台灣沒人不認識他。我朋友跟他很熟，金大師看到這批公文，保證一定高價收購，何況最近談白色恐怖、二二八很熱。但我朋友說，受害者家屬才是最應該擁有這些證據的人。」

「你們是怎麼找到我的？」大嵩這才轉回來這個可疑的問題。

阿才又乾笑兩聲，「我只是受朋友委託來跑腿，其他一概不知。」一邊伸手從紅色的塑膠筷籠抽出兩根竹筷子，看似準備舉箸向肉粽，卻往桌沿一敲，「這樣吧！兩個方案。第一案，你先付個訂金一萬，我就把白紙抽掉。你在這裡，看一下整份公文，再決定買或不買。買的話，十萬，不買的話，訂金不退還。」說到最後兩、三個字，左手伴奏一般，把一根筷子放在桌面上。

阿才抬眼盯著大嵩，沒兩秒，又把手上剩下的筷子快速扣在桌面，「第二案，五萬，現在直接買走。」

「這麼會做生意！」大嵩簡單回應一句，實則內心一跳，好像口袋被透視了，這麼剛好，就是五萬。

「不是做生意啦！我朋友說，是要幫忙解受難家屬一輩子的痛。」

大嵩的心被這一句打軟了，「好吧！就五萬，直接買走。」

72

阿才眉開眼笑走了。雖然剛才說了一大頓謊。

事實上，台北市區中心這時還遍布日本時代留下來的日式黑瓦平房，有的成排擠在一起，有的獨棟但被圍牆圈住，中間有大樹與庭院。後者在九〇年代開始變成古物商的狙擊目標。屋主常是外省籍舊官僚，且已凋零，兒女移民在海外，無暇顧及面容日朽的老屋。古物商主動找人翻牆去偷，才是真正的故事。阿才就是這類古物商。

阿才本來在光華商場地下室有個小店面，但先前幾年傳出光華橋結構危險，市府打算拆除的消息，他索性遷出，當無店面自由戶。解嚴後，跑出一堆歷史古文物的高端收藏家，他就專做這類人的生意，放棄了零零星星的散戶。

不駐店面一年後，台北市遭遇納莉颱風，整個盆地幾乎泡在水裡。雨水稍退，阿才就出動到處「狩獵」，記下了大安區、中正區三棟日式庭院住宅，然後把小黎找來，「這三棟今天看起來沒人住」，然後拍個肩膀，只說「去看看」，他沒講半個偷字。

小黎無業，有時手頭空空，就去當一陣子快遞員。這一天，他把摩托車停在金華街上。頭戴安全帽，扣環沒扣，兩頰邊垂兩條黑帶，左搖右晃靠近標的。這房長在兩個小巷交叉口，右側牆與公家官邸隔著小巷。架勢卻天與地。官邸那邊高樹高牆，曾是台灣省長招待所，此刻又傳聞準備給副總統當新邸。平房這邊不僅矮牆，氣勢弱，颱風過後更顯淒慘，一堆樹枝斷趴在牆頭。

門口不開在這邊，在另一巷子上。紅色木門緊閉，小黎不花時間去試開鎖，他瘦高，一個蹬跳，一秒就過牆了。試一下門是否好打開，預先規畫小偷逃離現場路線。噠的一聲，門開了。

正要再把門關上，就這麼巧，這時，有個白髮老太太拐進巷子，默默移步，拐杖一伸，插入了門縫，「吳太太呀？」很濃外省腔。

小黎不得不從門縫露出半張臉。

「你是誰啊？」龐老太太反問門內的小黎。

「颱風弄亂了院子，來整理呀！」小黎也刻意濃濃外省腔。

「吳太太叫你來的啊？」

「是呀！」小黎像舞台劇彩排對台詞。

「整理這大的院子，辛苦啦！」老太太邊說，邊收拐杖，「那我走啦！」

「您慢走！」小黎化身親切有禮幼童軍。

龐老太太最近一次看見吳太太已是三年前。不過，她已經老到不記得時間長短。而且，這一戶其實也不是吳太太的宅院。

跟阿才合作幾年下來，小黎已練就三式，被發現時，仍能處變不驚。第一式，剛跟老太太用過了，聲稱奉屋主之命。第二式，聲稱內急，進來空屋尿個尿。第三式，聲稱國有財產局要來收回房子，叫他先探探，看怎麼打掃。其他還有各種變通藉口，像是隔壁滲水，來看是不是水管破了之類。住台北市，誰也不認識誰，誰也管不了誰，那時又還沒有廣設監視器，小偷動起手來，如海底小魚鑽珊瑚礁，很是流暢。

阿才最愛的貨是紙類文書，小黎在空蕩蕩的屋內隨便走了一圈，只找到一件合格。從抽屜拉出兩大張發黃舊報紙，民國五十三年的《中央日報》。摺好報紙，正要離開，他探頭探腦，從廚房小窗看出去，庭院空地有一個被吹垮的木片柵欄，攀爬其上的藤蔓還緊緊追隨。柵欄下露出圓拱水泥凸起物，緊靠後方公寓的外牆。小黎又猜又疑，「不會是墳墓吧？但又沒看到墓碑。也有點像下水道大水管，不過，怎麼不埋進地底？」他決定去弄個清楚。「反正死人沒插電，沒有自動機械手臂，不會跳起來掐我的脖子。」邊走邊給自己壯膽。

靠近一看，原來水泥大怪物是個防空洞。兩端有四方形開口，左邊洞口有一株七里香擋住，小黎用力壓彎，便閃過去了。洞口下去有兩階，小黎只下一階，頭往右探進去，隱約有箱子堆疊。他從黑色斜揹袋摸出黃色筆型手電筒，一照亮，原來是兩兩相疊的四個大鋁箱，很刻意被放在平整的磚塊上。

鋁箱約小型行李箱大小，鏽跡斑斑，兩邊都有把手，中間有鎖。提一下把手，單手根本拉不動。小黎去騎摩托車過來，四個箱子搬一搬，疊一疊，噗一下就載走了。找了一個公用電話亭。

「欸，大仔，找到四個箱子。」小黎的台語和北京話一樣流利。

「水喔！(台語，漂亮)裡面什麼東西？」

「箱子鋁製的，有鎖，我還沒開。搬起來很重，我看，不是磚塊，就是金塊。」小黎轉頻換回來北京話。

「是金塊的話，都算你的。」

「嘿嘿嘿！這話是你說的！一言說出，駟馬難追啊！」小黎裝腔演起史豔文布袋戲。

「馬上載到我家來。」

八德路中崙市場後面的一棟舊公寓二樓。

阿才迫不及待，油壓剪立刻拿出來，鏽鎖不一下都剪開了。

掀開箱子，裡頭又是箱子，木頭做的。還好不再有鎖，阿才小心掀開，「吼吼吼，全是公文。」他一瞄到公文時間是戰後初期一、兩年的，不再多話，馬上進房間，拿出一疊錢來，「小黎，這兩萬是你的，啊這幾箱不是黃金，所以就都歸我了。」

接下來十來天，阿才不疾不徐，一張一張公文翻翻看看，腦海裡填寫著可能的買家名單。有一天，「孫仁貴」三個字從一頁公文自動跑到他的眼前，記憶裡的某個房間亮燈了，「啊不就是阿公不時在講的孫仁貴！」

阿才在高雄的鳳山出生，小時常聽阿公講日本時代。阿公看阿才去學校念書，都在講八年抗戰、打日本鬼子，於是，他曾被日本警察抓去拘留，宛如英雄受難，因此講得得意洋洋，毫不避諱說自己那時在當流氓。「有一天歹運，走路拐彎撞到當老師的孫仁貴，我罵了一句幹×娘，日本警察就從對街衝過來揍我。」阿公說，「也是好運，拘留沒三天，日本仔警察說，孫老師來講，他自己走路也不夠小心，就把我放出來了。」

73

「大姊，我拿到了。先不跟你說內容，現在影印了一份，馬上傳真過去，你看過之後，我們再討論。」

愛雪沒有追問細節，只回「好」。

放下電話，她自己走到祕書側邊的傳真機等待。機器突然嘰嘰響起，薄透的傳真紙以老婆婆、老公公的碎步出場。截斷變形的點線，一毫釐一毫釐拼補成一個個的字。但公文原本的直行字以橫行隊伍現身，看似成排，字意卻無法連綴。愛雪像在法庭煎熬漫長的審理、詰辯，終局的判決遲遲不出。

「爸爸遭遇了什麼樣的陷害，這份傳真能夠判明嗎？」愛雪邊等邊想著。

七草祕書從沒遇過社長自己來等傳真，因此很謹慎起立，站到愛雪的右後方，隨時準備接受指令。

愛雪撕下傳真紙，卻未多一語，又走進辦公室。

戴起老花眼鏡，鋪平傳真紙，愛雪認真讀著她不算熟練的中文。反覆讀過幾遍，大約掌握了。

簡阿河被舉報為共產黨，上層要追查。一個叫龍甲民的人，寫公文回給一個叫張稟臣的人報告結果。愛雪雖然讀不懂什麼是「代電」，公文裡幾個重點句子讀得懂。

「簡阿河極早返回台灣，非受遣返，行跡可疑。」

「上海求學時期，疑已被共黨吸收。」

「一度籌劃到鳳山開設診所，實可能為建立連絡基地。」

「最親近之人為孫仁貴，雖為師生，情同父子。助學與開業，都有贊助資金。」

「簡阿河匆匆離台，苓雅寮家中搜出多本共產思想書籍。」

「孫仁貴對政府多有批評，心懷敵意。」

龍甲民憑什麼做出這樣的報告？因為「據王根源稱」。

公文上有交代清楚。

「王家的根源舍（台語稱有錢的老爺、少爺為舍）?!」

愛雪跟大嵩要了一份彩色影印的版本，寄給王威德。

「偶然發現的國府特務舊公文，可知密告家父者，另有其人，應該不是令尊。或許當年令尊只是語出威脅，並未付諸行動。以上謹供參考，並請卸下心中多年的重擔。命運的捉弄，在人生的黃昏時分，也該隨夕陽西沉。」

王威德收讀後，再回想一遍當年。爸爸盛怒時，確實說他「會」誣指孫仁貴，而非「已經」密告。只是幾個月後，孫仁貴逃亡了，讓他不得不相信爸爸就是密告者。爸爸可能不在嫌疑犯名單中，王威德略感放鬆，但，「王根源」是小叔父，害慘孫家的可能還是王家人。一股道義責任驅使，此刻，王威德比愛雪更想弄清楚根源叔的角色。

王家第二代分屬三房，同父不同母，二房、三房戰後形同水火。二房的逢源戰後從中國回來，左右逢源，政商兩得意，晚年還擠入國民黨中央委員會。逢源過世後，威德承接父親的地位，卻拒絕繼承家怨。他主動扶助了三房清源叔的次子當選高雄市議員，也為根源叔開回顧畫展，開幕時官商雲集，給足三房面子。等相約清明同日家族大祭拜時，已水到渠成。他喊要在南台灣籌辦工業大學，一呼百諾，王家宛如回到王景忠的少壯年代，只有一個太陽了。

為了探究根源叔何以出現在保密局的公文上，他把同輩在台灣的堂兄弟姊妹二、三十人拜訪了一遍。

一個西北雨下過的午後，威德來找燦燦。

「阿兄，今天又來看畫嗎？我老了，畫的速度慢下來了。」

燦燦的畫室就在王家苓雅寮豪邸內小棟洋房的二樓，大塊畫板或高或低靠在四面牆邊，有完成的、有未完成的。畫布邊沿露出各類斑斕油彩。畫架立於畫室中央，不只一、二。色盤散落高低各處，不只五、六。兩張沙發白布套覆蓋，跟威德小時候所見的客廳沙發一樣，再搭配房內古典柱頭、磨石子地板、長型木窗，整個空間像是重現二〇年代歐洲畫家畫室的展區。

堂兄妹兩人毫無見外，不需招呼，各自坐入沙發。白色蓋布全然乾淨，顯示燦燦雖老，終究還是千金，有佣人照顧。

「孫愛雪是你高雄高女的同學？」

「是啊！」

「這個春天在東京見到她，孫桑是我三井物產的同事。」

「是。」

燦燦應答得一點都不驚訝。家族內的故事，她似乎無所不知。燦燦還笑了一下，威德不禁猜測她也知道他曾戀慕著愛雪的往事。

「燦燦知道孫父仁貴先生跟我們王家的關係嗎？」

「阿公很疼愛仁貴，我爸爸和叔叔他們都很吃味。」

「喔？多疼，疼到會讓兒子們吃醋？」

「四伯沒跟你聊過？」

「沒談過。」

更精準的說法應該是「絕口不提」；孫仁貴是逢源與威德父子之間的禁忌。

「日本時代末尾，和源伯的日本太太那邊的親戚把王家財產搶得差不多快光了，準備疎開到鄉下的時候，阿媽（台語，祖母）把我爸爸找去，給他一個鐵盒子，阿媽說：『這個盒子本來是你爸爸要給孫仁貴的，仁貴正派，也是憨直，隔天就拿來還，還好我當機立斷，沒堅持要他收下，才能藏到現在給你們。』鐵盒一打開，全是鑽戒。阿媽原意要邀功，說她幫我們這一房攔下可觀的財產。盒子裡面有一封阿公給仁貴的信，阿媽特地留下，以茲證明。沒想到，這封信讓我爸爸又氣又怨，一輩子都丟不掉。」

「阿公信內寫些什麼？」

「有八個字，爸爸恨一輩子。」

「這麼厲害的八個字？」

燦燦起身找筆，隨手拿了一枝油畫筆，沾了還濕著的紅彩，往一塊白畫布一觸，「阿公說仁貴……」，邊說邊寫，「亦、子、亦、孫」，再沾彩，另起一行，續寫，「諸、子、不、如」。

白布上八個紅色大字，「亦子亦孫　諸子不如」，像極沉痛抗議的布條。

「阿公說仁貴像是他的兒子，又像是他的孫子，自己的兒子們都比不上……唉！」

「難怪我爸爸怨憤?!」

「難怪五叔怨憤。」

「爸爸一回家，就把鐵盒子裡的信撕得碎爛，再一把火燒了。」

「燦燦有看見？」

「沒有，我已經嫁出去了。是後來聽根源叔講的。」

「根源叔也知道了？」

「嗯，我爸爸跟他說的。」

兩人突然安靜。

威德停下來消化一下這些聞所未聞的故事。

「阿兄，要吃一塊威士忌巧克力嗎？」

「你看我這身體，還能吃嗎？」

「那還買來?!」

「燦燦最愛巧克力啊！」

「阿兄最懂我，最照顧我了。」

「照顧弟妹，天經地義！」

74

吃了巧克力，話題再開。

威德先問，「孫仁貴後來遭密告，被迫逃走的事，跟我們王家有關嗎？」

燦燦沒有猶豫，點了點頭。

威德不禁「喔」了一聲，「跟誰有關？」

燦燦放開兩相交叉的腳踝，「阿兄，你比我三房的弟弟妹妹還親，這麼多年一直照顧我，全世界也是你第一個欣賞我的畫。」

「我真心喜歡你畫裡奔放的色彩。」

「謝謝。」燦燦回到威德的問題，「爸爸、叔叔也都走了，我就跟你說實話。」

威德雙脣緊閉，專注等待。

「根源叔戰中從日本回來高雄，有被找進去皇民奉公會宣傳部，畫一些宣傳海報。戰後在抓漢奸，他很煩惱。有個台中人去過福建學美術，傳說是行政長官公署長官陳儀的乾兒子，讓他掛少將缺。根源叔就循美術界的人脈關係摸過去，認識這個朱少將。」

「我知道朱少將這個人，當時很紅。很多人貼過去他身旁。」

「我爸爸跟根源叔說了鐵盒子的事，他們愈想愈懷疑，阿公不對私人散財，卻對仁貴如此慷慨，鑽石多到可以買整條街。仁貴是孫家抱來的養子，他們更猜測他可能跟阿公有血緣關係。反正，鹹魚愈炒，水愈收愈乾愈鹹；他們愈埋著頭想，自己愈想愈對，愈敵視孫仁貴。根源叔說，應酬來應酬去，他發現朱少將有個朋友從中國來，是保密局的特務，就去當他手下的聯絡員，蒐集消息上報。主要目的還是保護自己。不過，根源叔心思多，恨不得孫仁貴消失，就順便加故意，放消息指他是共產黨。」

「根源叔怎麼會跟你說？」

「他總是一個愛畫圖的人，老一點的時候，常常來我的畫室。有時修改我的圖，有時在旁邊隨便抽一張紙就畫起來。『亦子亦孫，諸子不如』八個字，他就是像這樣寫在畫布上的。」燦燦稍停，「根源叔寫完，還憤怒用力畫叉叉，一直畫，一直畫，每一筆都跟揮刀一樣，直到所有字都抹掉才甘罷休。」

「非把那些字殺掉不可?!」

「是，是，恨不得殺掉。」

「呼！」威德聽得忘記呼吸，這時才大吐一口氣。

「根源叔一直以為我精神不正常，我也不多話，他邊畫邊講，我就聽，頭點一點，嗯嗯回應。」

「他猜想你不可能去外頭跟誰講?!」

「對啊！我整天都窩在王家大厝內。外頭以為裡頭有個瘋女人。根源叔可能把我當成一個お人形（日文，洋娃娃），只會聽，不會講，就隨便聊。在東京與日本女學生的傷心初戀也說了不只一次。」

「燦燦精神狀態的實情，早期多少人知道？」

「只告訴爸爸而已。當初，一心祈求爸爸去跟劉家提離婚，爸爸就叫我不要再跟第二人講，比較好有個離婚理由。所以，爸爸連繼母都不說。離了婚，也繼續守密了好多年。」

「辛苦的一段。」

「為了能脫離魔窖，到底是裝瘋賣傻，還是精神真的瀕臨崩潰，老實說，我心裡也一片渾沌，分不清楚了。」

「燦燦辛苦了。」

「不會，不會，死過一次，才能復活，變成自由人。有自由，一切都不辛苦。」

從燦燦畫室出來，威德望天，彷彿答案寫在雲空之間。

方才在畫室裡，威德問，「為什麼根源叔的恨意特別深、特別久？」

燦燦說，「從小到大，他根本沒見過孫仁貴。」

「為什麼會想中傷一個不相識的人？」

「是啊！為什麼會想中傷一個不相識的人？」燦燦跟著再問一遍。

兩人靜默了幾秒。

燦燦最後說，「根源叔對阿公的回憶，有一件我聽最多遍。他念中學校時，老師讚賞他很會畫畫，建議他到東京，投入日本畫家門下。根源叔很得意去跟阿公阿媽說，阿公懶得理他，『畢業以後再說』。他走出客廳，想到帽子沒拿，轉身回去，竟然聽到阿公怨嘆，『生了一個沒路用的腳肖（台語音，傢伙）！』阿媽沒抗辯什麼，只說，『隨便他啦！前頭有兩個阿兄就夠了。』」

灰雲橫霸的天空下，王家舊豪宅像是落滿煙塵的檔案箱。掀開以後，威德懷疑自己是否看得懂箱裡黃紙墨漬水痕所代表的意義，它訴說的陳跡舊事，他也無法一眼看穿、一語斷定了。

「該怎麼跟愛雪桑說呢？」

「說到哪裡？保留到哪裡？」

威德陷入矛盾。

75

灰空狂降西北雨，威德在座車裡一句不發。隨行陶祕書敲了司機的座椅靠背，彎身向前小聲說，「先開。」

黑頭車沿著愛河慢慢行著。

威德始終望著窗外。

白灰灰撞窗的雨球，一撞即破。完全擾不到威德，反而更讓他沉入一年多前的東京。

那一天在愛雪的辦公室，威德垂首歉疚。

愛雪說，「父親逃亡後，家母雖然寂寞，但生性樂觀，始終相信父親會在一個沒有恐怖、沒有驚惶、沒有密告的自由世界活下來。也要我們相信，爸爸在天涯的某個角落，度過安全無憂的餘生。家母一直到過世前，都堅持不去法院辦理父親的死亡宣告，不祭拜，還要我們子女等父親百歲，再去辦理。」

威德面容哀戚，更感羞慚。

「所以，請順從家母的心情，不要為父親的逃亡哀悼，或許脫逃對後來的他來說，不僅保全了性命，也獲得自由，甚至護衛了做為一個人的尊嚴。那些留下來的士紳，先被綑綁，背插著牌子，遊街示眾，最後被槍斃，還被丟在街頭曝屍……」

辦公室一片肅靜，兩人像是重返當年，站立街頭，一起默哀。

「孫桑不會想追究報仇？」

「想知道當年發生了怎麼一回事，但不會想追究哪一個個人。因為自己家庭有遭過苦，更希望以後台灣人不要再陷入同樣的命運輪迴。這是我先生給我的教育。」

威德靜靜聽著。

「主人（日文，稱自己的丈夫）還是中學生時，就為農民抱不平，立志解救人民。你可以笑他的痴，一個人能救什麼人民?!但我知道，他一生都沒有或忘。逃離台灣，能在日本活下來，他心底有一個角落是懷著愧疚的……」才說出口，愛雪驚覺自己第一次對人傾吐這樣的話。「主人也覺悟活著的人是有責任的，我們來日本，不是只為了活下來，吃好穿好，自己過得爽快而已；如何讓台灣人生活在自由，免於恐懼，不需要再逃難、遠離家鄉，才是更急著要做的事。」

「衷心佩服，也更感慚愧了。」

「不敢，不敢。我老了，也沒氣力去扛槍跟人家輸贏，只是好好接下先生的製藥工場，讓自己更有力量，在日本組織婦女會，舉辦對台灣的政治、文化有益的活動，等選舉時，一定回去投票，如此而已。」

愛雪把幾十年給出的血汗與金錢，一段話輕輕包裹了。

76

明治神宮那邊又傳來報時的鐘聲。

十幾年過去，鐘聲猶然。

愛雪停下筆，望了牆上的黑白大圓鐘，準時五點。果然電池還飽著，沒有慢分。

她繼續低頭伏案，撥著算盤。

年過九十了，愛雪依然天天上班。同事先前鼓譟，「要不要去跟笑福亭鶴瓶（日本名主持人、落語家）說，我們這邊有東京最年長的女社長，要不要來採訪啊？」

隨著緩慢鐘聲的曲調，愛雪哼唱，「夕焼け小焼けで、日が暮れて、山のお寺の鐘が鳴る、おててつないで、皆帰ろ、烏と一緒に帰りましょう」（晚霞中，夕陽西下，山寺鐘聲響起。大家手牽手，一起回家吧！和烏鴉一起回家吧！）嗓音像一條細細的虛線，斷斷續續，沒打算跟誰交差。

整個房間只有她一人。

叩叩叩，有人敲門，還馬上就推門進來，跟當了三十年的老祕書一樣熟稔老練。不過，卻是個年輕小夥子。緊挺的粉紅襯衫和深藍條紋長褲，油黃的細長尖頭皮鞋，時髦的東京男生，手持了薄薄幾張Ａ４影印紙，鞠躬向前，「社長，這是下週二久留米工場啟用式典禮的流程表最終版，已確認福岡縣知事十點抵達會場。加藤眾議員目前仍未確認出席時間。」

愛雪短短結實卻近乎聽不見的「嗨」（日文，はい，應答時稱是、說好），接下表格。

「草薙桑去醫院檢查了嗎？結果如何？」愛雪邊看表格邊問。

「他去醫院了！還好，單純病毒感染，燒已退了。」

「本當（日文，真的）?!很好！」愛雪抬頭，小點了兩個頭。

東京小子隨即鞠躬退出；不需指令，不需請示。

不一下子，又一個人推門進來，已屆齡退休的女職員長田繁子，送上九十歲母親從佐渡島海邊寄來的魷魚干，並叨叨絮絮講退休後的計畫，準備回鄉下蓋房，和先生的房間要一南一北，隔得遠遠，好相安無事。愛雪雖長她二十幾歲，仍聽得津津有味，不強插話。

長田繁子退出，換七草祕書進來。當年下樓迎接王威德的七草，現在寬額的捲髮已被歲月掃蕩一空，還像被刷毛岔開的油漆刷子輕輕掃過，留下五、六條無秩序的細紋。

「社長，新年過後回台灣的機票是否就如先前預定，十日去，十一日投票，十五日回？」

「要提前五天，改一下。台灣那邊來說，總統和國會議員的選情很緊繃，很危險，我要帶婦女會的會員去應援（日文，加油），站台助講。」

「台灣選舉充滿熱力，造勢晚會動輒數萬人，真不可思議。」

「是啊！台灣人很熱情追求民主。以前國民黨一黨獨大，戒嚴，不能批評政府，不能上街遊行，一概沒有自由。到了選舉，國民黨才放鳥籠裡的鳥出來叫一下，讓候選人講點話。這時，罵國民黨愈激烈的，台下民眾就愈拚命鼓掌，發洩不滿。所以，要去選舉造勢場擠一擠、喊一喊，已經是台灣政治的傳統了。」

「日本只在宣傳車上拿麥克風講一講，車前沒幾隻小貓，比起台灣，太寂寥了。」

「日本國民應該多關心政治。」

「是！這一點要跟台灣人學習。」

「日本快點跟上，台灣都出女總統了！」愛雪看向左邊矮櫃上站立的相框。相框裡，只有她和戴眼鏡的蔡英文，兩人自信寫在各自抿著的嘴角。但七、八年前那時的蔡英文還不是總統，她正擔任在野的民進黨黨主席。初次競選總統，奔赴海外，尋求台僑支持，東京場就由愛雪號召扛辦。

愛雪站上講台，沉著地把麥克風降下一點，站定頷笑，大約五秒後，「我是孫愛雪，今年八十四歲！」現場三、四百人揚起一陣掌聲。講台旁的蔡主席也笑了，斜著頭拍手。「而且，我來日本超過半個世紀了，仍是台灣人，這一次一定回鄉投票給蔡英文桑！」掌聲更大如雷動。

77

回到訂機票的事。

「社長這一次回台灣，還是買經濟艙的票嗎？」

「當然，不要浪費錢。」

「社長的腿不是還未復原，坐商務艙比較……」

愛雪聞之反掌揮手，無聲打斷七草，完全不把在浴室跌跤摔斷腿的事擺進來思考。

「但是……」七草小心搬出泰一，「常務（日文「常務取締役」，常務董事）堅持要讓您坐商務艙，比較寬大、舒服……。」

「省下來的錢，可以幫助更多人、做更多事。我更舒服。」愛雪為兒子泰一補一句，「謝謝常務的好意。」馬上又想到丈夫，「老社長從來都坐經濟艙，我怎麼能比他奢侈?!」

講到英吉，愛雪若有所思，望向帷幕外的晚霞。

「六十年前的東京和現在不同囉！」

「有什麼不同？」

「現在烏鴉變少了！」

意外的輕鬆答案讓七草祕書笑出聲來。

「以前的烏鴉比現在多。如果在外頭曬的衣服不早點收，傍晚乾了，襪子變輕，會被烏鴉叼走，一雙襪子就缺一隻了。」

「叼走襪子做什麼？」

「築巢，真方便。」

「那六十年前的台灣和現在有什麼不同？」七草像考小學生一樣，彎腰逗問愛雪。

「就跟你說，『台灣有女總統了』！」

「是！是！日本趕快加油跟上！」

說著笑著，天幕已黑。

從十八樓看向代代木公園的上空，東京都心的點點街燈，如浮在海上的點點漁船，就像高雄苓雅寮家鄉的海邊。

愛雪就要回鄉了。

78

一早，灰羽鴿子啄著電線桿腳邊的殘雪。

七草祕書一進辦公室，先把桌曆翻新追上，「一月十三日」。捲起長袖，喊了一句「好」，給自己鼓舞精神，開始一天的工作。依例先把社長室桌椅擦拭一番。積了週末兩天，加上本日的報紙，合共三天六份，稍稍舉起，微微抖抖，對齊整壓。踏入社長室，A4影印紙大小的報紙，厚厚一疊，俐落擺在社長辦公桌上。

他歪了一下頭，不對，一疊報紙重新抱起，全部攤開，露出報紙頭版半版。再把週日的《產經新聞》放最上頭，週日的《日本經濟新聞》次之。七草右手掌一抹過去，滑過《產經新聞》的頭條，顧自露出微笑。

「**台湾　蔡総統が再選**」（台灣蔡總統連任），產經的頭條標題用了粗黑大字。

七草再拿白色抹布，擦遍社長室的相片。

「能活到這個年紀，看見台灣人活力十足，一票一票自由選出總統，而且還是女總統，真是幸福啊！」愛雪跟他說過的話，像從相片裡再次放送出來。

七草深看著愛雪和蔡總統的合照，然後，自退一步，放下捲袖，整平袖口，扭好扣子，彎身鞠躬。

「すごいですね、社長！」（好讚啊！社長！）

「すごいですね、台湾！」（厲害呀！台灣！）

後記

五年前，入冬後有一天，我又和前駐日代表羅福全大使及夫人享用壽司。承他們告知，著名的耶魯大學法學博士陳隆志教授的弟弟、住在紐約的法學博士陳隆豐先生要找我，陳博士本職律師，在紐約擁有銀行。羅代表特別強調，他是紐約台灣人圈的「老大」。過了週末，電話來了，陳博士當晚剛飛抵台北。他叫我「柔縉」，沒有半點距離。他的聲音沉又厚，緩慢沒有急躁，還拉長了尾音，我的名字好像被他的呼喚深深雕鑿。

我們比對彼此的所在，很驚訝他下榻的陳大哥住所與我家竟然相距不到兩百公尺，我很熟那棟臨街的公寓建築，馬上相約二十分鐘後見。

出了巷口，我想像即將見到一位如電影《教父》般的長者，有剛強的法令紋，有莫測的深眸，或許指尖還留有雪茄的燻黃煙痕。

到了街上，斜斜的前方，路燈如樹，伴著一個不清晰的人影，但明確有教父的身形。他過街往我斜斜走來。五步之遙，即先叫我的名字，並伸出美式的熱情雙臂。等我們自然握手，那一刻，他卻失聲痛泣。

不是我預想中的紐約教父，站在面前的是一位哀傷的台灣紳士。

坐在即將打烊的餐廳裡，我聆聽了陳博士此行的目的。

兩個多月前，陳博士夫人郭玥娟女士永眠了。紐約法拉盛的房子保持原狀，唯獨多了一幅太太的掛像。他每天仍對著太太說話，想著太太的一生；想著他們每一天一起開車到律師事務所工作，形影不離；想起她一直希望完成的事，想起她曾說想找我寫娘家母親如戲劇般的人生。

幾天過後，陳博士隨即飛回紐約，他說，「我不能離開家超過一週，我要回去澆水。」婚後第一年太太的生日，他花美金九十九分買了一盆綠色小樹栽祝賀，太太天天細心看顧，四十年來始終生意盎然。

急急要趕回紐約呵護太太心愛的小植物，這件事深深刻在我的心上。「希望有人能寫出岳母的故事」，這個心意無疑出於丈夫的真情。

陳博士返回紐約，隨後，我也前往東京，拜見人生軸線波瀾起伏的郭孫雪娥女士。

初見，就有異樣感，跟我往昔訪談的八、九十歲歐巴桑很不一樣。我們隔辦公桌而坐，眼前這位八十八歲的女社長持續工作，時而翻閱報表，時而撥算盤，部屬也不時敲門進來，也遇過老客戶來訪。我有不少的時刻可以安靜觀察她。

往事就在工作縫隙中如黑白幻燈劇，一片連綴一片而出。

剛進以日本小孩為主的小學校，她上課都會打哈欠，因為當老師的爸爸早教會日文五十音，她心想「為什麼大家不趕快學會啊？」考試時，考卷要填名字，她都寫兩個，一個片假名，一個平假名，整齊並排，超前演出。到二年級，日本同學才要起步學九九乘法，她早已滾瓜爛熟，老師便指派她帶頭背誦。她說，從小學校到高雄高女，從沒有讓日本人看扁。

二十歲前後，三年之間，遭逢兩次椎心的離別，父親與丈夫先後政治性逃亡。她原可以赴日念大學，原可以是醫生太太，這些都被政權更換捉弄變形。在送別丈夫的高雄港邊，抱著不足一歲的女兒，舉起她的小手，向著無邊的海上，向著不知躲在哪一艘船上的丈夫，揮呀揮，「跟爸爸說莎悠娜拉！」我問，「您哭了嗎？」她的表情嚴肅得像在指責這個懦弱的提問，「沒有！為什麼要哭!?遇到這麼不甘願的事，哭，就輸了！」

家鄉高雄的大港，給她的不是避風與懷抱，而是教會她不畏浪濤艱險。

此後六十年，不論在夫家麻豆、寄留的東京，郭孫雪娥教台南的學生織毛衣、在田園調布做衣服貿易、在渋谷開食堂、開洗衣店，乃至於接手製藥會社，不能輸給獨裁政權的意念催她埋頭往前，一秒不停歇。她說，每天都在思考明天，沒空回想過去。我從台灣帶去孫家妹妹保存的結婚照，郭孫雪娥說，當年離開麻豆，怕公婆難過，什麼都沒帶，自己當新娘的模樣已經快七十年不見了。她看著照片，沒有激動，沒有泛淚，只淡淡說，「那時候，都沒在笑，大概在想，此後人生不知道要怎麼走。」

第三天訪談時，為了推辭蛋糕，我被她訓誡了。我胃腸素弱，畏懼糕餅。本來言語簡潔的郭孫雪娥突然一串長句，「我們戰爭時代的人不能像你有這樣的肚子！吃飯聽到空襲，趕快放下筷子，等空襲結束回來，都不知道過多久了，還是要繼續把飯吃完。如果是你，那一晚就拉肚子了！這樣不行！要卡粗勇勒！（台語，要粗壯一點）」

親切、拘謹、謙抑有禮，這些專屬受過日本時代高等教育的台灣歐巴桑的特質，不適用郭孫雪娥。氣勢、氣勢、氣勢，我不斷感受到一股又一股襲來的氣勢。抿脣自信是氣勢；不上油彩的手指握筆伏案，是氣勢；情緒平穩對我這種寫作人來說，也是氣勢。訓誨我要粗壯一點，更是氣勢滿點。

她的先生郭榮桔七〇年代曾有壯舉，環遊世界，不為觀光，而是拜訪各地台灣留學生與同鄉會，號召組成「世界台灣同鄉會聯合會」（世台會），出任創會會長，並連任三屆會長。此後捐輸無數，被稱台獨金主。於是，海外台灣人圈識者都稱她「郭太太」，在我心裡卻有個聲音搖頭，「不，她不只是郭太太，我要叫她孫雪娥！」

兩度到東京，訪談超過十次，除了孫雪娥個人特質，我也開始把她放到時代人背景去觀察。做為一位傳主，我發現她的身上還肩負特殊的歷史時空。

近二、三十年來叢出的回憶錄、傳記和歷史名人，很少遇見土生土長的高雄人。我說的「土生土長」意謂來自環著高雄港的幾個舊時聚落。百年前，台籍高雄市民在三萬人上下。一九二四年設市的高雄，是一個包拱著海灣的港都，市民每天與海水、船艇為伴。不像今天的高雄市納入了高雄縣，幅員有山有海。

日本時代，隨著打狗港擴建為現代化大港，填土造新市地，高雄開始成為機會的港都，打開胸懷，容納來自四面八方的異鄉客。東南水泥創辦人陳江章從澎湖來，永豐金集團創辦人何傳從台南安平來，前高雄市長楊金虎醫生從台南歸仁來，大統百貨集團創辦人吳耀庭從台南佳里來。政大陳芳明教授的媽媽更遠從台中大甲來高雄尋找工作機會，最後進入最光鮮時髦的吉井百貨公司。甚至到戰後六〇年代，年輕的家父也帶著妻兒從雲林莿桐搬遷到三民區的灣仔內，我六歲到十五歲就在高雄度過。印象中，隔壁開租書店的阿伯一樣從雲林搬來，巷口對面的家具行老闆是澎湖人。

孫家世居港邊的苓雅寮，孫雪娥在此出生，初念小學在哨船頭附近，之後轉學到鹽埕町，高女畢業後第一個工作又到挨著海岸的新濱町，正是典型土生土長的大港兒女。

以我探查台灣近代史所知，歷史人物生長於田間山邊的比比皆是，像孫雪娥這樣的「大港人」，較為罕見。

萬噸黑船在港灣進進出出，巨大鳴笛聲迴盪不歇，高聳的起重機吊掛一大袋的糖、一大簍的香蕉，如此海天腳邊，如此動感，跟滿眼綠稻青樹的平野深山的靜止安寧，召喚出的靈魂想必不同。更且，如孫雪娥所說，「高雄還不只是釣魚、捕魚的海邊而已，是各國的船都會來的港。」

另外，孫雪娥也是我所謂的「高女世代」。

每週五的台北正午，士林有例行的老校友聚會，她們畢業於戰前的台北第一高女，人數僅湊足一張圓桌。近來隨著年歲攀升，第三高女校友加入，才能圍滿桌子。我受邀參加過幾次。第一次，我很興奮介紹自己「也是北一女校友」，立刻被一個溫和有笑的聲音糾正，「我們不是『北一女』喔！我們是『台北第一高女』！」從此，我對「高女」兩字極為提神，它不同於戰後的「女中」，它代表了戰前受高等教育的女性，而且是人數不多的稀有族群。

日本時代，沒有國中、高中之分。台籍女孩子公學校畢業，即可報考四年制的高等女學校。能考高女的，意謂家庭經濟多在中上階層，人數極少。除了台北第三高女、台南第二高女、彰化高女明顯以招收台灣女學生為主之外，台北第一高女、新竹高女、台中高女、高雄高女等校，台籍學生都是絕對的少數。依台北第一高女戰後所編的校友名錄，一九二二年才有第一位台籍畢業生，到一九四五年為止，總共七十九位而已。每一年台籍學生佔比在百分之一、二之間徘徊，最高只到百分之三。

若再細分，高女世代所受的小學教育又彼此不同，一類是在台灣人同學圍繞的公學校長大，另一類在小學階段就念日本人的小學校。後者受日本元素影響更深，以致戰爭結束時，幾乎不會講台語。即使經過戰後長時間的日常浸潤，台語仍無法達到母語程度。最近就發現一位九十幾歲的高女世代歐巴桑不懂我說的「衫仔古賽賽」（台語音，衣服很舊）。年少孫雪娥一路在日本人的主場學習，同樣也是戰後才開始學講台語。這個稀有族群的自我意識與生命動盪，如何肆應跨時代的大變局，放到歷史研究，必也是有意思的主題。

訪談孫雪娥社長告一段落，我不僅期盼寫出革命家之妻如何在「良妻賢母」框架下完成世俗標舉的角色，還能破框獨立，活出自己的名字，也希望寫出日本時代的高雄港，寫出高女世代，寫出台灣的百年流轉。抱著這樣的心情，我向陳博士回報，我從沒有寫過小說，這次想換個說故事的方式，考慮以時代小說來呈現。我還來不及表達惶恐，如此一來，就不會是專屬岳母的個人傳記了；陳博士馬上點頭贊同，並再次重述初衷，希望寫出台灣走過那樣的時代，曾有這樣的堅毅女性，而非為了彰顯或榮耀郭孫雪娥這個人。反省起來，我本不該有惶恐的想像。這個家族如果在乎個人虛名，以他們的能力，早已名號響亮，風光載於史冊。

最近為了更認識戰前的台北第一高女，逐一了解校友。其中一位名叫童靜梓，戰後第二年曾以公費生身分留學浙江大學，未畢業即返台插班台大法律系。她的先生林榮勳名列台獨運動的「費城五傑」，是最早期反國民黨運動的留美學生。我在網路搜尋林榮勳的影像，出現的第一張照片上有四個人，右起分別是郭雨新、林宗義（林茂生之子）、林榮勳，都是名人，人名也都被清楚標示。唯獨最左一人，影像最大，卻沒有名字；此人就是孫雪娥的先生郭榮桔。或許這張舊照片可以一窺郭陳兩家的理想性格，對他們而言，名利終如浮雲，台灣人能活得自由又尊嚴，才是最高的追求。

讀者如果隨著小說來到這篇後記，可能已經知道小說主角緊貼著孫雪娥的人生架構，但是，我仍要強調，孫雪娥雖為小說主角的原型，但因虛構的血肉也粘塑不少，孫愛雪並不等於孫雪娥。為了描繪更廣大的歷史背景，讓讀者更抓住台灣近代社會演變，本書雖夾有真實歷史人物與事跡，卻也加入更大量像是海王商會王家的虛構，因此，本質仍是虛構的時代小說。

對於熟悉近代台灣與日本歷史的讀者，可以分辨小說中的虛構與非虛構，在此表示敬意。希望他們能夠因此更享受閱讀的趣味。

對於不是那麼了解歷史的讀者，也希望不會掉入虛實的困擾。我從九〇年代初期開始訪談歷史人物，追尋台灣的舊事，考證物質文明，至今已三十年。寫這本小說的過程中，過去知聞的故事，不時如朝陽照耀，點點銀魚跳出水面。雖說虛構，也多本於我認識的真實歷史而構思的、具時代合理性的情節與物件。所以，如果將這本小說解讀為能夠感受台灣百年歷史風雨與情緒的書寫，也無不可。

最後，再次感謝未曾謀面的郭玥娟女士的信賴。她畢業於東京名校上智大學，專攻歷史，「不敢辜負歷史前輩的期待」的不安心情貫穿我整個的寫作歷程。

從拜見孫雪娥社長到小說出版面世，整整五年，感謝陳隆豐博士耐心等待。也感謝他讀過初稿之後給我的鼓勵，字句銘感在心。

我小時住灣仔內，離港灣不近，幾乎不曾接觸。唯獨十三、四歲的某一天，聽說有外國船滿載洋書泊靠高雄港，我記得自己踏過駁雜的鐵軌，走向海邊，登入奇異的船艙，大開眼界，買了此生第一本英文書，名字好似「女孩們的故事」之類。高雄港拆船業盛，廢棄物資多有良品，買賣熱絡，我的第一張書桌就是船上的一片木質艙門。家父也曾買回一本《香港電話簿》，厚如手掌虎口全開，暑假我就拿毛筆一頁一頁寫大字。我半生受惠於寫字，也可說是拜大港之賜。

與高雄緣分殊深，現在能寫出以高雄為舞台的時代小說，除了歡喜，內心也充滿感激。感謝高雄的育養，感謝高雄為我的人生埋下的美好種子。

同場加映——《大港的女兒》相關歷史背景圖像

上個世紀三〇年代後期，日本軍艦頻繁停靠高雄港，民家會招待船上官兵，以示慰勞，並會相攜去寫真館照相留念。最右的水兵，穿水手服，戴水兵帽，帽沿有「大日本帝國海軍」七個字。
圖中後排最高者為小說原型人物孫雪娥。前排正中的女孩為孫雪英，照片由其保存與提供。

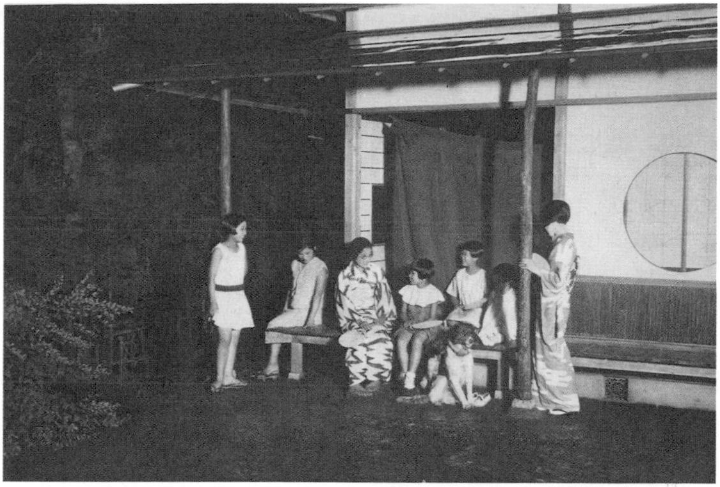

傳統日式房子室內的地板架高，離地約一尺高，可通風防潮。地板放榻榻米，坐在上面，看不到下頭的空間，這個板下、地上構成的空間就叫「緣の下」。

（取自《Japan A Pictorial Interpretation》，1932，陳柔縉提供）

日本時代的鹽埕町由擴港挖沙填在舊鹽田上而蛻變成新市地，街道呈棋盤狀，住民七成日本人，商店林立。

圖為鹽埕町三、四丁目交接的大馬路，左側的建築為博愛醫院，醫生李炳森來自岡山，與彭明敏的父親彭清靠同年移入高雄執業，而比前高雄市長楊金虎一九二七年創辦仁和醫院還早六年。

鹽埕町也是三〇年代高雄市台灣料理餐廳最多的地區。博愛醫院對街就是一家台灣料理店。

（國家圖書館提供）

高雄第一尋常高等小學校為日本人在高雄創立的第一所日本學童就讀的小學，日治後期，一九四一年，全島不再區分小學校與公學校，統一稱「國民學校」，第一小因位於湊町，改稱「湊國民學校」，戰後再改為鼓山國小。

小學校雖為日人學童專門學校，仍有朝鮮人與台灣人「共學」。依一九三七年四月底的統計，高雄第一與第二小學校全部近兩千五百位學生，台灣學生有一百三十一人，其中女學生只有四十人。（國家圖書館提供）

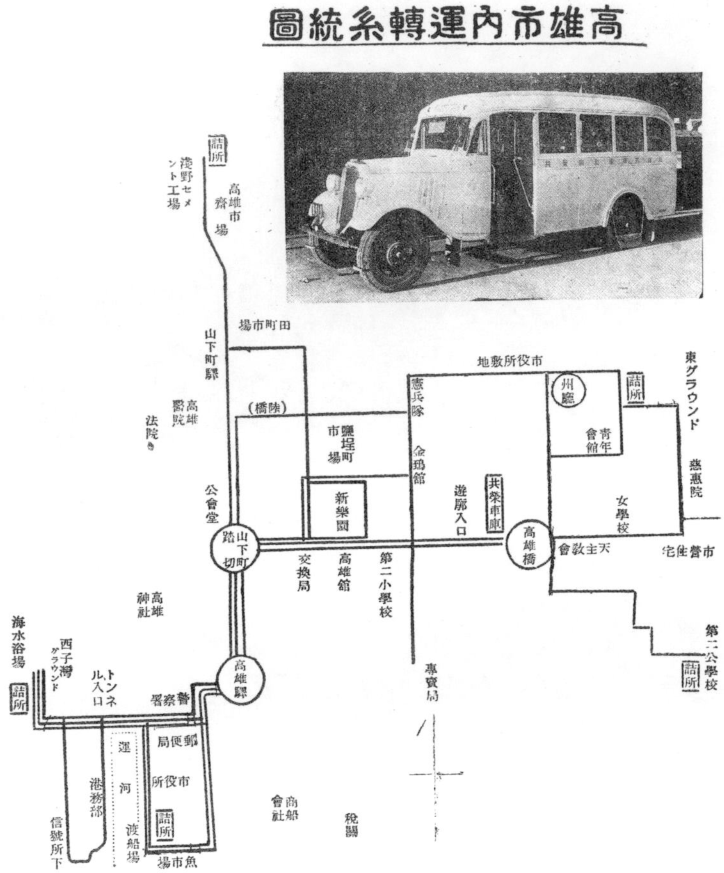

一九三五出版的《台灣大觀》廣告頁所見的高雄市公車路線，可從西邊的西子灣、哨船頭搭巴士到東邊苓雅寮的天主堂、高雄高女、第二公學校。圖中的「詰所」意指「消防詰所」，即消防隊。「交換局」則為今天的電信局。「遊廓」為花柳街。「山下町踏切」指山下町那邊的平交道。（取自《台灣大觀》，1935，陳柔縉提供）

十九世紀中期，清國開放淡水、基隆和打狗港，天主教道明會的西班牙神父於一八五九年抵達打狗傳教，開辦孤兒院。日本時代中期，一九二八年，在苓雅寮興建羅馬式天主堂，屹立至今，為高雄地標型的歷史建築。高雄知名私校道明中學即道明會創辦。

日本時代，教堂旁有和風木橋跨越高雄川，稱之為「高雄橋」，連結苓雅寮與鹽埕町。

（取自《日本地理風俗大系》台灣篇，1931，陳柔縉提供）

VIEW OF THE TAKAO HIGH GIRL SCHOOL, TAKAO.
（高雄名勝）女子教育に高き理想を揭ぐる
州立高雄高等女學校
山形屋
B

隨著高雄港擴建，形成港都市街，人口增加，設立高等女學校的聲音日盛，終於一九二四年創立高雄高女，創校時間仍晚於台南、台中、彰化等高女。
創校之初，每年學費二十圓。當時台北的食堂一盤蛋炒飯定價十錢，如果蛋炒飯可當一餐，二十圓可以餵飽一個人兩個多月。
＊高雄高女相關資料可參考：
https://takao.tw/the-change-of-kaohsiung-girls-high-schools-campus-and-lodgement/

（國家圖書館提供）

裁縫課是戰前高女的學校重要科目，非現在能夠想像。依一九三八年高雄高女的學校簡介《高雄州高雄高等女學校一覽》，上課時數最多者為國語（即日語），一到四年級，一週時數分別是六、六、五、五小時，裁縫排名第二，分別佔四、四、五、四小時。換句話說，三年級時，裁縫課還與日語課同列第一，比歷史地理、數學、理科、圖畫、音樂、體操、園藝、刺繡各課要花更多時間學習。

（取自《台南第二高等女學校卒業記念》，1939，陳柔縉提供）

一九三一年建成的高雄州廳（州政府的辦公處所），因建築寬大穩重，又臨高雄川（今愛河），常被取用於高雄的風景繪葉書（明信片）。

日本統治台灣後，經過幾次行政區畫變革。一九二〇年以前，高雄屬「台南廳打狗支廳」，直到一九二〇年，才出現「高雄」兩字，設「高雄州」，下轄今天的高雄市、屏東和澎湖。

（國家圖書館提供）

海軍出身的名古屋人山田耕作在二十世紀初來到台灣，曾在三美路洋行任職，一九一二年，選擇當時的打狗車站前創立書店「山形屋」，書店與三井物產高雄支店同位於新濱町一丁目，建築保存至今，仍在鼓山細數舊事。

下圖道路左側建築即山形屋，右側為台灣銀行高雄支店。（國家圖書館提供）

老一輩高雄市民多以「五層樓仔」來記憶吉井百貨店。連鳳山那邊的學校，老師也會帶領小學生遠足到吉井，搭稀奇的電梯。

一九三八年十一月二十日開幕當時，一樓有賣化妝品、鞋子，二樓賣襯衫、帽子、皮包、時鐘、花瓶，三樓賣日本布料，四樓賣家用品，像是家具、陶製碗盤、打掃用具，另外，文具、玩具也在這一層賣場展售。五樓有食堂和遊樂園。頂樓跟台南林百貨一樣，設置了神社。

（國家圖書館提供）

看電影是日本時代庶民最熱愛的休閒娛樂。三〇年代，高雄市的電影院有金鵄館（上）、高雄劇場株式會社經營的高雄館（下）、鹽埕劇場株式會社經營的壽星館。

（取自《台灣紹介最新寫真集》，1931，陳柔縉提供）

一九三五年出版《台灣大觀》的廣告頁刊登了高雄三家社交場所，都由日本人經營。千鳥和江ノ島（江之島）是日式料亭，「ライオン」（獅子）是有酒、有女給坐陪的咖啡館。千鳥所在的壽町（壽山地區）是高雄市料亭最集中的地方。

（取自《台灣大觀》，1935，陳柔縉提供）

壽山高爾夫球場為九個洞的球場，採會員制。一九三四年開幕，據一九三六年出版的《大高雄建設論と市の現勢》記載，會員共一百十七人，其中市民七十七位。除去高雄市的高雄州內，會員僅三人。高雄以外各地會員則有三十五人。台灣島外會員有兩人。

（取自《台灣大觀，》1935，陳柔縉提供）

上｜旗後為旗津半島北端的地區，是舊時所謂打狗港的主要部分。很早就有中國移民，跟鹿港、台南老市街一樣，形成雜錯密集的風景。也跟台北市的艋舺、大稻埕一樣，都是台灣人的住區，與日本人官商所在的市中心之間，有一條無形的清楚隔線。（取自《日本地理大系》台灣篇，1930，陳柔縉提供）

下｜目前位於旗後山頂的高雄燈塔（左），為一九一八年三月十日啟用點燈的新塔，磚造八角形，外漆白色。當初紅光白光各十秒交換，光達距離二十浬半。站在燈塔旁，俯瞰整個高雄港，港灣氣勢更加磅礡。（國家圖書館提供）

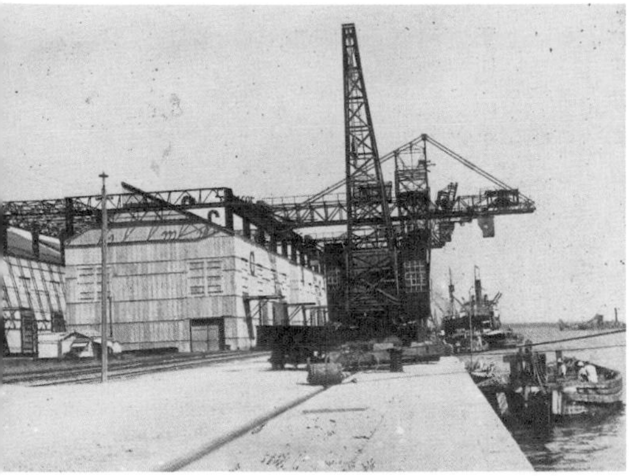

（取自《日本地理風俗大系》台灣篇，1931，陳柔縉提供）

（取自《日本地理大系》台灣篇，1930，陳柔縉提供）

（國家圖書館提供）

圖為一九三〇年前後影像。高雄港有所謂「表岸壁」（外碼頭）與「裏岸壁」（內碼頭），大型輪船停靠表岸壁，碼頭上有四座大型起重機，把船艙貨物移往岸上倉庫。

上｜高雄港是台灣南部貨物商品輸出與移入的大門，相關品項包括米、糖、香蕉、水泥和石油。港邊設有倉庫囤放，圖為一九三〇年代初當時倉庫內一袋一袋堆高的砂糖山。

（取自《日本地理風俗大系》台灣篇，1931，陳柔縉提供）

下｜台灣烏魚子的主產地在高雄，據一九三〇年的資料，七成銷往日本。

一九三〇年代，台灣鐵道各車站推出戳章，高雄駅（高雄火車站）的紀念戳章上就以烏魚子為主圖，還標榜「高雄名產」。

（取自《日本地理大系》台灣篇，1930，陳柔縉提供）

高雄港勢展覽會於一九三一年五月一日起一連舉辦五天，海報主視覺為近距離仰望兩艘巨輪，搭配大船入港、港灣戎克船帆影兩三點，再以椰子葉強調「南方風情」。

（取自《高雄港勢展覽會誌》，1931，陳柔縉提供）

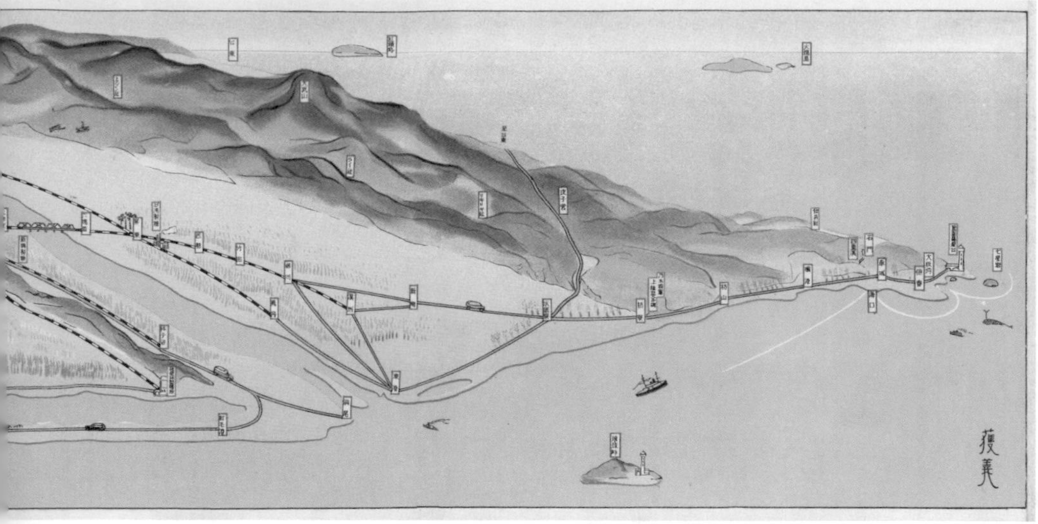

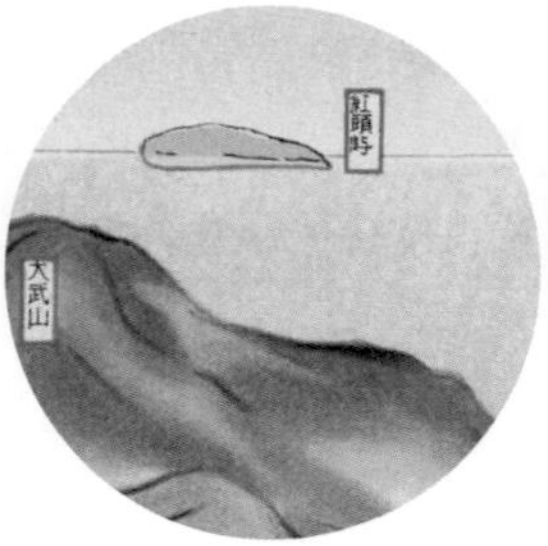

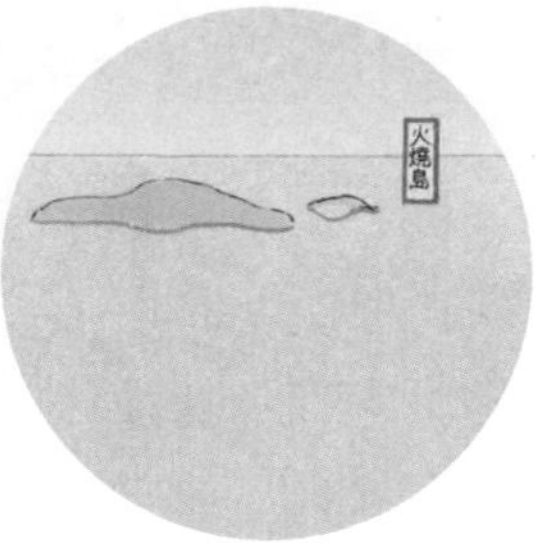

一九三一年五月舉行高雄港勢展覽會，會後出版《高雄港勢展覽會誌》，詳實記錄展覽會經過。會誌內附了一張摺頁，題為「高雄大觀」，拉開翻看，背面為高雄鳥瞰圖，筆法近似吉田初三郎，乍看以為出自日本畫家之手。但落款「獲義」，一查，原來是澎湖人鄭獲義。

鄭獲義就讀養成教師的總督府國語學校，在學中師從石川欽一郎，一九二八及一九二九兩年連續入選台展(台灣美術展覽會)。一九二〇年代開始任教，先澎湖而高雄。繪製鳥瞰圖時，鄭獲義正擔任高雄第三公學校（今三民國小）教師。

鳥瞰圖美哉，但有個錯置。圖上方的兩個小島，「火燒島」（今綠島）和「紅頭嶼」（今蘭嶼）兩個名字應該互換，才屬正確。

（取自《高雄港勢展覽會誌》內附記念印刷物，1931，陳柔縉提供）

高雄大觀
TAKAO MARU
S.Goto

日本最早的水泥工場「淺野水泥」由淺野總一郎創辦。日本統治台灣後，淺野水泥調查發現打狗山（壽山）藏豐富的石灰石礦，一九一七年在鼓山設立水泥工場，也成台灣最早的水泥廠。依一九三五年出版的《台灣大觀》，淺野提供了台灣百分之七十三的水泥需求。戰後，淺野水泥因日產被接收，改為台灣水泥公司高雄廠。

（國家圖書館提供）

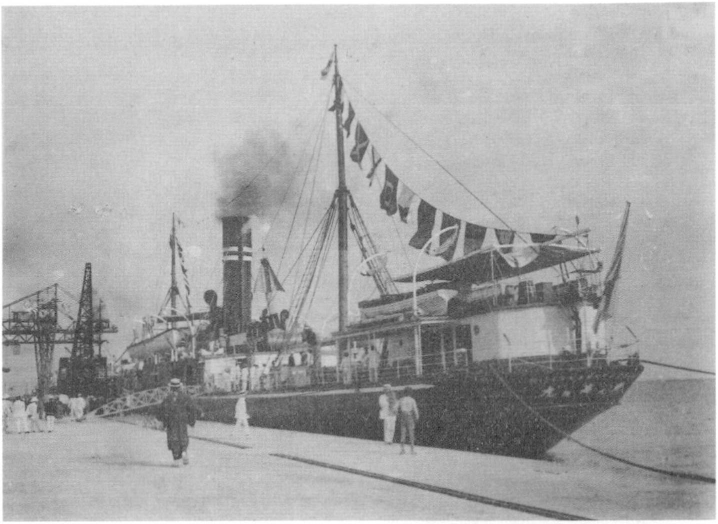

上｜一九一六年大阪商船株式會社開闢台灣到南洋的航線，以「南洋觀光團」為名，招攬第一批客人，打響第一炮。四月二十六日，大阪商船所屬船「新高丸」從打狗港出發，展開南洋線的處女航。（取自《南洋南支寫真帖》，1916，陳柔縉提供）

下｜自右而左，分別是觀光團團長高木友枝、顧問浮田鄉次領事、顧問新渡戶稻造、島津久賢男爵。（取自《南洋南支寫真帖》，1916，陳柔縉提供）

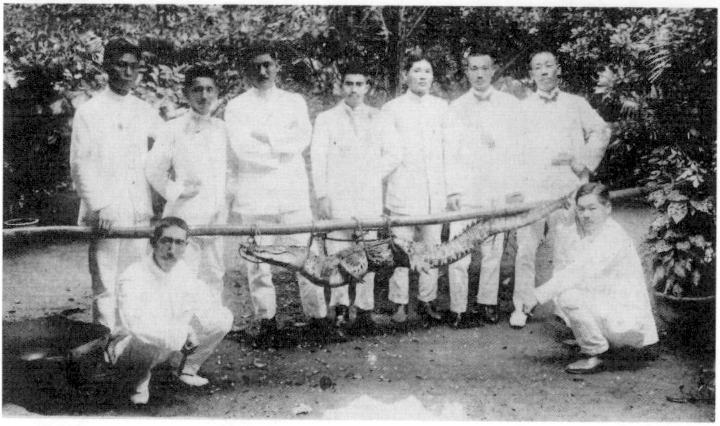

上｜郭春秧（後排右三）出身福建同安，到印尼發展，以糖業致富。此後在香港、廈門、台北跨海建造貿易王國，曾是台北茶商公會創會會長。
後排右二為新渡戶稻造博士，日治初期來台擔任總督府殖產局長，提出台灣糖業的政策意見，被稱為台灣糖業之父。
立者左一為前總督府醫學校校長高木友枝，南洋行之後，一九一九年再任台灣電力株式會社社長。
（取自《南洋南支寫真帖》，1916，陳柔縉提供）

下｜此照攝於印尼巴達維亞，即今雅加達。眾人面前的長竹竿綑綁著鱷魚。
站在後排右三的八田與一，以設計興建嘉南大圳、烏山頭水庫而在台灣歷史留下盛名，受人景仰。南洋行時，他正擔任總督府土木局土木課的技師。
站在最左的辜皆的為鹿港豪門辜顯榮的長子，也是前台泥董事長辜振甫的哥哥。
（取自《南洋南支寫真帖》，1916，陳柔縉提供）

左｜二次世界大戰開打後不久，日本軍入侵新加坡，一九四二年二月十五日，英國投降，新加坡被改稱「昭南」。市街的商店雖然招牌仍見「中華」、「公司」、「老周」等華僑身影，但已改掛白底紅丸的日本國旗。

（取自《大東亞戰爭畫報》，1944年3月8日，陳柔縉提供）

右｜一八九七年生的印度獨立運動領袖鮑斯，為使印度脫離英國殖民統治，流亡海外。二戰期間，日本侵入東南亞，一度勢如破竹，遂編組印度兵給鮑斯，扶植他在新加坡建立臨時政府。日本投降後，鮑斯逃離新加坡，飛機抵台北飛行場加油，重新起飛時爆炸，這位戰後被印度人公認的國家英雄於台北殞落，過世時才四十八歲。

（取自《大東亞戰爭畫報》，1943年12月8日，陳柔縉提供）

一九四三年十一月，日本在東京召開大東亞會議，參加國代表（前排坐者自右而左）分別為自由印度臨時政府首領鮑斯、菲律賓第二共和國總統勞威爾、泰國代理首相瓦拉旺親王、日本內閣總理大臣東條英機、在南京也稱「中華民國」的國民政府行政院長汪精衛、滿洲國國務總理張景惠、緬甸首相巴莫。

＊大東亞會議實況影音可參見：https://www.youtube.com/watch?v=B21oEEBfNvw

（取自《大東亞戰爭畫報》，1943年12月8日，陳柔縉提供）

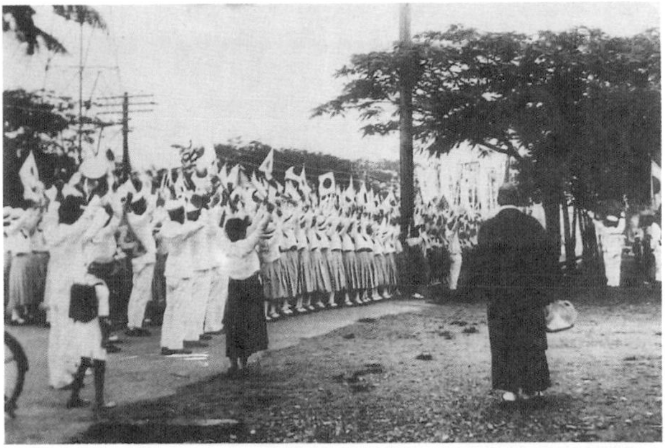

進入一九三〇年代，日本男性被徵調上戰場，學校老師也不難免，學生列隊送老師出征，舉旗歡呼，遂成學校記憶的一部分。學校畢業紀念寫真帖仍不忘放上已出征老師的照片。

（取自《台南第二高等女學校卒業記念》，1939，陳柔縉提供）

戰前日本婦女運動興起，組織團體、請願、演講各類活動不少。一九三三年《朝日畫報》（アサヒグラフ）報導，一個婦女團體在東京聚會，講台懸掛口號布條，除了主張七小時勞動制、禁止女子人身買賣，還喊出要打倒首相齋藤實的內閣。

（取自《アサヒグラフ》，1933年2月8日，陳柔縉提供）

一九三〇年代初期，台灣跟隨日本流行，有一陣迷你高爾夫球（ベビーゴルフ，baby golf）熱。台中霧峰豪門林獻堂的《灌園先生日記》有許多相關記載，除了女眷加入球局，也有競技賽、計分、發面巾當獎品，熱鬧滾滾。台中知名的中央書局創辦人張煥珪、莊垂勝還曾經營過迷你高爾夫球場。

圖為日本寫真，非台灣的球場。（取自《Japan A Pictorial Interpretation》，1932，陳柔縉提供）

東京帝大教授上野英三郎飼養的秋田犬「ハチ」(即「八」)，天天到渋谷車站迎接他回家。一九二五年，五十三歲的上野腦溢血急逝，小八仍天天到車站徘徊，直到一九三五年過世為止。小八的故事感動無數東京人，早在一九三四年就為牠立銅像，以「公」尊之，稱呼他為「忠犬ハチ公」。
一九三三年的《朝日畫報》捕捉了車站內的牛肉店「鈴丈」老闆照料小八的溫馨畫面。
(取自《アサヒグラフ》，1933年8月9日，陳柔縉提供)